我只是时代的书记员。

梁晓声

梁晓声散文精选

我看我们这一代

LIANG XIAOSHENG

TIMES AND LIFE

中国工人出版社

图书在版编目（CIP）数据

我看我们这一代 / 梁晓声著. —北京：中国工人出版社，2023.6
ISBN 978-7-5008-8190-2

Ⅰ.①我… Ⅱ.①梁… Ⅲ.①散文集－中国－当代 Ⅳ.①I267

中国国家版本馆CIP数据核字（2023）第103750号

我看我们这一代

出 版 人	董　宽
策划编辑	王学良
责任编辑	陈培城
责任校对	张　彦
责任印制	黄　丽
出版发行	中国工人出版社
地　　址	北京市东城区鼓楼外大街45号　邮编：100120
网　　址	http://www.wp-china.com
电　　话	（010）62005043（总编室）　62005039（印制管理中心） （010）62379038（社科文艺分社）
发行热线	（010）82029051　62383056
经　　销	各地书店
印　　刷	天津中印联印务有限公司
开　　本	710毫米×1000毫米　1/16
印　　张	18
字　　数	286千字
版　　次	2023年7月第1版　2023年7月第1次印刷
定　　价	58.00元

目 录 Contents

1 Chapter 人生的意义

2 Chapter 文化人生

我看我们这一代

Chapter 1

人生的意义

权力、财富、地位、高贵得无与伦比的生活方式，

这其中任何一种

都不能单一地构成人生的意义。

而勇于担当的人，

即使卑微，

尽管平凡渺小，

也值得钦佩。

我看我们这一代

我写《这是一片神奇的土地》和《今夜有暴风雪》的时候，我看我们这一代是真诚的一代；我写《雪城》上部的时候，我看我们这一代是坚毅的一代；我写《雪城》下部的时候，我看我们这一代——注定了将是很痛苦的一代……

一代人的真诚，若受时代之摆布，必归于时代的某种宗教情绪方面去。而宗教情绪的极致便是崇拜意识的狂热顶峰，接下来便会发展为崇拜的“反动”——被污染的真诚嬗变为狼藉破碎的理想主义的残骸……

失落了的热忱恰如泼在地上的水——可能结成冰，却无法再收起。

但是由水到冰并不见得是绝对令人沮丧的——大洋之上的冰山和江河之上的冰排，也是一种非常的景观。

冰源于水却浮于水之上，冰之运动赖于水然而并不任由水之涡旋。

冰不止意味着零下四摄氏度至零下二百七十摄氏度……

冰还意味着独立的立体……

一代人的坚毅，必是艰难时代所铸造。当时代从艰难中挣扎出来，它挣扎的痕迹便留在了一代人身上。每一个时代都赋予那一时代的青年人以不同的徽章。我们这一代已不再是青年。我们的徽章已经褪新。戴着这样的徽章的一代中年人，对于个人命运、时代命运乃至人类命运的坎坷，无疑会表现出令人钦佩的镇定……

他们对于任何大动荡不再至于张皇失措……

痛苦，是各类各样的，是最自我的体会。倘议一代人之痛苦，很难一言以蔽之。我看我们这一代人，就大多数来说，是太定型的一代人了。我们改变自己的可能性已经很小。而时代维护自己原本形象的可能性也已经很小——时代的烙印像种在我们身上的牛痘，我们又似时代种在它自己身上的牛痘。时代剜剔不掉我们，我们甩脱不开时代。本质上难变的我们，与各方各面迅变着的时代之间，将弥漫开来互不信任互不适应互难调和的云翳。是追随这个过分任性的时代，往自己身上涂抹流行色？抑或像战士固守最后的堡垒一样，与这时代拉开更大的距离摆开对峙的姿态？其实无论哪一种选择都未必会是自己情愿的……

我们这一代人的痛苦其实也不过就是我们这一代人的尴尬。

这一种尴尬将伴随这一代人走完人生之途程，可能愈在将来其尴尬愈甚。

一个时代在意识形态和价值观念方面究竟可以负载多少？这个问题和一个无限的空间究竟可以充盈多少空气属于同样的问题。但中国的情况刚好相反。中国曾经是一个封闭的国家。中国的情况曾经就是这样。然而中国今天的情况已经根本不是这样。封闭局面打开了，却仿佛只开了一扇门——由绝对的封闭变成相对的封闭。从那扇打开了的门涌进来了文明资本主义、野蛮资本主义所属的意识形态和价值观念。它们互相抗衡，同时一齐受到顽强抵御——对于我们这个时代，这样的负载已经够沉重的了！意识形态方面的较量使当代空前浮躁。在浮躁大时代意识形态的构架中，原本占据主导地位的观念，即共产主义和社会主义思想体系，受到了挑战。

这是否太悲观了点呢？也许……

我要进一步指出的是——我们这一代，正是受共产主义思想和社会主义思想，以及一切与之相适应的观念教化成长的一代。

但是，正是我们这一代人，在自身故的思想中，保留下了最为可贵的成分——那便是对国家的责任感，对民族的忧患意识，对人民命运的关心。也正是在这一点上，我很爱我们这一代人，因为我们这一代人思想中所保留下的，乃是任何一个公民都不可缺少的品格。

我们这一代人习惯了在对与不对之间进行判断，并且直至目前仍习惯于此。

我们的下一代人却总是在利于己或者不利于己之间进行判断，并且将这种判断过程越来越简化。

当然，这是寻常岁月两代人之间的区别，并且是总体上的区别。

非常岁月却使不仅两代人甚至几代人都有可能走在一起。

非常岁月绝不是对某代人，而是对具体的每一个人的检阅。

非常岁月人人都有可能超越代沟，人人都是“那一个”人或“某一个”人。

所以非常岁月才作用于历史非常之意义。

古罗马有位圣者，一天他将手臂伸出窗外，恰巧有只衔草的母雀飞来，竟落在他的手臂上筑巢，继而生蛋，继而孵蛋……

圣者当然是大慈大悲的。他想，若将手臂缩回，那雀儿就有倾巢之灾。即便不至于倾巢吧，雀儿惊去，将开始形成的那些个小生命，不也永无啄壳而出之日了么？……

人类的最高文明不就应该是尊重生命么？于是圣者立意不动，不吃亦不喝，经月余，小雀孵出，随老雀飞走，而圣者站在窗前死去……我以此事为例，我们的前辈大约会谆谆教导我们：看，这便是善的榜样。这便是善的楷模。好好学习吧，你们！我们也许会对这种诲人不倦的教导逆反的——因为我们这一代总是处在被教导的地位！但我们中的大多数，尽管逆反，也仍是会学习的。

我们的思考逻辑大约会是这样一个过程——那果真是善么？按照我们所受的传统教育来判断，那无疑是善的。那么前辈们的教导便是正确无误的，那么我们怎么可以不学习这样的榜样和楷模呢？

如果我们学习不了，我们就会惭愧，我们就会内疚，我们就会虔诚地谴责我们自己——谴责境界是多么的低下啊！我们这一代人总受一种塑造自己趋于完美的意识所纠缠！而完美不要说根本就不存在，就连真善美与假丑恶的概念，我们有时也混淆不清。

我们的无限的尴尬正在于此。产生这尴尬的精神、心理、思想、观念之难言苦衷正在于此。我们不会模仿我们的前辈，因为我们曾经自感没有前辈们那份儿进行教化的信心、热忱和义务。而最主要的是我们曾经自感没有那份儿热忱和义务。我们普遍地已悟到了一代人必有一代人的活法，而这是由时代所决定的。哪一代人头顶上的“天”都不会塌下来。

我们活得不轻松。我们已相信使每一个人都活得轻松才是“天之正道”……我还谈古罗马那位圣者的例子。这个例子对于我们这代人会提供怎样的经验呢？也许他们会这么说吧——嘿，傻帽儿哎！他们中之精英，则会从价值观念的高度来进行批判——那么所谓“圣者”，在他们看来，即使不是可笑的，也是迂腐的。

站在窗前的时候，万勿将手臂伸出窗外——他们会从中吸取这样一条教训，并且把这样一条教训传授给他们的孩子。

“可是……如果我已把手臂伸出了窗外，已有那么一只雀儿落在了我的手臂上，我该怎么办呢？……”

倘他们的孩子发出这样的诘问，他们也许会非常干脆地回答：“那就把手臂缩回来啊！别学那个傻帽圣者，他活该！你把手臂缩回来了，那雀儿活该！但是不许你把手臂伸到窗外去！一次也不许！看到你那样，瞧我不揍你！……”

我们这一代会就此例如何教导我们的孩子？我说不出，你们自己去想象吧！

这是两代人之间的原则性方面的分野么？也许算是，也许不是。就算是，从观念上，谁能判断哪一选择更正确呢？我们这一代人，以他们自己的判断力为最正确，并且相当自信，一点儿也不怀疑自己。我们这一代人，即使做出按照我们的观念是正确的判断之后，也是缺少自信的。

可以说我们这一代人对自己常常是充满自信的。

可以说我们这一代人对自己常常是充满怀疑的。

而我们这一代人，可能对自己满意，也可能对自己不满意；可能自信，也可能沮丧。但我们大抵不会怀疑自己。我们宁肯怀疑世界，怀疑人类，怀疑人生，怀疑社会，怀疑一切现存的观念基础，却很少怀疑自己。

有一次，我在一所大学做讲座，有同学递条子，问对我影响最大的毛泽东的论文是哪几篇？

我想了想，回答他们——是“老三篇”，也就是《纪念白求恩》《愚公移山》《为人民服务》。

他们问为什么？

我坦率地说——也许这三篇文章充满了感召力。试想想，《为人民服务》，赞美无私无欲；《纪念白求恩》，赞美奉献之精神；《愚公移山》，赞美矢志不渝的意志……

近读一篇文章，作者叙述了一个故事：“行将就木的人们因为找不到牧师，感到灵魂无处安置。于是天天捧着自己的灵魂，乞求上边派一个牧师来安置他们痛苦的灵魂。一个月后，牧师终于来了，但小镇上的居民却对牧师说‘没有牧师安置我们的灵魂，我们虽然生活在地狱里，但感到没有人管制我们的灵魂是非常轻松的……’”

我与子龙在武钢讲座时，我谈到这个故事——因为它就写在我的《雪城》下部中。

我看我们这一代，太习惯于将我们的灵魂交付给谁或干什么了。这是我对自己的醒悟了的一点儿遗憾，也是我对我们这代人带有批判性的一点儿遗憾。

其实我们的灵魂首先应属于我们自己。它的主宰不应是别人而正应是我们自己。没有比自己做自己灵魂的主宰显得最正当也最必须的了！

我们是时代的活化石。我们是独特的一代。无论评价我们好还是不好，我们的独特本身，便是不容被忽视也不容被轻视的。

而首先是，重要的是，我们这一代人不要轻视和嘲笑我们自己。当然，我们这一代人也不要欣赏我们自己——我们没有任何轻视和嘲笑自己的理由或根据，我们也没有任何欣赏我们自己的理由或根据。

我们就独特地生活着存在着吧——不必和别人一样，也不必任性地和别人太不一样。

在独特之中，我们这一代的每一个人，都有与别人同样的权利生活得更宽松些。万勿放弃这一权利——生命对人毕竟只有一次……

人生真相

人活着就得做事情。

古今中外，无一人活着而居然可以不做什么事情，连婴儿也不例外。吮奶便是婴儿所做的事情，不许他做他便哭闹不休，许他做了他便乖而安静。广论之，连蚊子也要做事——吸血；连蚯蚓也要做事——钻地。

一个人一生所做之事，可以从许多方面来归纳——比如善事恶事，好事坏事，雅事俗事，大事小事，等等。

世上一切人之一生所做的事情，也可用更简单的方式加以区分，那就是无外乎——愿意做的、必须做的、不愿意做的。

古今中外，上下数千年，任何一个曾活过的人们以及正活着的人们的一生，皆交叉记录着自己愿意做的事情、必须做的事情、不愿意做的事情。即将出生的人们的一生，注定了也还是如此这般。

细细想来，古今中外，一生仅做自己愿意做的事情而但凡不愿意做的事情可以一概不做的人，极少极少。大约，根本没有过吧？从前的皇帝还要上朝议政呢，那不见得是他们天天都愿意做的事。

有些人却一生都在做着自己不愿意做的事情。比如他或她的职业绝不是自己愿意的，但若改变却千难万难，“难于上青天”。不说古代，不论外国，仅在中国，仅在几十年前，这样一些终生无奈的人比比皆是。

而我们大多数人的一生，其实只不过都在整日做着自己必须做的事情。日复一日，渐渐地，我们对我们那么愿意做的、曾特别向往去做的事情漠然了。甚至，连想也不去想了——仿佛我们的头脑之中对那些曾特别向往去做的事情，从来也没产生过试图一做的欲念似的。即使那些事情做起来并不需要什么望洋兴叹的资格和资本。日复一日，渐渐地，我们变成了一些生命流程仅仅被必须做的、杂七杂八的事情填充得满满的人。我们只祈祷我们千万别被自己不愿意做的事情粘住了。果而如祈，我们则已谢天谢地，大觉幸运了，甚至会觉得顺顺当当地过了挺好的一生。

我想，这乃是所谓人生的真相之一吧？一生仅做自己愿意做的事情而凡不愿意做的事情可以一概不做的人，我们就不必太羡慕了吧！衰老、生病、死亡，这些事任谁都是躲不过的。生病就得住院，住院就得接受治疗。治疗不仅是医生的事情，也是需要病人配合着做的事情。某些治疗的漫长阶段比某些病本身更痛苦。于是人最不愿意做的事情，一下子成了自己必须做的事情。到后来为了生命，最不愿做的事情不但变成了必须做的事情，而且变成了最愿意做好的事情。倒是唯恐别人认为自己做得不够好进而不愿意在自己的努力配合之下尽职尽责了。

我们且不说那些一生被自己不愿做的事情牢牢粘住而百般无奈的人了吧！他们也未必注定了全没他们的幸运——比如他们中有人一听做胃镜检查这件事就脸色大变，竟幸运地有一副从未疼过的胃，一生连一粒胃药也没吃过；比如他们中有人一听动手术就心惊胆战，竟幸运地一生也没躺上过手术台；比如他们中有人最怕死得艰难，竟幸运地死得很安详，一点儿痛苦也没经受，忽然地就死了，或死在熟睡之中，有的人死前还哼着歌洗了人生的最后一次热水澡，且换上了一套新的睡衣……

我们还是了解一下我们自己，亦即这世界上大多数人的人生真相吧！

我们必须做的事情——首先是那些意味着我们人生支点的事情。我们一旦连这些事情也不做或做得不努力，我们的人生就失去了稳定性，甚而不能延续下去。比如我们每人总得有一份工作，总得有一份收入。于是有单位的人总得天天上班；自由职业者不能太随性，该勤奋之时就得自己要求自己孜孜不倦。这世界上极少数的人之所以是幸运的，幸运就幸运在——必须做的事情恰也同时是自己愿意做的事情。大多数人无此幸运。大多数人有了一份工作，有了一份收入就已然不错。在就业机会竞争激烈的时代，纵然非是自己愿意做的事情，也得当成一种低质量的幸运来看待。即使打算摆脱，也无不掂量再三，思前虑后，犹犹豫豫。因为对于我们大多数人而言，我们整日必须做的事情，往往不仅关乎着我们自己的人生，也关乎着种种的责任和义务。比如父母对子女的，夫妻双方的，长子长女对弟弟妹妹的，等等。这些责任和义务，使那些我们寻常之人整日必须做的事情具有了超乎于愿意或不愿意之上的性质，并随之具有了特殊的意义。这一种特殊的意义，纵然不比那些我们愿意做的事情对于我们自己更快乐，但想来也比那些事情显得更重要、更值得。

我们做我们必须做的事情，有时恰恰是为了有朝一日可以无忧无虑地做我们愿意做的事情。普遍的规律也大抵如此。一些人勤勤恳恳地做他们必须做的事情，数年如一日，甚至十几年二十几年如一日，人生终于柳暗花明，终于得以有条件去做自己愿意做的事情了。其条件当然首先是自己为自己创造的。这当然得有这样的前提——自己所愿意做的事情，自己一直惦记在心，一直向往着去做，并未泯灭了念头……

我们做我们必须做的事情，有时恰恰不是为了有朝一日可以无忧无虑地做我们愿意做的事情。我们往往已看得分明，我们愿意做的事情，并不由于我们将我们必须做的事做得多么努力多么无可指责而离我们近了；相反，却日复一日地，渐渐地离我们远了，成了注定与我们的人生错过的事情。不管我们一直怎样惦记在心，一直怎样向往着去做。但我们却仍那么努力那么无可指责地做着我们必须做的事情。为了什么呢？为了下一代，为了下一代得以最大限度地做他们和她们愿意做的事情，为了他们和她们愿意做的事情不再完全被动地与自己的人生眼睁睁错过，为了他们和她们，具有最大的人生能动性，不被那些自己根本不愿意做的事粘住，进而具有最大的人生能动性，使自己必须做的事与自己愿意做的事协调得相一致起来，起码部分地相一致起来，起码不重蹈我们自己人生的覆辙，因了整日陷于必须做的事而彻底断送了试图做自己愿意做的事情的条件和机会。

社会是依赖于上一代如此这般的牺牲精神而进步的。

下一代人也是赖于上一代人如此这般的牺牲精神而大受其益的。

有些父母为什么宁肯自己坚持着去干体力难支的繁重劳动，或退休以后也还要无怨无悔地去做一份收入极低微的工作呢？就是为了子女们能够接受高等教育，进而使子女们的人生顺利地靠近他们愿意做的事情。

“可怜天下父母心”这句话，在这一点上，实在是应该改成“可敬天下父母心”的。而子女们倘竟不能理解此点，则实在是可悲可叹啊！

最令人同情的是这样一些人——他们终于像放下沉重的十字架一样，摆脱了自己必须做甚而不愿意做却做了几乎整整一生的事情，终于有一天长舒一口气，自己对自己说——现在，我可要去做我愿意做的事情了。那事情也许只不过是回老家看看，或到某地去旅游，甚或，只不过是坐一次飞机，乘一次海船……而死神却突然来牵他或她的手了……

所以，我对出身贫寒的青年们进一言，倘有了能力，先不必只一件件去做自己愿意做的事情。要想一想，自己怎么就有了这样的能力？完全靠的是自己？含辛茹苦的父母做了哪些牺牲？并且要及时地问：“爸爸妈妈，你们一生最愿意做的事情是些什么事情？咱们现在就做那样的事情！为了你们心里的那一份长久的期望！……”

我的一位当了经理的青年朋友就这样问过自己的父母，在今年的春节前——而他的父母吞吞吐吐说出来的却是，他们想离开城市重温几天小时候的农村生活。

当儿子的大为诧异：那我带着公司员工去农村玩过几次了，你们怎么不提出来呢？

父母道：我们两个老人，慢慢腾腾地，跟了去还不拖累你玩不快活呀！

当儿子的不禁默想，进而戚然。

于是春节期间，他坚决地回绝了一切应酬，陪父母在京郊农村度过……

我们憧憬的理想社会是这样的：仅仅为了生存而被自己根本不愿做的事情牢牢粘住一生的人越来越少——每个人只要努力做好自己必须做的事情，只要自己愿意做的事情不脱离实际，终将有机会满足一下或间接满足一下自己的“愿意”。

据我分析，大多数人们愿意做的事情，其实还都是一些不失自知之明的事情。

时代毕竟进步了。标志之一也是——活得不失自知之明的人越来越多而非越来越少了。尽管我们大多数人依然还都在做着我们整日必须做的事情，但这些事情随着时代的进步，与我们的人生的关系已变得越来越灵活，越来越宽松，使我们开始有相对自主的时间和精力顾及我们愿意做的事情，不使其成为泡影。重要的反倒是，我们自己是否还像从前那样全凭必须这一种惯性活着……

我们都知道，金钱除了不能解决生死问题，除了不能成功地收买法律，几乎可以解决至少可以淡化人面临的许许多多困扰。

我们大多数世人，或更具体地说——百分之九十甚至百分之九十五以上的世人，与金钱到底是一种什么样的关系呢？我的意思是在说，或者是在问，或者仅仅是在想——那种关系果真像我们人类的文化和对自身的认识经验所记录的那样，竟是贪而不知足的么？

我感觉到这样的一种情况——在我们人类的文化和对自身认识的经验中，教诲我们人类应当对金钱持怎样的态度和理念，是由来久矣并且多而又多的；但分析和研究我们与金钱之关系的真相的思想成果，却少之又少。似乎我们人类与金钱的关系，仅仅是由我们对金钱持怎样的态度来决定的。似乎只要我们接受了某种对金钱的正确理念，金钱对我们就是无足轻重的东西了，对我们就会完全丧失吸引力了。

在我们人类与金钱的关系中，某种假设正确的理念，真的能起特别重要的作用么？果真那样，思想岂不万能了么？

在全世界，在人类的古代，金即钱，即通用币，即永恒的财富。百锭之金往往意味着锦衣玉食、唤奴使婢的生活。所有富人的日子一旦受到威胁，首先将金物及价值接近金的珠宝埋藏起来。所以直到现在，虽然普遍之人的日常生活早已不受金的影响，在谈论钱的时候，却仍习惯于将“金钱”二字合并。

在今天的中国，“文化”已是一个泡沫化了的词，已是一个被泛淡得失去了“本身义”并被无限“引申义”了的词。不是一切有历史的事物都能顺理成章地构成一种文化。事物仅仅有历史只不过是历史悠久的事物，纵然在那悠久的历史中事物一再地演变过，其演变的过程也不足以自然而然地构成一种文化。只有我们人类对某一事物积累了一定量的思想认识，并且传承以文字的记载，并且在大文化系统之中占据特殊的意义，某一事物才算是一种文化“化”了的事物。这是我的个人观点。而即使此观点特别容易引起争议，我们若以此观点来谈论金钱，并且首先从“金钱文化”说起，大约是不会错到哪里去的。

外国和中国的一切古典思想家们，有一位算一位，哪一位不曾谈论过人与金钱的关系呢？我们可以这么认为，自金钱开始介入我们人类的生存形态那一天起，人类的头脑便开始产生对于金钱的思想或曰意识形态了。它们一而再、再而三地呈现在童话、神话、民间文学、士人文学、戏剧以及后来的影视作品和大众传媒里。它们的全部教诲，一言以蔽之——用教义最浅白的“济公活佛圣训”中的一句话来概括，那就是——“死后一文带不去，一旦无常万事休”。

数千年以来，“金钱文化”对人类的这种教诲的初衷几乎不曾丝毫改变过，可谓谆谆复谆谆，用心良苦。只有在现当代的经济学理论成果中，才偶尔涉及我们人类与金钱之关系的真相，却也是几笔带过，点到为止。那真相我以为便是——其实我们人类之大多数对金钱所持的态度，非但不像“金钱文化”从来渲染的那么一味贪婪，细分析，简直还相当理性，相当朴素，相当有度。

奴隶追求的是自由。

诗人追求的是传世。

科学家追求的是成果。

文艺家追求的是经典。

史学家追求的是真实。

思想家追求的是影响。

政治家追求的是稳定……

而小百姓追求的只不过是丰衣足食、无病无灾、无忧无虑的小康生活罢了。倘是工人，无非希望企业兴旺，从而确保自己的收入养家度日不成问题；倘是农民，无非希望风调雨顺，亩产高一点儿，售出容易点儿；倘是小商小贩，无非希望有个长久的摊位，税种合理，不积货，薄利多销……

如此看来，大多数世人虽然每天都生活在这个由金钱所推转着的世界上，虽然每一个日子都离不开金钱这一种东西，甚而我们的双手每天都至少点数过一次金钱，我们的心里每天都至少盘算过一次金钱，但并不因而都梦想着有朝一日成为富豪或资本家那样，银行账户上存着千万元、亿万元，于是大过奢侈的生活，认为奢侈高贵便是幸福……

真的，细分析，我确确实实地觉得，人类之大多数对金钱所持的态度，从过去到现在甚至包括将来，其实一向是很健康的。

一直不健康的或温和一点儿说不怎么健康的，恰恰是“金钱文化”本身。这一种文化几乎每天干扰我们对这个世界的正常视听要求和愿望，似乎企图使我们彻底地变成仅此一种文化的受众，从而使其本身变成摇钱树。这一种文化的一个显著的特征就是——当其在表现人的时候几乎永远只有一个角度，无非人和金钱的关系，再加点性和权谋。它的模式是——“那公司那经理那女人，和那一大笔钱”。我们大多数世人每天受着这一种文化的污染，而我们对金钱的态度却仍相当理性、相当朴素、相当有度。我简直不能不赞叹——大多数世人活得真是难能可贵！

再细加分析，具体的一个人，无论男女，无论有一个穷爸爸还是富爸爸，其一生皆大致可分为如下阶段：

童年——以亲情满足为最大满足的阶段。

少年——以自尊满足为最大满足的阶段。

青年——以爱情满足为最大满足的阶段。

中年前期——以事业满足为最大满足的阶段。

中年后期——以金钱满足为最大也许还是最后满足的阶段。

老年前期——以自尊满足为最大满足的阶段。

老年后期——以亲情满足为最大满足的阶段……

大多数人大抵如此，少数人不在其列。

人，尤其男人，在中年后期，往往会与金钱发生撕扯不开的纠缠关系。这是因为——他在爱情和事业两个方面，可能有一方面忽然感到是失败的，甚至两个方面都感到是失败的、沮丧的。也许那是一个事实，也许仅仅是他自己误入了什么迷津。还因为中年后期的男人，是家庭责任压力最大的人生阶段，缓解压力仅靠个人作为已觉力不从心，于是意识里生出对金钱的幻想。我们都知道，金钱除了不能解决生死问题，除了不能成功地收买法律，几乎可以解决至少可以淡化人面临的许许多多困扰。但普遍而言，中年后期的男人已具有着与其年龄相一致的理性了。他们对金钱的幻想仅仅是幻想罢了。并且，这幻想折叠在内心里，往往是不对外说道的。某些男人在中年后期又有事业的新篇章和爱情的新情节，则他们便也不会把金钱看得过重。

在经济发达的国家，人们的追求，包括对人生享受的追求，往往呈现出与金钱没有直接关系的现象。“金钱文化”在那些国家里也许照旧地花样翻新，但对人们的意识已经不足以构成深刻的重要影响。我们留心一下便不难得出这样的结论——那些国家的文化的文艺的和传媒的主流内容往往是关于爱、生、死、家庭伦理和人类道德趋向以及人类大命运——或者，纯粹是娱乐的。

因为在那些国家里，中产阶级生活已经是不难实现的。而中产阶级，乃是一个与金钱的关系最自然、最得体、最有分寸的阶级。

在经济落后的国家，大多数的人们反而不太产生对金钱的强烈又痛苦的幻想，因为那近乎于是梦想。他们对金钱的愿望是由自己限制得很低很低的，于是金钱反而最容易成为带给他们满足的东西。

在发展中国家，特别在由经济落后国家向经济振兴国家迅速过渡的国家，其文化随之嬗变的一个显著事实就是——“金钱文化”同步的迅速繁衍和对大文化系统的蚕食，和对人们日常生活方方面面的几乎无孔不入的侵略式影响。人面对之，要么采取个人式的抵御姿态；要么接受它的冲击、它的洗脑，最终变得有点儿像金钱崇拜者了。在这样的国家、这样的时代，经常充斥于文化、文艺和媒体的主要内容，往往是关于金钱这一种东西的。在这样的国家、这样的时代，文化和文艺往往几乎已经丧失了向人们讲述一个纯粹的、与金钱不发生瓜葛的爱情故事的能力——因为这样的爱情故事已不合人们的胃口或曰已不合时宜，被认为浅薄了。于是通俗歌曲异军突起，将文化和文艺丧失了的元素吸收去变成自身存在的养分。通俗歌曲的受众是青少年，是以对爱情的向往为向往、以对爱情的满足为满足的群体。他们沉湎于通俗歌曲为之编织的爱情帷幔中，就其潜意识而言，往往意味着不愿长大、逃避长大——因为长大后，自己将不得不面对金钱的左右和困扰。在这样的国家这样的时代，贫富迅速分化，差距迅速悬殊，人对金钱的基本需求和底线一番番被刷新。相对于有些人，那底线不断地不明智地一次次攀升；相对于另一些人，那底线不断地不得已地一次次跌降。前者往往可能由于不能居住于富人区而混乱了人与金钱的关系；后者则往往可能由于连生存都无法为计而产生了人对金钱的偏执理解。

归根结底，不是人的错，更不是时代的错，当然也不是金钱的错，而只不过是——在特殊的历史阶段，人和金钱贴紧于同一段社会通道之中罢了——当同时钻出以后，人和金钱两种本质上不同的东西（姑且也将人叫作东西吧），又会分开来，保持必要的距离，仅在最日常的情况之下发生最日常的“亲密接触”。那时，大多数人就可以这样诚实又平淡地说了：金钱么？它不是唯一使我万分激动的东西，也不是唯一使我惴惴不安的东西，更不是我人生中唯一重要的东西。我必须有足够花足够用的金钱，而我的情况正是这样。

归根结底，爱国主义——正是由这一种人对金钱相当理性、相当朴素、相当有度，因而相当良好的感觉来决定的。

哪一个国家使它的人民与金钱的关系如此这般着了，它的人民便几乎无须被教导，自然而然地爱着他们的国了……

人生的意义在于承担

我曾多次被问到“人生有什么意义？”往往，“人生”之后还要加上“究竟”二字。

我想，“人生有什么意义”这一个问题，从本质上说，是从“现在时”出发对“将来时”的一种叩问，是对自身命运的一种叩问。世界上只有人类才关心自身的命运问题。“命运”一词，意味着将来怎样。它绝不是一个仅仅反映“现在时”的词。

“人生有什么意义”这一个问题与人的思想活动有关，古今中外，对它的解答可谓千般百种，形形色色。我也回答过这一问题，可每次的回答都不尽相同，每次的回答自己都不满意。

一般而言，儿童和少年不太会问“人生有什么意义”的话，他们倒是很相信人生总归是有些意义的，专等他们长大了去体会。老年人也不太会问“人生有什么意义”的话，问谁呢？中年人常问“人生有什么意义”——相互问一句或自说自话一句。一切都似乎不言自明，于是相互获得某种心理的支持和安慰。因为他们是有压力的，压力常常使他们对人生的意义保持格外的清醒。人生的意义在他们那儿的解释是——责任。

是的，责任即意义。责任几乎成了大多数寻常百姓家的中年人之人生的最大意义——对上一辈的责任，对儿女的责任，对家庭的责任，对单位对职业的责任。人只有到了中年时，才恍然大悟，原来从小盼着快快长大好好地追求和体会一番的人生意义，除了种种的责任和义务，留给自己的，即纯粹属于自己的另外的人生意义，实在是并不太多了。他们老了以后，甚至会继续以所尽之责任和义务尽得究竟怎样，来掂量自己的人生意义。

而在一些年轻人眼中，人生的意义就是享受，他们还没有受什么苦，也没有经历大的波折磨难，在他们看来，世界是美好的，人生要享受眼前的美好。如果他们经历了点什么困难，他们更有理由了——人活在这个世界这么苦，不好好享受对不起自己。其实，这是大错特错的。

我有一种结论，所谓“人生的意义”，它至少是由三部分组成：一部分是纯粹自我的感受；另部分是爱自己和被自己所爱的人的感受；还有一部分是社会和更多有时甚至是千千万万别人的感受。

当一个青年听到一个他渴望娶其为妻的姑娘说“我愿意”时，他由此顿觉人生饱满、有意义了，那么这是纯粹自我的感受。爱迪生之人生的意义，体现在享受电灯、电话等发明成果的全世界人身上；林肯之人生的意义，体现在当时美国获得解放的黑奴们身上。

如果一个人只从纯粹自我一方面的感受去追求所谓人生的意义，那么他或她到头来一定所得极少——最多，也仅能得到三分之一罢了。但倘若一个人的人生在纯粹自我方面的意义缺少甚多，尽管其人生作为的性质是很崇高的，那么在获得尊敬的同时，必然也引起同情。这是自我价值和社会价值的失衡。

权力、财富、地位、高贵得无与伦比的生活方式，这其中任何一种都不能单一地构成人生的意义。而勇于担当的人，即使卑微，对于爱我们也被我们所爱的人而言，可谓大矣！因为他尽到了自己的责任，他承担起了属于自己的义务。这样的人，尽管平凡渺小，但值得钦佩。

只想当“小知识分子”

某日，偶被一个经常召开这样那样会议的地方通知去参加一次座谈会，也可以说是“恳谈会”。目前“谈”而不“恳”的会很多，很流行；“座”而不“做”的会也很多，也很流行；故强调是“恳谈会”，以示区别。

有位年长的知识分子悒然郁然慨然地痛陈时弊。

主持会议的人问：“那么该怎样是好呢？”

答曰：“‘天下兴亡，匹夫有责。’中国的知识分子应积极地参政议政！”

于是知识分子们纷纷颔首不已，除了最年轻的一个我而外。当时我这个写小说的人，很没把握觉得自己便是一个知识分子了……

“你怎么看？”——有人问我。

我说：“我做的事很普通，很微不足道。我被抬举地叫作‘文化人’。被这样叫的根据是我仍写着小说，所以我要继续把小说这行当好好做下去。否则，连‘文化人’也不配再是了，更遑论是什么‘知识分子’了。而我这个‘文化人’，是从来没想过从政权这么重大的方面对国家有所奉献。自思绝对没有这个能力。所以除了写小说，倘还自认为可做些有益于社会的事，那也不过就是——周围同事闹意见了，我帮着调解调解；左邻右舍产生矛盾了，我说和说和；单位领导和群众在某件事的主张上不一致了，我起点儿沟通作用；朋友们有困难了，充当个热心的角色；谁家里遭遇不幸，送去点儿安慰和友情；两口子闹离婚，劝他们慎重考虑考虑……如此而已，仅此而已。我还要尽到为人夫为人父为人子为人兄弟的种种家庭责任，实在已是觉着活得很累了，再不敢往自己身上揽扯什么使命了。强揽硬扯到身上，也是根本做不到的……”

众人一时沉默，少顷有一人道：“这是典型的小知识分子的活法。旧社会的私塾先生就常充当这样的社会角色而欣欣然。”我说：“我正是想当一个小知识分子，一个小小的知识分子。而且明白，当好一个小小的知识分子，也须很竭诚。现在是新社会，当私塾先生得经过层层批准，恐怕还得有人赞助。否则，当那么一个老好人式的私塾先生。实在是我的一大愿望呢！”

真的。以上是我的极真实的想法。在目前这一个时代，倘能一边写着自己想写的小说，一边在自己生活着的小小社会层面上，充当一个老好人，与世无争，于世无害，与人无争，于人为善，乃是多大的造化，不亦悦乎？

后半生，我要竭诚地当好一个小小的，小小的知识分子……

想从前，我才不过是一个“知识青年”嘛！我不忘本。

让我迟钝

我从小是一个敏感的孩子，这主要体现在自尊心方面。但我又是一个在自尊心方面容易并且经常受伤的孩子。一个穷孩子要维护住自己的自尊心，像一只麻雀要成功孵化一枚孔雀蛋一样难。

青少年时期我渐渐明白了一个道理：每一个人都能够以自己的方式拥有友情。明白了这一个道理之后，我便是一个不乏友情的少年了。我少年时期的友情都是用友善换来的，它的一部分牢固地延绵至今。

我感激文学。文学对中学时期的我最重要最有益的影响，那便是——在潜移默化的熏陶之中接受了人性教育。我的中学的最后一年发生“文革”。我对自己较为满意的是——我虽是“红五类”“红卫兵”，但我在“文革”中与任何“红卫兵”的劣迹无涉——我没有以“革命”的名义歧视过任何人，更没有以“革命”的名义伤害过任何人。恰恰相反，我以我当年仅能表现的方式，暗地里有时甚至是公开地同情过遭受这样那样政治厄运的人。

“文革”对我最大的也最深刻的影响——促使我以中学生的头脑思考政治。无论是知青的六年多里，抑或是“工农兵学员”的三年多里，我都是一名对“四人帮”的专制采取抵牾态度的青年。这一点使我那样一名默默无闻的知识青年，竟有幸与一些“另册”知识分子建立了友情。这也同时是成为作家的我，后来为什么不能成为“纯粹为文学”的作家，而我某些作品总难免具有政治色彩的原因。

成为作家的我依然是敏感的。我曾相信成为作家的我，是足以有能力来朝自认为更好的方面培养自己的人格了。我曾说过——人格非人的外衣，也非人的皮肤，而是人的质量的一方面。

我承认我对关乎自己人格的事，以及别人对自己人格的评价是敏感的。正因为这样，我承认——我常常以牺牲“自我”的方式，来换取别人对我的人格的赞许和肯定。这一点从好的方面讲，是我由此渐渐形成了我做人的某些原则——那些原则本身绝对没什么问题；从不好的方面讲，任何人刻意而求任何东西，其实都是不自然的。

我承认，我对文学和作家这一职业，曾一度心怀相当神圣的理解——因为文学曾对我有过那么良好的影响。这一种越来越不切实际的理解，很费了一番“思想周折”才归于客观的“平常心”。

我承认，恰恰是在我成为作家以后，所受的伤害是最多的。我从 1982 年获全国短篇小说奖以后，几乎不间断地在友情和人格两方面受伤。个中原因诸多——有时因我的笔；有时因我的性格；有时那原因完完全全起于别人方面。我也冒犯过别人，故我对因此而受的伤害甘愿承担。

我承认，每当我被严重地误解时，我总会产生辩白的念头……

我承认，每当我受了过分的伤害，我总会产生“以牙还牙”的冲动……

我承认，每当我遭到辱骂和攻击时，即使表面不以为然，但其实心头已积隐恨……

我承认，我很自慰地承认，后来我渐渐具有了相当强的“免疫力”……

我承认，即使具有了相当强的“免疫力”的我，也很难真的无动于衷……因为我具有了相当强的“免疫力”，并不等于我的妻儿、亲友以及一切关爱着我的人也同时具有。一想到他们和她们也许同时受到伤害，我常打算做出激烈的反应。我的笔使我拥有这种能力。它在作为武器时也肯定是够锐利的……

但是近来我逐渐形成了另一种决心，那就是——从我写这篇文章的此时此刻起，我要求自己对于一切公开的辱骂、攻击、蓄意的合谋的伤害，不再做出丝毫的反应。不再敏感，而要迟钝，而要麻木。这也是一种刻意。这一种对自己的要求也是不太自然的。这与所谓表现气度无关，而与珍惜所剩的生命有关。所以即使也是一种刻意，即使也是不太自然的，却是必须如此的。

我觉得，一个人的敏感，和一个人血管里的血，大脑中的脑细胞，和一个人的所有生命能动性一样，也是有限量的。生命像烟一样，不可能活一天附加一天。生命是一个一直到零的减法过程。

我觉得，我的敏感已大不如前。我的精力状况和身体状况也大不如前。我的精力正在一天天变得颓萎。我的敏感“水平”正在一天天下降。我只能而且必须极其“节省”地运用它。故我要公开地发一个毒誓，从此时此刻起直至我死，我坚决地对一切伤害不再做出丝毫的反应。我也坚决地对一切误解不再做出任何辩白——今天以前的反应不包括在内，比如对吴戈其人的攻击所做的反应，它可能在今天以后见诸报刊，已无法撤销。

如果我竟不能做到这一点——那么让我死于非命——患癌的可能性不包括在内。我们都知道，癌症是与遗传基因有关的。

我既发此毒誓，那么恭请一切报刊，万勿再就辱骂和攻击性、贬低性内容对我进行采访；倘明知我发此毒誓还一味企图从我口中讨个说法，显然便是不人道的了。

我既发此毒誓，那么恭请一切报刊放心，凡登载涉及我的文章，无论攻击性多么强，无论辱骂的话语多么恶劣，皆可毫无顾虑。我将一概地保持绝对沉默。近一时期我深受被采访之苦，远比对我的文字伤害更使我身心受损。而实际上，我的誓言其实早已悄悄生效——我基本做到了无论怎样“启发”，坚决地不对任何误解进行辩白，坚决地不对任何攻击、辱骂、贬低和人格侵犯说出一句反击性的话——今日《光明日报》一名女记者对我进行的采访又当例外，其中有对一件事的辩白，我经考虑认为是必要的。

那么，以后，我的敏感将仅仅体现在如下方面：对感情的敏感反应——包括亲情、友情、同情；对社会和时代现象的敏感反应……对想象与虚构能力的职业性的敏感反应……对驾驭文字的能力和对修辞之职业水平的敏感反应……对自己责无旁贷的种种义务的敏感反应……我真的认为我的敏感将渐成我生命的微量元素，它是必须节省使用的了。倘在以上方面我仍能保持着它，我觉得对于我就已经是不容易之事了。我预先做一个与鲁迅先生截然相反的声明：我死之际将不带走对任何一个世人的嫌恶和憎恨。这是因为归根结底我们人类也只不过是地球上的一种动物。我们既然公认每一种动物的习性都有其必然性、合理性，那么自己的同类也何妨如此？

我将严格恪守我的誓言至死不悔。倘我竟不能，我甘愿遭世人唾弃和嘲笑！

沉默的墙

在一切沉默之物中，墙与人的关系最为特殊。

无墙，则无家。

建一个家，首先砌的是墙。为了使墙牢固，需打地基，因为屋顶要搭盖在墙垛上。那样的墙，叫“承重墙”。

承重之墙，是轻易动不得的。对它的任何不慎重的改变，比如在其上随便开一扇门或一扇窗，都会导致某一天突然房倒屋塌的严重后果。而若拆一堵承重墙，几乎等于是在自毁家宅。有的人难以忍受居室的四壁肮脏——那样的人家，即使窗明几净也还是不洁的。有的人尤其忧患于承重墙上的裂缝，更对它的倾斜极为恐慌。倘承重墙出现了以上状况，人便会处于坐卧不安之境，因为它时刻会对人的生命构成威胁。

在墙没有存在以前，人可以任意在图纸上设计它的厚度、高度、长度、宽度，和它在未来的一个家中的结构方向，也可以任意在图纸上改变那一切。

然而墙，尤其承重墙，它一旦存在了，就同时宣告着一种独立性了。这时在墙的面前，人的意愿只能徒唤奈何。这时人还能做的事几乎只有一件，那就是美观它或加固它。任何相反的事，往往都会动摇它。动摇一堵承重墙，是多么的不明智。

人靠了集体的力量足以移山填海。人靠了个人的恒心和志气也足以做到似乎只有集体才做得到的事情。于是人成了人的榜样，甚至被视为英雄。一个再平凡不过的人，在自己的家里，在家扩大了一点儿的范围内，比如院子里，便觉得是上帝了。他的意愿，也仿佛上帝的意愿。他可以随时移动他的一切家具，一再改变它们的位置。他可以把一盆花从这一个花盆里挖出来，栽到另一个花盆里。他也可以把院里的一株树从这儿挖出来，栽到那儿。他甚至可以爬上房顶，将瓦顶换成铁皮顶。倘他家的地底下有水层，只要他想，简直又可以在他家的地中央弄出一口井来。无论他可以怎样，有一件事他是不可以的，那就是取消他家的一堵承重墙。而且，在这件事上，越是明智的人，越知道不可以。

只要是一堵承重之墙，便只能美观它，加固它，而不可以取消它。无论它是一堵穷人的宅墙，还是一堵富人的宅墙——即使是皇帝住的宫殿的墙，只要它当初建在承重的位置上，它就断不可以被拆除。当然，非要拆除也不是绝对不可以，那就要在拆除它之前，预先以钢铁架框或石木之柱顶替它的作用——这样一来，承重墙纵然被取消了，承重之墙的承重作用，也还是变相地存在着。

人类的智慧和力量使人类能上天了，使人类能蹈海了，使人类能入地了，使人类能摆脱地球的巨大吸引力穿过大气层飞入太空登上月球了。但是，面对任何一堵既成事实的承重墙，无论是雄心大志的个人还是众志成城的集体，在科学高速发展的今天，还是和数千年前的古人一样，仍只有三种选择——要么重视它既成事实了的存在；要么谨慎周密地以另外一种形式取代它的承重作用；要么一举推倒它炸毁它，而那同时等于干脆“取消”一幢住宅或一座厂房或高楼大厦。

墙，它一旦被人建成，即意味着是人自己给自己砌起的“对立面”。

而承重墙，它乃是古今中外普遍的建筑学上的一个先决条件，是砌起在基础之上的基础。它不但是人自己砌起的“对立面”，并且是人自己设计的自己“制造”的坚固的现实之物。它的存在具有令人不得不重视它的禁忌性。它意味着一种立体的眼可看得见手可摸得到的实感的“原理”。它沉默地立在那儿就代表着那一“原理”。人摧毁了它也还是摧毁不了那一“原理”。别物取代了它的承重作用恰证明那一“原理”之绝对不容怀疑。

而“原理”的意思也可以从文字上理解为那样的一种道理——一种原始的道理，一种先于人类存在于地球上的道理。因为它比人类古老，因为它与地球同生同灭，所以它是左右人类的、地球上的一种魔力，是地球本身赋予的力。谁尊重它，它服务于谁；谁违背它，它惩罚谁。古今中外，地球上无一人违背了它而又不用自食恶果的。

墙是人在地球上占有一定空间的标志——承重墙天长地久地巩固这一标志。

墙是比床、比椅、比餐桌和办公桌与人的关系更为密切的东西。因为人每天只有数小时在床上，并不整天坐在椅上，也不整天不停地吃着或伏案。但人眼只要睁着，只要是在室内，几乎每时每刻看到的首先都是墙。即使人半夜突然醒来，他面对的也很可能首先是墙。墙之对于人，真是低头不见抬头便见。所以人美化居住环境或办公环境，第一件要做的事便是美观墙壁。为此人们专门调配粉刷墙壁的灰粉，制造专门裱糊墙壁的壁纸。从前的年代壁纸只不过是印有图案的花纸，近代则生产出了具有化纤成分的壁膜和不怕水湿的高级涂料。富有的人家甚至不惜将绸缎包在板块上镶贴于墙。

人为了墙往往煞费苦心。然而墙却永远地沉默着——永远的无动于衷，永远的宠辱不惊，不像床、椅和桌子，旧了便发出响声。而墙，凿它、钻它、钉它，任人怎样，它还是一堵沉默的墙。

我童年的家，是一间半很低很破的小房子。它的墙壁是根本没法粉刷的，也没法裱糊——再说我们也买不起墙纸。只有过春节的时候，用一两幅年画美观一下墙。春节一过，便揭下卷起，放入旧箱子，留待来年春节再贴。穷人家的墙像穷人家的孩子，年画像穷人家的墙的一件新衣，是舍不得始终让它“穿在身上的”。

后来我家动迁了一次。我们的家终于有了四面算得上墙的墙。那一年我上小学五年级。从那一年起，我开始学着刷墙。刷墙啊！多么幸福多么快乐的事啊！那年代石灰是稀有之物。为了刷一遍墙，我常常预先满城市寻找，看哪儿在施工。如果发现了哪儿堆放着石灰，半夜去偷一盆。有时在冬天，端着走很远的路，偷回来时双手都冻僵了。刷前还要仔细抹平墙上的裂缝。我将炉灰用筛子筛过，掺进黄泥里，合成自造的水泥。如此几次后我刷墙不但刷出了经验，而且显示出了天分——往石灰浆里兑些蓝墨水，墙就可以刷成我们现在叫作“冷色”的浅蓝色；兑些红墨水，墙就可以刷成我们现在叫作“暖色”的浅红色。但对于那个年代的小百姓人家墨水是很贵的。我舍不得再用墨水，改用母亲染衣服的蓝的或红的染料，那便宜多了。一包才一角钱，足够用十几次。我上中学后，已能在墙上喷花——将硬纸板刻出图案，按住在墙上；一柄旧的硬毛刷沾了灰浆，手指反复刮刷毛，灰点一番番嵌在墙上；不厌其烦地，待纸板周围遍布了浆点，一移开，图案就印在墙上了。还有另一种办法，也能使刷过的墙上出现“印象派”的图案，那就是将抹布像扭麻花似的对扭一下，沾了灰浆在墙上滚。于是滚出了一排排浪，滚出了一朵朵云，滚出了不可名状的奇异的美丽。少年的我，刷墙刷得上瘾，往往一年刷三次——开春一次，秋末一次，春节前一次。我所为的是在家里能面对自己刷得好看的墙，于是能以较好的心情度过夏季、“十一”和春节。因而，居民委员会检查卫生，我家每次都得红旗。因而，我在全院，在那一条小街声名大噪。别人家常求我去刷墙，酬谢是一张澡票或电影票……

后来我去乡下，我的弟弟们也被我带出徒了。

住在北影一间筒子楼的十年，我家的墙一次也没刷过。因为我成了作家，不大顾得上刷墙了。

搬到童影十余年，我家的墙也一次没刷过。因为搬来前，墙上有壁膜。其实刷也是刷过的。当然不是用灰浆，而是用刷子沾了肥皂水刷刷干净。四五次刷下来，墙膜起先的黄色都变浅了……

现在，墙上的壁膜多处早已破了。我也懒得刷它了，更懒得装修，怕搭上时间心里会烦，亦怕扰邻。但我另有美观墙的办法。哪儿脏得破得看不过眼去，挂画框什么的挡住就是。于是来客每说：“看你家墙，旧是太旧了，不过被你弄得还挺美观的。”

现在，我家一面主墙的正上方，是方形的特别普遍的电池表。大约一九八三年，一个叫《丑小鸭》的文学杂志社发给我的奖品，时价七八十元。表的下方，书本那么大的小相框里，镶着性感的玛丽莲·梦露。我这个男人并不唯独对玛丽莲·梦露多么着迷，而是壁膜那儿只破了一个小洞，只需要那么小的一个相框，也只有挂那么小的一个相框才形成不对称的美。正巧逛早市时发现摊上在卖，于是以十元钱买下。满墙数镶着玛丽莲·梦露的相框最小，也着实有点儿委屈梦露了。“她”的旁边，是比“她”的框子大出一倍多的黑框的俄罗斯铜版画，其上是庄严宏伟的玛丽亚大教堂。这是在俄罗斯留学过俄罗斯文学史，确实沾亲的一位表妹送给我的。玛丽莲·梦露的下方，框子里镶的是一位青年画家几年前送给我的小幅海天景色的油画。另外墙上同样大小的框子里还镶着他送给我的两幅风景油画，都是印刷品。再下方的竖框里，是芦苇丛中一对相亲相爱的天鹅的摄影，是《大自然》杂志的彩页——我由于喜欢剪下来镶上了。一对天鹅的左边，四根半圆木段组成的较大的框子里，镶着列维斯的一幅风景画：静谧的河湾、水中的小船、岸上的树丛，令人看了心驰神往。此外墙上另一幅黑相框里，镶着金铂银铂交相辉映的耶稣全身布道相。还有两幅是童影举行电影活动的纪念品：一幅直接在木板上镶着苗族少女的头像，另一幅镶着艺术化了的牛头——那一年是牛年。那一幅上边是《最后的晚餐》，直接压印在薄板上，无框。墙上还有两具瓷的羊头，一模一样；一具牛头，一具全牛，我花一百元从摊上买的。还有别人送我的由一小段一小段树枝组成的带框工艺品，还有两名音乐青年送给我的他们自己拍的敖包摄影，还有湖南某乡女中学生送给我的她们自己粘贴的布画，画的是扎着帕子的少女在喂鸡。连框子也是她们自己做的。这是我最珍视的，因为少女们的心意实在太虔诚。还有一串用布缝制的五彩六色的十二生肖，是我花十元钱在早市上买的，还有如意结、如意包、小灯笼什么的，都是早市上二三元钱买的……

以上一切，挡住了我家墙上的破处、脏处，并美观了墙。

我这么详尽地介绍我家一面主墙上的东西，其实是想要总结我以墙的一种感想——墙啊，墙啊，永远沉默着的墙啊，你有着多么厚道的一种性格啊！谁要往你身上敲钉子，那么敲吧，你默默地把钉子咬住了。谁要往你身上挂什么，那么挂吧，管它是些什么。美观也罢，不美观也罢，你都默默地认可了。墙啊，墙啊，你具有着的，是一种怎样的包容性啊！

尽管，人可以在墙上想写什么就写什么，想画什么就画什么，想挂什么就挂什么，想把墙刷成什么颜色就刷成什么颜色——然而，无论多么高级的墙漆，都难以持久，都将随着岁月的流失渐渐褪色、剥落；自欺欺人或被他人所骗往墙上刷质量低劣的墙漆，那么受害的必是人自己。水泥和砖构成的墙，却是不会因此被毁到什么程度的。

时过境迁，写在墙上的标语早已成为历史的痕迹，写的人早已死去，而墙仍沉默地直立着；画在墙上的画早已模糊不清，画的人早已死去，而墙仍沉默地直立着；挂在墙上的东西早已几易其主，由宝贵而一钱不值，或由一钱不值而身价百倍，而墙仍沉默地直立着；战争早已成为遥远的大事件，墙上弹洞累累，而墙沉默地直立着……

墙什么都看见过，什么都听到过，什么都经历过，但它永远地沉默地直立着。墙似乎明白，人绝不会将它的沉默当成它的一种罪过。每一样事物都有它存在着的一份天职。墙明白它的天职不是别的，而是直立。墙明白它一旦发出声响，它的直立就开始了动摇。墙即使累了，老了，就要倒下了，它也会以它特有的方式向人报警，比如倾斜，比如出现裂缝……

人知道有些墙是不可以倒下的，因而人时常观察它们的状况，时常修缮它们。人需要它们直立在某处，不仅为了标记过去，也是为了标志未来。比如法国的巴黎公社墙。

人知道有些墙是不可以不推倒它的。比如隔开爱的墙，比如强制地将一个国家和一个民族一分为二的墙……

比如种族歧视的无形的墙，比如德国的柏林墙。

人从火山灰下、沙漠之下发掘出古代的城邦，那些重见天日的不倒的墙，无不是承重之墙啊！它们沉默地直立着，哪怕在火山灰下，哪怕在沙漠之下，哪怕在地震和飓风之后。

像墙的人是不可爱的。像墙的人将没有爱人，也会使亲人远离。墙的直立意象，高过于任何个人的形象。宏伟的墙所代表的乃是大意象，只有民族、国家这样庄严的概念可与之互喻。

一个时代又一个时代过去了，像新的墙漆覆盖旧的墙漆，一批风云际会的人物融入历史了又一批风云际会的人物也融入历史了，像挂在墙上的相框换了又换；战争过去了，灾难过去了，动荡不安过去了，连辉煌和伟业也将过去，像家具，一些日子挪靠于这一面墙，一些日子挪靠于另一面墙……而墙，始终是墙，始终沉默地直立着。而承重墙，以它之不可轻视告诉人：人可以做许多事，但人不可以做一切事；人可以有野心，但人不可以没有禁忌，哪怕是对一堵墙……

一天的声音

一天的声音，确乎首先是从底层发出的。在农村自不必说了，黎明鸡啼，静夜犬吠，一天的过程中牛哞马嘶或农机作响，都伴随着农民的起息劳作。除了他们的身影，除了那一些声音，农村也不太常见别人的身影，不太听见另外一些声音。

农民是大地的一部分。在城市里，一天的声音也首先是从底层发出的。“嚓、嚓、嚓……”这是今天我听到的第一种声音。斯时我虽然醒了，却懒得起来。我一向如此，醒得很早，起得较晚。这也许是老的预兆吧？我扭头向窗子望去——在窗帘拉不严的地方，一条玻璃是蓝色的，如同用浸了蓝墨水的抹布擦过似的。于是我知道，大约五点钟了。其实，不必看窗子，仅听那“嚓嚓”声，我也能对时间做出挺准确的判断——春节前北京下了一场大雪，被铲到路边的积雪至今没化尽。而我家楼前那一条小街是早市，积雪占了摆摊的人们的摊位。自那以后，几乎每天五点钟左右，都能听到“嚓嚓”的铲雪声……

如果是夏天，听到的便是小贩们的说话声。夏天他们常睡在路边，怕的是别人占住他们的摊位。他们最怕的是蹬着平板车来时，摊位却被别人抢先占去了。

有那嗓门儿大的，说话声就会搅了我们这些城里人的清梦。大多数人家都是仅仅一扇纱窗隔着楼里楼外，其声聒耳。何况，楼外的露宿者们还每每争吵嬉闹……于是便会有贪早觉的男人或女人大喝一声：“消停点儿，讨厌！”大抵是诸如此类的话。但城里人还想睡也睡不多一会儿了。

渐渐地，说话声多了，终于形成一片——“早市”六点钟左右就开始“营业”了。

首先穿过早市的，是骑着自行车身着校服的男女初中生、高中生。在冬季，六点钟左右，天刚刚亮。初中生、高中生们，往往是他们的家里最先迈出家门的人。

一月里的一天，北京正处在寒冷之中。我由于失眠，偶尔起早了，站在窗前吸烟。我从窗帘拉不严的地方向外看，天还黑着呢，路灯还亮着呢，大风从对面山坡上的树梢啸过，其声如哨……

我竟看见一个骑自行车的身影从街上来去。那身影很单薄，顶着风，猫着腰，缩着头，蹬得吃力的样子。我看出那是一名女学生。她一手扶把，一手拿着什么，边骑边吃。

她从我视线里消失之后不一会儿，我又看见了一个像她那样吃力地蹬着自行车的身影——还是一名学生的身影，还是一名女学生的身影。

接着是第三个身影、第四个身影，都是初中生或高中生的身影……

风太大，那一天没摆摊的人。除了风声，外面也再没别的声音。学生们成了最早出现于小街的人。他们的身影悄悄而来，悄悄而去。连摆摊的人也可以因为风大不出门，学生们却不可以据同样的理由不去上学啊……

望着渐多起来的学生们的身影，我心一阵楸然。他们的书包看上去是特别的沉重。

我家的门发出了开关之声，我知道儿子也去上学了……

一般来说，从早晨六点到九点多，是小街声音最嘈杂的时候。而八点多钟的小街，可用“人满为患”一词形容。那时小贩们的叫卖声最响亮，有的还手持话筒。他们不仅来自京郊，也来自中国的各个省份。从叫卖声中能听到东西南北各种口音。他们似乎都在心照不宣地比赛他们的叫卖声，仿佛那直接显示着他们的生存本领，就像汽车的发动声直接显示汽车的性能……车流照例堵塞在小街的街口，那时候。

如果只在小街上走，你会觉得人生其实是多么的单纯。各个摊位摆的大抵是吃的东西：菜蔬、粮食、鱼肉、水果以及早点等。少数摊位也摆穿的用的。穿的都很便宜，用的都是居家过日子的杂物……

望着小街两旁的摊位，你会觉得，仅就“生活”二字而言，那早市满足一个人的需求已绰绰有余………

但是你若走到街口，去望那堵塞的车流，你往往会觉得眼乱心慌，仿佛人类的生活也堵塞在那儿了。十年前，那一条大马路上过往车辆并不多。后来车辆一天比一天多。最新款式的国产车和最高级的进口车全在那条大马路上亮相，缓缓前驶。两旁是骑自行车的人。车流中夹挤着出租车。各种车辆的尾气，使马路上空如罩青雾……

坐在那些车里的城市人，是有地位的高低之分的。这是与早市上的市民之间不言自明的区别。

汽车的喇叭声与小贩的叫卖声此起彼伏。后一种声音是城市的晨曲。前一种声音是城市的“主旋律”。坐在车里的某一个人，很可能决定着早市在街上的取消或存在，很可能决定着股市走向，也很可能决定着早市上某些人的命运……

到了中午，小街上彻底安静下来了。只有承包了那一条小街卫生状况的外地民工，持帚清扫着早市垃圾……这一种安静一直维持到傍晚。傍晚大马路上的车流又堵塞了。傍晚学生们的身影络绎出现在小街上，互相不太说话，也很少有结伴而驶的，都匆匆地往家里骑……

到了晚上九点多钟，一辆辆小车开入小街里来了。小街的街头，有一家歌厅。那一辆辆小车是奔歌厅来的。在夏季，歌厅传出的打击乐，小街另一头的人也听得到。十点多钟，小车泊满了小街两侧……我家楼前小街的一天，也就开始向第二天过渡了……倘第二天无风，无雨，无雪；倘抑或有，并不多么大，那一天的起初的声音，依然是摆摊的人们所带动起来的。底层的声音，是直接为了生存而发出的声音，也是最容易被其他声音压住的声音。一天由底层的声音开始，由歌厅里传出的打击乐结束。在我家楼前那条小街上，一天又一天，几乎天天如此……

何妨减之

某日，几位青年朋友在我家里，话题数变之后，他们热烈地讨论起了人生。依他们想来，所谓积极的人生肯定应该是这样的——使人生成为不断地“增容”的过程，才算是与时俱进的，不至于虚度的。我听了就笑。他们问：“您笑是什么意思呢？不同意我们的看法吗？”我说：“请把你们那不断地‘增容’式的人生，更明白地解释给我听来。”

他们中便有一人掏出手机放在桌上，指着说：“好比人生是这手机，当然功能越多越高级。功能少，无疑是过时货，必遭淘汰。手机必须不断更新换代，人生亦当如此。”

我说：“人是有主观能动性的，而手机没有。一部手机，其功能多也罢，少也罢，都是由别人设定了的，自己完全做不了自己的主。所以你举的例子并不十分恰当啊！”

他反驳道：“一切例子都是有缺陷的嘛！”他们中另一人插话道：“那就好比人生是电脑。你买一台电脑，是要买容量大的呢，还是容量小的呢？”我说：“你的例子和第一个例子一样不十分恰当。”他们便七言八语“攻击”我狡辩。我说：“我还没有谈出我对人生的看法啊，‘狡辩’罪名无法成立。”于是他们皆敦促我快快宣布自己对人生的看法。我说：“你们都知道的，我不用手机，也不上网。但若哪一天想用手机了，也想上网了，那么我可能会买小灵通和最低档的电脑。因为只要能通话，可以打出字来，其功能对我就足够了，所以我认为，减法的人生，未必不是一种积极的人生。而我所谓之减法的人生，乃是不断地从自己的头脑之中删除掉某些人生‘节目’，甚至连残余的信息都不留存，而使自己的人生‘节目单’变得简而又简。总而言之，一句话，那便是使自己的人生来一次删繁就简……”

我的话还没说完，几位青年朋友皆大摇其头曰：“反对，反对！”

“如此简化，人生还有什么意思？”

“面对丰富多彩、机遇频频的人生，力求简单的人生态度纯粹是你们中老年人无奈的活法！”

我说：“我年轻时，所持的也是减法的人生态度。何况，你们现在虽然正年轻着，但几乎一眨眼也就会成为中老年人。某些人之所以抱怨人生之疲惫，正是因为自己头脑里关于人生的‘容量’太大太混杂了，结果连最适合自己的那一种人生的方式也迷失了。而所谓积极的清醒的人生，无非就是要找到哪一种最适合自己的人生方式，一经找到，确定不移，心无旁骛。而心无旁骛，则首先要从眼里删除掉某些吸引眼球的人生风景……”

他们皆黯然，未领会我的话。

我只得又说：“不举例了。世界上还没有人能想出一个绝妙的例子将人生比喻得百分之百恰当。我现身说法吧。我从复旦大学毕业时，二十七岁，正是你们现在这个年龄。我自己带着档案到文化部去报到时，接待我的人明明白白地告诉我，我可以选择留在部里的。但我选择了电影制片厂。别人当时说我傻，认为一名大学毕业生留在部级单位，将来的人生才更有出息，可以科长、处长、局长地一路在仕途上‘进步’着！但我清楚我的心性太不适合所谓的机关工作，所以我断然地从我的头脑中删除了仕途人生的一切‘信息’。仕途人生对于大多数世人而言当然意味着颇有出息的一种人生，但再怎么有出息，那也只不过是别人的看法。我们每一个人的头脑里，在人生的某个阶段，难免会被塞入林林总总的别人对人生的看法，这一点确实有点儿像电脑，若是新一代产品，容量很大，又与宽带连接着，不进入某些信息是不可能的。然而判断哪些信息才是自己所需要的信息，这一点却是可能的。又比如我在四十岁左右时，结识过一位干部子弟。他可不是一般的干部子弟，只要我愿意，他足以改变我的人生。他又何止一次地对我说，趁早别写作了，我看你整天伏案写作太辛苦了！当官吧！先从局级当起怎么样？正局！我替你选择一个轻松的没什么压力的职位，你认真考虑考虑。我说，多谢抬爱，我也无须考虑。仕途人生根本不适合我这个人，所以你千万别替我费心。费心也是白费心。”

何以我回答得那么干脆？因为我早就考虑过了呀，早就将仕途人生从我的人生“节目单”上删除掉了呀！以后他再劝我时，我的头脑干脆“死机”了。

大约在我四十五岁那一年，陪谌容、李国文、叶楠等同行之忘年交回哈尔滨参加冰雪节开幕式。那一年有几十位台湾商界人士去了哈尔滨。在市里举行的欢迎宴会上，台湾商界人士对我们几位作家青睐有加，时时表达真诚敬意。过后，其中数人先后找我与谌容大姐“个别谈话”——恳请我和谌容大姐做他们在中国大陆发展商业的全权代理人。“投资什么？投资多少？你们来对市场进行考察，你们来提议。一个亿？两个亿？或者更多？你们只管直说！别有顾虑，我们拿得起的。酬金方式也由你们来定。年薪？股份？年薪加股份？你们要什么车，配什么车……”

话都说到这个份儿上了，不由得让人不动心，也不由得让人不感动。

我曾问过谌容大姐：“你怎么想的呢？”

谌容大姐说：“还能怎么想，咱们哪里是能干那等大事的人呢？”

她反问我怎么想的。

我说：“我得认真考虑考虑。”

她说：“你还年轻，尝试另一种人生为时未晚，不要受我的影响。”

我便又去问李国文老师的看法，他沉吟片刻，答道：“我也不能替你拿主意。但依我想来，所谓人生，那就是无怨无悔地去做相对而言自己比较能做好的事情。”

那一夜，我失眠。年薪，我所欲也；股份，我所欲也；宝马或奔驰轿车，我所欲也。然商业风云，我所不谙也；管理才干，我所不具也；公关能力，我之弱项也；盈亏之压力，我所不堪承受也；每事手续多多，我所必烦也。那一切的一切，怎么会是我“比较能做好的事情”呢？我比较能做好的事情，相对而言，除了文学，还是文学啊！

翌日，真情告白，实话实说。返京不久，谌容大姐打来电话，说：“晓声，台湾的那几位朋友，赶到北京动员来啦！”我说：“我也才送走几位啊。”她又说那一句话：“咱们哪是能干那等大事的人呢？”我说：“台湾的伯乐们看走眼了，但咱们也惭愧了一把啊！”说完便都在电话里笑出了声。

有闻知此事的人，包括朋友，替我深感遗憾，说：“晓声，你也把自己的人生搞得太消极太窄狭了啊！人生大舞台，什么事，都无妨试试的啊！”

我想，其实有些事不试也可以知道自己的斤两。比如潘石屹，在房地产业无疑是佼佼者。在电影中演一个角色玩玩，亦人生一大趣事。但若改行做演员，恐怕是成不了气候的。做导演、作家，想必也很吃力。而我若哪一天心血来潮，逮着一个仿佛天上掉下来的机会就不撒手，也不看清那机会落在自己头上的偶然性，不掂量自己与那机会之间的相克因素，于是一头往房地产业钻去的话，那结果八成是会令自己也令别人后悔晚矣。

说到导演，也多次有投资人来动员我改行当导演的。他们认为观众一定会觉得新奇，于是有了炒作一通的那个点，会容易发行一些。

我想，导一般的小片子，比如电影频道播放的那类电视剧电影，我肯定是能胜任的。六百万投资以下的电影，鼓鼓勇气也敢签约的（只敢一两次而已）。倘言大片，那么开机不久，我也许就死在现场了。我曾说过，当导演第一要有好身体，这是一切前提的前提。爬格子虽然也是耗费心血之事，劳苦人生，但比起当导演，其实是两种累法。前一种累法我早已适应，后一种累法对我而言，是要命的累法……

年轻的客人们听了我的现身说法，一个个陷入沉思。

我最后说：“其实上苍赋予每一个人的人生能动力是极其有限的，故人生‘节目单’的容量也肯定是有限的，无限地扩张它是很不理智的人生观。通常我们很难确定自己究竟能胜任多少种事情，在年轻时尤其如此，因为那时，人生的能动力还没被彻底调动起来，它还是一个未知数。但这并不意味着我们连自己不能胜任哪些事情也没个结论。在座的哪一位能打破一项世界体育纪录呢？我们都不能。哪一位能成为乔丹第二或姚明第二呢？也都不能。歌唱家呢？还不能。获诺贝尔和平奖呢？大约同样是不能的，而且是明摆着的无疑的结论。那么，将诸如此类的、虽特别令人向往但与我们的具体条件相距甚远的人生方式，统统从我们的头脑中删除掉吧！加法的人生，即那种仿佛自己能够愉快地胜任充当一切社会角色，干成世界上的一切事而缺少的仅仅是机遇的想法，纯粹是自欺欺人。”

一种人生的真相是——无论世界上的行业丰富到何种程度，机遇又多到何种程度，我们每一个人比较能做好的事情，永远也就那么几种而已。有时，仅仅一种而已。所以即使年轻着，也须善于领悟减法人生的真谛：将那些干扰我们心思的事情，一而再、再而三地从我们人生的“节目单”上减去、减去、再减去。于是令我们人生的“节目单”的内容逐渐简明清晰；于是使我们比较能做好的事情凸显出来。所谓人生的价值，只不过是要认认真真、无怨无悔地去做最适合自己的事情而已。花一生去领悟此点，代价太高了，领悟了也晚了。花半生去领悟，那也是领悟力迟钝的人。

现代的社会，足以使人在年轻时就明白自己适合做什么事。只要人肯于首先向自己承认——哪些事是自己根本做不来的，也就等于告诉自己，这种人生自己连想都不要去想。如今浮躁二字已成流行语，但大多数人只不过流行地说着，并不怎么深思那浮躁的成因。依我看来，不少的人之所以浮躁着并因浮躁而痛苦着，乃因不肯首先自己向自己承认——哪些事情是自己根本做不来的，所以也就无法使自己比较能做好的事情在自己人生的“节目单”上简明清晰地凸显出来，却还在一味地往“节目单”上增加种种注定与自己人生无缘的内容……

中国的面向大多数人的文化在此点上扮演着很劣的角色——因其不厌其烦地暗示着每一个人似乎都可以凭着锲而不舍做成功一切事情，却很少传达这样的一种人生思想——更多的时候锲而不舍是没有用的，倒莫如从自己人生的“节目单”上减去某些心所向往的内容，这更能体现人生的理智，因为那些内容明摆着是不适合某些人的人生状况的……

我的梦想

我和一切人一样，从小到大，是有过多种梦想的。

童年时的梦想是关于“家”，具体来说，是关于房子的。我自幼生活在很小，又很低矮，半截窗子陷于地下，窗玻璃破碎得没法儿擦，又穷得连块玻璃都舍不得花钱换的家里，梦想有一天住上好房子是多么地符合一个孩子的心思呢。那家里冬天透风，夏天漏雨，没有一面墙是白色的。因为那墙是酥得根本无法粉刷的，就像最酥的点心似的，微小的震动都会使墙上落土纷纷。也没有地板——甚至不是砖地，不是水泥地，几乎和外面一样的土地。下雨天，自家人和别人将外边的泥泞随脚带入屋里，屋里也就泥泞一片了。自幼爱清洁的我看不过眼去，便用铲煤灰的小铲子铲。而母亲却总是从旁训我：“别铲啦！再铲屋里就成井了！”——确实，年复一年，屋地被我铲得比外面低了一尺多。以至于有生人来家里，母亲总要迎在门口提醒：“当心，慢落脚，别摔着！”

哈尔滨当年有不少独门独院的苏式房屋，院子一般都被整齐的栅栏围着。小时候的我，常伏在栅栏上，透过别人家的窗子，望着别人家的大人孩子活动来活动去的身影，每每望得发呆，心驰神往，仿佛别人家里的某一个孩子便是自己……

因为父亲是新中国成立后的第一代建筑工人，所以我常做这样的梦——忽一日父亲率领他的工友们——一支庞大的建筑队，从大西北浩浩荡荡地回来了。父亲他们以只争朝夕的精神，开推土机推平了我们那一条脏街，接着盖起了一片新房，我家和脏街上的别人家，于是都兴高采烈地搬入新房住了。

小时候的梦想是比较现实的，绝不敢企盼父亲他们为脏街上的人家盖起独门独院的苏式房。梦境中所呈现的也不过就是一排排简易平房而已。二十世纪八十年代初，六十多岁胡子花白了的父亲，从四川退休回到了家乡。已届不惑之年的我才终于大梦初醒，意识到过去三十年间寄托于父亲身上的梦想是多么的孩子气，并且着实地困惑——一种分明孩子气的梦想，怎么竟可能纠缠了我三十几年。这一种长久的梦想，曾屡屡地出现在我的小说中，以至于有评论家和我的同行曾发表文章对我大加嘲讽："房子问题居然也进入了文学，真是中国文学的悲哀和堕落！"

我也平庸，本没梦想过成为作家的，也没经可敬的作家耳提面命地教导过我，究竟什么内容配进入文学而什么内容不配。房子问题已经被我很罪过地搞进文学去了，弄得文学二字低俗了，我也就只有向文学谢罪了！

但，一个人童年时的梦想，被他写进了小说，即使是梦，毕竟也不属于大罪吧？

现在，哈尔滨市的几条脏街已被铲平。我家和许多别人家的子女一代，都住进了楼房。遗憾的是我的父亲没活到这一天。那几条脏街上的老父亲老母亲他们也都没活到这一天。父亲这位新中国第一代建筑工人，过去三十年间，其实内心里也有一个梦想，那就是——动迁。我童年时的梦想寄托在他身上，而他的梦想寄托于国家发展的速度。

有些梦想，是靠人自己的努力完全可以实现的，而有些则完全不能实现，只能寄托于那个时代的国家发展的速度。对于大多数人，尤其是这样——比如家电工业发展的速度加快了，大多数中国人拥有电视机和冰箱的愿望，就不再是什么梦想；比如中国目前商品房的价格居高不下，对于大多数中国工薪阶层，买商品房依然属梦想。

少年时，有另一种梦想楔入了我的头脑——那就是当兵，而且是当骑兵。为什么偏偏是当骑兵呢？因为我喜欢战马。也因为在电影里，骑兵的作战场面是最雄武的，动感最强的。一名骑在战马上，挥舞战刀，呐喊着冲锋陷阵的骑兵，也是最能体现出兵的英姿的。

头脑中一旦楔入了当兵的梦想，自然而然地，也便常常联想到了牺牲。而且似乎不畏牺牲。但是很怕牺牲得不够英勇。牺牲得很英勇又如何呢？——那就可以葬在一棵大松树下。战友们会在埋自己的深坑前肃立、脱帽、悲痛落泪。甚至，会对空放排枪……进而联想——多少年后，有当年最亲密的战友前来自己墓前凭吊，一往情深地说："班长，我看你来了！……"

显然，正是受当年革命电影中英雄主义片段的影响才会产生这种梦想。

由少年而青年，这种梦想的内容随之丰富。还没爱过呢，千万别一上战场就牺牲了！于是关于自己是一名兵的梦想中，穿插进了和一位爱兵的姑娘的恋情。她的模样，始终像电影中的刘三姐，也像茹志鹃精美的短篇小说中那个小媳妇。我——她的兵哥哥，胸前渗出一片鲜血，将死未死，奄奄一息，上身倒在她温软的怀抱中。而她的泪，顺腮淌下，滴在我脸上。她还要悲声为我唱歌儿。都快死了，自然不想听什么英雄的歌儿。要听忧伤的民间小调儿，一吟三叹的那一种。还有，最后的、深深的一吻也是绝不可以取消的。既是诀别之吻，也当是初吻，是牺牲前央求了多少次也不肯给予的一吻。二口久吻之际，头一歪，就那么死了——不幸中掺点儿浪漫掺点儿幸福……

当兵的梦想其实在头脑中并没保持太久，因为经历了几次入伍体检，都因不合格而被取消了资格；还因后来从书籍中接受了和平主义的思想。于是祈祷世界上最好是再也不发生战争，祈祷全人类涌现的战斗英雄越少越好。当然，如果未来世界上又发生了法西斯战争，如果兵源需要，我还是很愿意穿上军装当一次为反法西斯而战的老兵的……

在北影住筒子楼内的一间房时，我则梦想早一天搬入单元楼。

如今这梦想实现了，头脑中不再有关于房子的任何梦想。真的，我怎么就从来也没梦想过住一幢别墅呢？因为从小在很差的房子里住过，思想方法又实际惯了，所以对一切物质条件的要求起点就都不太高了。我家至今没装修过，两个房间还是水泥地。想想小时候家里的土地，让我受了多少累啊！再望望眼前脚下光光滑滑的水泥地，就觉得也挺好……

现在，经常交替产生于头脑中的，只有两种梦想了。这第一种梦想是，希望能在儿子上大学后，搬到郊区农村去住。可少许多滋扰，免许多应酬，集中更多的时间和精力读书与写作。最想系统读的是史——中国的和西方的，从文学发展史到社会发展史。还想写荒诞的长篇小说。还想写很优美的童话给孩子们看。还想练书法，梦想某一天我的书法也能在字画店里标价出售。不一定非是“荣宝斋”那么显赫的字画店，能在北京官园的字画摊儿上出售就满足了。只要有人肯买，三百元二百元一幅，一手钱一手货，拿去就是。五十元一幅，也行。给点儿就行。当然得雇个人替我守摊儿。卖的钱结算下来，每月够给人家发工资就行。生意若好，我会经常给人家涨工资的。自己有空儿，也愿去守守摊儿，侃侃价。甚而，“老王卖瓜，自卖自夸”几句也无妨。比如，长叹一声，自言自语道：“偌大北京，竟无一人识梁晓声的字吗？”——逗别人开心的同时，自己也开心，岂非一小快活？

住到郊区去，有三四间房，小小一个规整的院落就是可以的。但周围的自然环境却要好，应是那种抬头可望山，出门即临河的环境。山当然不能是人见了人愁的秃山，须有林覆之。河呢，当然不能是一条被污染了的河。至于河里有没有鱼虾，倒是不怎么考虑的。因为院门前，一口水塘是不能没有的。塘里自己养着鱼虾呢！游着的几十只鸭鹅，当然都该姓梁。此外还要养些鸡——炒着吃还是以鸡蛋为佳。还要养一对兔。兔养了是不杀生的。允许它们在院子的一个角落刨洞，自由自在地生儿育女。纯粹为看着欢喜，养着玩儿。还得养一条大狗。不要狼狗，而要那种傻头傻脑的大个儿柴狗。只要见了形迹可疑的生人知道吠两声向主人报个信儿就行。还得养一头驴。配一架刷了油的木结构的胶轮驴车。县集八成便在十里以外。心血来潮，阳光明媚的好日子，亲自赶了驴车去集上买东西。驴子当然是去过几次就识路了的，以后再去也就不必管它了。自己尽可以躺在驴车上两眼半睁半闭地哼歌儿，任由它蹄儿嘚嘚地沿路自己前行就是……当然并不每天都去赶集，那驴子不是闲着的时候多么？养它可不是为了看着欢喜养着玩儿，它不是兔儿，是牲口，不能让它变得太懒了，一早一晚也可骑着它四处逛逛。若不是驴而是匹马，骑着逛就不好了。那样子多脱离农民群众呢？

倘农民见了，定会笑话于我：“瞧这城里搬来的作家，骑驴兜风儿，真逗！”——能博农民们一笑，挺好。农民们的孩子自然是会好奇地围上来的，当然也允许孩子们骑驴。听我话的孩子，奖励多骑几圈儿。我是知青时当过小学老师，喜欢和孩子们打成一片……还要养一只奶羊。身体一直不好，需要滋补。妻子、儿子、母亲，都不习惯喝奶。一只奶羊产的奶，我一个人喝，足够了。羊可由村里的孩子们代为饲养，而我的小笔稿费，经常不断地应用于资助他们好好读书。此种资助方式的可取之处是——他们幼小的心灵中，完全不必念我的什么恩德，能认为是自己的劳动所得，谁也不欠谁什么，这样最好。

倘那时，记者们还有不辞路远辛苦而前来采访的，尽管驱车前来。同行中还有看得起愿保持交往的，我也欢迎。不论刮风下雨下雪，自当骑驴于三五里外恭候路边，敬导之……

“老婆，杀鸡！”

“儿子，拿抄子，去水塘网几条鱼！”

如此这般地大声吩咐时，那多来派！

至于我自己，陪客人们山上眺眺，河边坐坐，陪客人们踏野趣，为客人们拍照留念。

将此梦想变为现实，经济方面还是不乏能力的。自觉思考成熟了，某日晚饭后，遂向妻子、儿子、老母亲和盘托出，却不料首先遭到老母亲的反对。“我不去。要去你自己去！”老母亲的态度异常坚决。我说：“妈，去吧去吧，农村空气多好哇！”老母亲说：“我一个八十多岁的老太太，需要多少好空气？我看，只要你戒了烟，前后窗开着对流，家里的空气就挺好。”我说：“跟我去吧！咱们还要养头驴，还要配套车呢！我一有空儿就赶驴车拉您四处兜风儿！”

老母亲一撇嘴：“我从小儿在农村长大，马车都坐得够够的了，才不稀罕坐你的驴车呢！人家的儿女，买汽车让老爸老妈坐着过瘾，你倒好，打算弄辆驴车对付我！这算什么出息？再者，你们这儿叫什么地方，叫太平庄不是么？哈尔滨虽够不上大城市的等级，但那叫市！你把我从一个市接来在一个庄，现在又要把我从一个庄弄到一个村去，你这儿子安的什么心？”

我说：“妈！那您老认为住哪儿才算住在北京了呢？您总不至于想住到天安门城楼上去吧？”

老母亲说："我是孩子么？会那么不懂事儿么？除了天安门，就没更代表北京的地方了么？比如'燕莎'那儿吧！要是能住在那儿的哪一幢高楼里，到了晚上，趴窗看红红绿绿的灯，不好么？"

我说："好，当然是好的。您怎么知道北京有个'燕莎'呢？"老母亲说："从电视里呗！"我说："妈，您知道'燕莎'那儿的房价多贵么？"她说："明知道你在那儿是买不起一套房子的，所以我也就是梦想梦想呗！怎么，不许？"我说："妈，不是许不许的问题，而是……实事求是地说……您的思想怎么变得很资产阶级了啊？"老母亲生气了，瞪着我道："我资产阶级？我看你才满脑袋资产阶级呢！现在，资产阶级已经变成你这样式儿的了！现在的资产阶级，开始从城市占领到农村去了！你仗着自己有点儿稿费收入，还要雇人家农民的孩子替你放奶羊，你不是资产阶级是什么？那头驴你自己有长性饲养么？肯定没有吧？新鲜劲儿一过也得雇人饲养吧？还要有私家的水塘养鱼！我问你，你一个人一年吃得了几条鱼？吃几条买几条不就行了么？烧包！我看你是资产阶级加地主！……"

我的梦想受到老母亲严厉的批判，一时有点儿懵懂。愣了片刻，我望着儿子说："那么，儿子你的意见呢？"儿子干干脆脆地回答了两个字——"休想。"我板起脸训道："你不去不行！因为我是你爸爸。就算我向你提出要求，你也得服从！"儿子说："你不能干涉我的居住权。这是违法的。法律面前，父子平等。何况，我目前还是学生。一年后就该高考了！"我说："那就等你大学毕业后去！"他说："大学毕业后，我不工作了？工作单位在城市，我住农村怎么去上班？"智者千虑，必有一失，这个问题我还真没考虑。儿子不去农村，分明有正当的理由。

我又愣片刻，期期艾艾地说："那……你可要保证常到农村去看老爸！我就你这么一个儿子，你有关心我的责任和义务！其实，对你也不算什么负担。将来你结婚了，小两口儿一块儿去！"

儿子淡淡地说："那就要具体情况具体分析，看我们有没有那份儿时间和精力了！"我说："去了对你们有好处！等于周末郊游了嘛！回来时，老爸还要给你们带上些新鲜的蔬菜瓜果。当然都是自家种的绿色食品！……"妻子这时插言了："哎，等等，等等，梁晓声同志，先把话说清楚，自家种的，究竟是谁种的？你自己亲手种的么？……"老母亲又一撇嘴："他？……有那闲心？还不是又得雇人种！富农思想！地主思想！比资产阶级思想还不如！……"

我不理她们，继续说服儿子："儿子，亲爱的儿子呀，你们小两口儿每次去，老爸还要给你准备一些新下的鸡蛋，刚腌好的鸭蛋、鹅蛋！还有鱼，都给你们剖了膛，刮了鳞，收拾得干干净净的……"

妻子插言道："真贱！"

我吼她："你别挑拨离间！我现在要的是儿子的一种态度！"

儿子终于放下晚报，语气郑重地说："我们带回那么些杂七杂八的干什么？你收拾得再干净，我们不也得做熟了吃么？我们将来吃定伙，相中一个小饭店，去了就吃，吃了就走，那多省事儿！"

儿子一说完，看也不看我，起身回他的房间写作业去了……妻子幸灾乐祸地一拍手："嘿，白贱。儿子根本没领情儿。"我大为扫兴，长叹一声，沮丧地说："那么，只有我们上了！"妻说："哎哎哎，说清楚说清楚——你那'我们'，除了你自己，还有谁？"我说："你呀。你是我妻子呀！你也不去，咱俩分居呀？"妻说："你去了，整天看书、写作，再不就骑驴玩儿，我陪你去了干什么？替你洗衣服、做饭？"我说："那么点儿活还能累着你？"妻说："累倒是累不着。但我其余的时间干什么？"我再次发愣——这个问题，我也忽略了没考虑。我吭哧了半天，嗫嗫嚅嚅地说："那你就找农民的妻子们聊天嘛！"妻说："你当农民们的妻子都闲着没事儿哇？人家什么什么都承包了，才没精力陪城里的女人聊大天呢！只有老太太们才是农村的闲人！""那你就和她们聊……""呸！……""你们都不去，我也还是要去的！我请个人照顾我！""可以！我帮你物色个半老不老的女人，要四川的？还是河南的？安徽的？你去农村，我和儿子，包括咱妈，心理上还获得解放了呢！是不，妈？"老母亲连连点头，"那是，那是……"我抗议地说："我在家又妨碍你们什么了？"老母亲说："你一开始写东西，我们就大声儿不敢出。你压迫了我们很久，自己不明白么？还问！"

我的脾气终于大发作，冲妻嚷："我才用不着你物色呢！我才不找半老不老的呢！我要自己物色，我要找年轻的，模样儿讨人喜欢的，性子温顺的，善解人意的！……”

妻也嚷：“妈，你听，你听！他要找那样儿的！……”

老母亲威严地说，“他敢！”——手指一戳我额心：“生花花肠子了，啊？！还反了你了呢！要去农村，你就自己去！半老不老的也不许找了！有志气，你就一切自力更生！”

哦，哦，我的美好的梦想啊，就这样，被妻子、儿子、老母亲，联合起来彻底捣碎了！

此后我再也没在家里重提过这个梦想。

一次，当着一位朋友又说——朋友耐心听罢，慢条斯理地开口道：“你老母亲批判你，没批判错。你那梦想，骨子里是很资产阶级！那是时髦呀！你要真当北京人当腻歪了，好办！我替你联系一个农村人和你换户口，还保证你得一笔钱，干不？”

我脸红了，声明我没打算连北京户口也不要了……

朋友冷笑道：“我猜你也是这样！北京人的身份，那是要永远保留着的，却装出讨厌大都市，向往农村的姿态。说你时髦，就时髦在这儿……”

我说：“我不是装出……”

朋友说：“那就干脆连户口也换了！”

我张张嘴，一时不知再说什么好。

此后，我对任何人都不敢再提我那自觉美好的梦想了。

但——几间红砖房，一个不大不小的农家院落，院门前的水塘、驴、刷了油漆的木结构的胶轮车等梦想中的实景实物，常入我梦——要不怎么叫梦想呢……

现在，我就剩下一个梦想了，那是——在一处不太热闹也不太冷清的街角，开一间小饭店。面积不必太大，一百多平米足矣。装修不必太高档，过得去就行。不为赚钱，只为写作之余，能伏在柜台上，近距离地观察形形色色的人，倾听他们彼此的交谈。也不是为了收集什么写作素材。我写作不靠这么收集素材。这是根本就与写作无关的一个梦想。

究竟图什么?

也许，仅仅企图变成一个毫无动机的听客和看客吧！既毫无动机，则对别人无害。

为什么自己变得喜欢这样了呢?

连我自己也不清楚。

任何两个人的交谈或几个人的交叉交谈，依我想来，只要其内容属于闲谈的性质——本身就是一部部书，一部部意识流风格的书。

我觉得自己融在这样一部部书里，觉得自己的存在毫无意义地消解在那样的也毫无意义的意识流里，有时其实是极好的感觉。我的第二种梦想，与我对这一种感觉的渴望有关。我经常希望在某一时间和某一空间内，变成一棵植物似的一个人——听到了，看见了，但是绝不走脑子，也不产生什么想法。只为自己有能听到和能看见的本能而愉悦。好比一棵植物，在阳光下懒洋洋地垂卷它的叶子，和在雨季里舒展叶子的本能一样。倘叶子那一时也是愉快的，我的第二种梦想，与拥抱住类似的愉快有关……

我的一天

友人代《今天》向我约稿。我还没见过这刊物。但我挺喜欢它的刊名。《今天》——似乎一切事情都可以重新开始。似乎一切愿望、信心、决心、目标，都可以重新确定和树立起来。总之我们常常寄托于“今天”许多许多。

一日之计在于晨。

早晨是最好的时光。

难道我们不是常常在早晨想到“今天”吗?

今天我一定要这样……

今天我一定要那样……

今天我如果还不能这样或那样，我便一定将自己怎样怎样……

难道我们不是常藉着“今天”发誓么?

有时我们以誓言作为自己的明天和后天的严格规范。有时我们公开对别人发誓并希望获得监督。许多事情正是这样做成功了的。许多心灵正是这样变美好了的。许多愿望正是这样实现了的。今天——几乎是每一个人最普遍的机会。因为每一个人都拥有许多许多今天。在许多个早晨，我常想的是——今天我一定要休息一天。也就是说，不写作，不接待客人，不必尽什么义务。然而这样的一天对我来说太少太少了。许多昨天甚至前天大前天应该做完的事，往往拖延至今天。许多今天应该做完的事，拖延至了后天或大后天。我常苦涩地嘲笑自己是没有“今天”的人，那么我就为《今天》写写我的昨天吧!

昨天我是这样度过的——

八点钟起床。由于神经衰弱，失眠，早五点至八点，往往是刚进入睡眠良好状态的时间。比起工人和绝大多数机关单位的工作人员，作家真是幸运啊！即使神经衰弱，即使失眠，他们能不早早起来，匆匆走出家门，挤上公共汽车去上班么？一个月，他们最多也就只能这么放纵自己一次吧？也许仅仅因为这一次，出勤奖就少了好些钱，尤其是中国的许许多多的女工，尤其是那些工厂离家很远的女工。一想到她们，我觉得自己是毫无权利对生活犯什么矫情的了。有一首歌叫作《三百六十五里路》可以认为那也是唱的三百六十五个“今天”。想想看，三百六十五个“今天”，风里往，雨里归，有时还要带着孩子捎着买菜，日复一日，年复一年，就这么没了青春，就这么人到中年，就这么老之渐至……后来退休了。月月岁岁的三百六十五个“今天”，三百六十五里路，骑自行车的，眼见得漆光闪耀的新车逐成寄卖店也不收的旧车，眼见多少年纪轻轻的公共汽车售票员，和自己一样，由小什么而被呼为老什么……

人有时需要想想别人。

执笔之时，我本想面对稿纸，着实地倾吐一番当作家的苦衷，却由“今天”二字想到了我们的女同胞，于是呢，又觉得自己简直是身在福中不知福了……

我最想说的其实是——或曰我最羡慕他人的其实是——我没有八小时之外。真的没有八小时之外。而别人也许会比我少了许多义务，少了许多放下自己的事情去为他人奔走的紧迫……

比如我的昨天——起床后，去散步。练半个小时气功。因为身体不好，朋友们一劝再劝，学起气功来。我是个很没长性的学生，三天打鱼，两天晒网。

八点四十回到家里。

九点钟洗漱完毕。开始吃早饭。刚端起饭碗，来了电话——大学同学的同学出差到北京，请求帮个忙，买三张回上海的卧铺票。在北京，买火车票，是一大难事。难，就可以回绝了么？多年不见的大学同学，求这么一桩事，都回绝？没勇气。爽口答应下来再说吧。

放下电话，愣了一会儿。不知自己再该去求谁。每年从五月至“十一”前，总要迎来送往那么十余次。当然，也总要东求西求代买火车票。而求到我名下的人们，要得总那么急，比预定的时间要急得多。可不是嘛，不急，人家也犯不上求我一次……

九点半左右，北影厂传达室又来了电话，通知来了位家乡人。

匆匆吃罢饭，蹬上车去接。不认识。怎么会认识呢？出生在哈尔滨，一次也没回过老家——山东省莱城县泊于乡温泉寨村——一个近海的小小的村子。我的父亲当年离开它闯关东，才十四五岁。直到去年七十七岁病故，也只回去过一次。家乡只有乡亲，没有亲人了。

接至家中的是一位“婶”。她讲出一番事，听得我惊心动魄。家乡人因一桩小事，闹出一桩人命案来。她的儿子被判了死罪，下在大牢里，已经两级法院审判，定了死罪。她此来就是要上诉，为独生子争取个“死缓”。听来也有令人同情之处。于是安慰：事到临头，急也无用，明天我陪你去上诉就是了……忽然有人敲门——当年的北大荒知青战友们，要出一册《北大荒人名录》和一册《北大荒风云录》。这是有意义的事，应当支持。于是我成了编委——忘了今天开编委会……每一次编委会，大家都希望我出席。这一次也不例外。于是动身去参加。中午集体吃便饭。直开到下午三点结束。忽然又想到，有三位中央美术学院毕业的青年，正开画展。其中一位，是朋友，早就寄来了请柬，希望包涵观看。今天是最后的一天……青年人的事业，总是也希望获得中年人的理解和支持。很累。想想，还是去吧。于是绕路前往观看画展。少不得要当面谈谈感受。于是就到了五点。

昨天北京刮大风。五级。

回到家中，已是傍晚六点半，一身的尘土。匆匆吃罢饭，再听那位家乡的“婶”讲些细微末节。陪着难过，叹息。七点钟，来了两位电影学院的学生。没什么事儿，只是来聊聊。八点半送走客人。之后接两次电话——外地刊物进京约稿的编辑打来的。九点，童影厂厂长，来研究开一次座谈会的事儿……九点四十，陪厂长去看一位外地导演……回到家里，十一点。也不洗了。也不漱了。人困马乏地，便睡了。这就是我的“昨天”——许许多多同样内容同样节奏的“昨天”中的一天。

今天呢？——今天上午八点半，陪同“婶”离家，去最高人民法院、最高人民检察接待站。居京十年，这些个地方，我也不知大门朝哪儿开。鼻子底下一张嘴——问。

最后到接待站时，已下午一点。停止接待了。“婶”心情沉重，不吃不喝。我也不想吃不想喝。下午两点，开始发表。领表，填表，递表，排队等待叫号接待……

结果还是没被接待上。明天再来，路很远。我不陪着，那位“婶”也找不到这个地方。于是安排她在附近的一家小旅店住下，一一交代清楚，方告别回家。回到家里，已是傍晚七点。吃罢晚饭，躺了一个小时，朦朦胧胧的，似睡非睡。算是休息吧！桌上有一个条——妻子记下了几次电话的内容，决定了我明天又要做些什么尽些什么义务……厂长又来电话，要求我明天参加一个“首映式”。这是公务，另外一些方面，则是义务。总之似乎都是我应尽之务。包括这一篇稿子。答应了的，总要做到，是不是？而我自己计划的写作，已“搁浅”十余日，难有时间和精力续笔。没有“八小时之外”的生活，也非正常的生活。

我的生活，常常将“我”淹没了。我的“今天”，常常是他人的“今天”。我相信一个生活原则：如果你有可能帮助别人，哪怕是极小的帮助，而你不去实践，是不道德的。

生活中的温馨已然流失，像自然界的水土流失一样令人忧虑。如果我们本身从来不曾向生活之中投入温馨，那我们有什么权利抱怨生活太冷漠了呢？

这么一想，我也就不把我的生活现状看得很糟糕了，也就少了许多烦恼，多了许多自慰。我的每一个“今天”，其实都做了一些必要的事情——为自己和为他人而做，同样有意义。总之我的“今天”，烦恼和愉悦是一样的多。而生活本身，也许就该是这样的？……

体验“残疾”

人类精神的可贵之处，体现在身残而志坚而心美而追求不息者身上，可贵的便尤其可贵，坚毅的便尤其坚毅，美好的便尤其美好，感人的便尤其感人了！

小阿姨从四川探亲归来后，患了严重的角膜炎。每天由我为她滴三次眼药水，数日后我也被传染了。

我生平第一次被传染那么严重的眼病，终日流泪不止。两眼红肿得像樱桃，不能看，不能写。睁着疼得厉害，闭着又等于是处在失明的状态。历时近一个月才渐愈。那近一个月的日子里我几乎没出过门。几乎每一天都这样想过——假如我是一个盲人我将怎样生活？我将以什么样的态度对待生活对待自己？假如我天生就是一个盲人呢？假如我由于什么不幸变成了一个盲人呢？

我竟不敢肯定，我将会以乐观的精神活着，更不敢想象，我能够战胜黑暗，自食其力……

有一次我的手指在做家务时弄破了，接着便感染了。于是敷了药，包扎上了。于是不敢再沾水。洗脸时用一只手。做一切事情也只能用一只手。于是我体验到了一个人如果失去了一只手是多么的不方便。我不止一次地问自己，如果我真的失去了一只手，而且恰恰是握惯了笔的右手的话，我有毅力用左手握笔用左手写作么？我不敢想象下去……

我患了严重的颈椎病以后，写作要靠一个竖立在面前的架子了。这当然影响写作的进度，甚至也影响质量。于是我联想到了奥斯特洛夫斯基。他是一个失明的瘫痪人。他每天不但处在黑暗之中身体也难动一动，而且还要忍受着其他种种伤痛病痛。但他恰恰是在那样的情况下，写出了曾影响中国几代人的《钢铁是怎样炼成的》《暴风雨所诞生的》。我只不过患了颈椎病，与他比起来，颈椎病简直什么病都不算啊！如果我是他，我还有毅力写作么？如果我是他，凝聚着全部活着的积极意义的手稿丢失以后，我还能从零开始么？……

一个毫无残疾的人，其实是很难体验残疾对于生命活力造成的巨大破坏性。不错，我相信，几乎每一个人都曾像我一样，设想过自己假如也是一个残疾人。但也不过就是偶作设想罢了。在作那样的设想时，我们会感到自己好幸运，甚至会暂时地从头脑中排除许多健全人的烦恼，觉得自己生为一个健全的人，实在是一种幸福。如此而已。仅此而已。是的，因为我们事实上并不残疾，我们是很难真正体会到残疾人的内心世界的。在他们的内心世界里，自尊、自强、自信、坚韧不拔的毅力和百折不挠的精神，有时候是更加体现得令我们健全人自愧不如肃然起敬的。

世界上有些事情，是十分艰难的事情，是健全人要付出极大的努力才能做成功的事情。这些事情由残疾人做成功了，意义就非同一般了，因为残疾人选择这些艰难的事情去做，往往与功利二字无关，往往更是出于对残疾的挑战。在挑战的过程中，人类战胜艰难的能力以及必胜的恒心，恰是被残疾人而不是被我们这些体魄健全的人弘扬到了至高境界。我们感动于此，往往也惭愧于此。

但是，钦敬之余，我还是宁愿冷静地认为——残疾首先对人是最无奈最可悲的不幸。

故我常常祈祝世界医学的飞速发展，使许多先天的残疾人，在后天都能得到完善为体魄健全的人的可能性。

我祈祝我国经济的飞速发展——只有在一个经济相当发达的国家，我们的残疾兄弟和残疾姐妹，才能获得社会温暖的关怀和周到的照顾。

我祈祝灾难在世界上发生得越来越少。因为每一次灾难过后，都会留下一批不幸变成了终生残疾的人。

我非常憎恨那些由健全人的失职、渎职乃至歹毒心理造成的恶性事故。在中国，这类事故近年越来越多了——它们断送许多生命的同时，也造成了一批又一批人的终生残疾。

我认为这是健全人所犯的最当诛难赦的罪恶之一种。减少这一种健全人所犯的罪恶，必须从法的严正立场出发，加强惩办的力度。

的确，在这个似乎金钱万能的时代，在这个到处充满了拜金主义思潮的时代，常常有健全的人，为了少花自己的钱，为了多赚别人的钱，而视同胞的生命如儿戏。他们贪婪的代价，往往是别的许多人的眼、耳、手、足、臂、腿，乃至生命的丧失。这连想一想都是多么的令人憎恨。然而这类令人憎恨的，有时完全是人为的灾难性事故，几乎每一年都不断发生着，并且数量有增无减。

在一个贪婪的时代，残疾人不但将是不幸的，而且将是孤独无援的。所幸中国有“残联”，所幸全社会和国家都在关心着“残联”。“残联”的存在，给了中国残疾人们一个特殊的家。最后，我衷心祈祝这一个特殊的社会性家庭中的成员，不是越来越多，而是越来越少……

低消费，也潇洒

这厮自然是一个心甘情愿的低消费“主义”者，这厮也自然便是我自己。

低消费而且“主义”，无论怎样表白并没有鼓吹的意思。因为但凡是个“主义”者，总难免招至企图以自己的“主义”去影响别人的活法的嫌疑。但我本性上其实断无这种坏念头。倘谁不小心受了我的影响，其后大觉不幸，或被家属亲戚朋友同事一干人等纷纷地认为不幸，我则自忖有言在先，是没什么罪过的。不奉陪打官司，补偿“心理纠纷”或“精神损失”之类……

在本季节，扳着指头一算，我的一身从上到下，从里到外，统统加起来，不足七十元——五六年没穿过自己买的背心了——有一时期，我们中国儿童电影制片厂每拍一部影片，便印一批广告背心。就在写这篇小文《哦，香雪》时，仍穿在身，而它早已是完成于一九八九年的影片了。衣橱里还没穿过的背心上，有的印有“北京机械学院”，有的印有“深圳青年”，有的印有“××旅行社”，总之三五年内还不必买背心……

有次乘飞机，“空姐”们对我格外亲切，我觉得很纳闷儿。回到家里才明白，原来穿着一件印有“××航空公司”字样的背心，而所乘也正是那一航空公司的航班，却想不起来是在什么时候什么情况之下得到了那么一件背心……

还有次出差，独行闹市，发觉无尽的目光，锥子似的盯在我身上，凝冷而且——分明地怀着仇恨似的。私下暗想着此地的人欺生何以到了这等地步。恰巧遇到了北京的熟人，把自己的困惑对他说了。他绕我一圈儿，就脱下他的褂子让我穿上，陪我走至僻静处才开口道：“老兄，你怎么敢穿着印有

‘××公司’字样的背心招摇过市？中央电视台刚刚播了‘××债券’是一个大骗局的新闻，此地几万受骗者们正不知找谁去算账呢！”

我听后惊出了一身冷汗，自忖和那么一个轰动全国的大骗局毫无勾搭啊，可背心又是从何而来呢？

说起来，这时代很像一个穿背心的时代。其实这类赠送的背心，估计许多人家里都会有一两件的，只不过一些体面的讲究绅士风度的男人不屑于穿罢了。这广告如洪的时代，简直是太成全我这个低消费的男人了……

当然较庄重的场合，还是以背心外再穿件褂子为宜。于是便有了几件褂子，某天散步，顺便逛早市，忽听一阵富有吸引力的吆喝——“衬衣衬衣，不惜血本大甩卖，八块钱一件啦！”

不禁地驻足，就回望——这年头，物价以百分之二十几的幅度上涨着，八块钱还能买件衬衣么？于是走过去，也不挑，买了两件便夹回家。妻见了，翻着白眼说：“又是从早市上买的处理货？”我说：“都不在早市上买东西，人家还辟出早市干什么？”

我并不觉着多么难为情——文化人买便宜的东西未见得就不文化了，一身名牌儿也不见得就更文化到哪儿去。一件衬衣如果几百元、上千元，纵然是好得不得了，纵然你的形象很重要，不充那号“冤大头”又怎样？会血压升高心肌梗塞从此癌症潜伏么？……长裤当然也是早市上买的——十九元一条，已穿了两年。鞋嘛，二十二元一双。

我穿着总价值七十来元从里到外从上到下的一身，就很热爱生活。而且不消说还能穿得比二十世纪五十年代至八十年代好，这生活就起码可满足了。

至于我自己，绝不敢在生活水平方面冒充“百姓”，因为我之收入要比他们高不少。低消费乃是为了使高消费者们的队伍更“纯洁”些。我看于中国而言，这支队伍不必人为地煽动着它的扩大。这种煽动，从表面看，似乎能在一个时期内猛增某些经商个人、集体、商企或国家的巨大利润；但从长远看，却近乎饮鸩止渴。低收入水平的，百分之九十以上的中国人，尤其不要经不起高消费鼓噪的煽动。你经不起煽动，你明明达不到高消费的收入水平，却偏要挤进高消费者们的队伍，结果乃是你扩大了它——你中了牟取暴利的商业的诡计，它反过来有理由继续高抬一切商品的物价，并将这一灾难转嫁于老百姓，其中当然也包括你自己和你的家人……

抑制通货膨胀，除了宏观调控的国策，还要有老百姓的配合意识，老百姓如果不为高消费的种种煽动所蛊惑，某些商品价格的不道德的抬高则只能是牟取暴利的商业利润追求者们的尴尬。商业也是有道德与不道德之分的。一种商品如果其利润高达几十倍、近百倍乃至几百倍时，无疑是人类社会最不道德的丑陋现象之一。比如月饼，几千元上万元一盒是极荒唐的。普遍的老百姓若不意识到这是对自己过一个传统的民间节日之权益的亵渎，也跟着凑钱借钱去买，则不但不令人同情，反而令人讨厌了。因为那以后中国人就将吃不上几十元一盒的月饼了，“中秋节”对普通老百姓也将不“节”了……

禅机可无，灵犀当有

不久前，我和作家柯云路应出版社的要求，自北京始，取道南京、上海、杭州、武汉、西安签名售书。历时十四天。

当时我正为中国电视剧制作中心创作连续电视剧《同龄人》，十四天对我来说是极其宝贵的时间，不情愿得很。而且，我一向认为，好的作家，只将自己认真耕耘的书稿经由出版社交付社会就是了，大可不必连自己也一并热热闹闹地交付出去，仿佛用自己给自己的书做广告似的。但是时下，签名售书不仅已成了一种时髦，简直进而成了作家对出版社对书店以及对读者的一种义务。既然已经是义务了，那么无论以什么理由拒绝都会显得不礼貌了，也就只有识时务而从之的份儿了……

我在南京签名售书时，桌前曾一度拥挤，一中年妇女向我提出请求——“把我名字也写上吧！”我看了她一眼说：“对不起，不写了，我看后边排了那么多人！”她还想争取，被后边的人挤开了去……后来一本我已签过了的书又摆在了我面前。我困惑地说：“这一本我不是签过了么！”它的主人说：“为了能请您签上我的名字，我又排了一次队。这总可以了吧？”我抬头一看，是刚才那位妇女。我不忍再拒绝，问：“你叫什么名字？”她说：“我叫林晓婷……”我问：“哪一个‘婷’字？”她说：“女字旁加一个街亭的亭……”直至我签上了“林晓婷同志惠存”几个字，她才心满意足地持书而去……那一天我还碰到了中学时期教过我政治的一位女教师。她很激动，眼眶湿了。我也很激动，但又不可能和她长谈，只能嘱咐书店的同志，将她买书的钱退给她，签名活动后我交钱，我不愿让我的中学教师买我的书，我要赠她我的书……晚上，陪同我们的花城出版社的阎少卿交给了我一张纸条。我展开看，只写着这样几行字：

晓声同志：多年不通信了。不知你一向可好？也不知你以前的病怎么样？得知您签名售书的消息，我特别向单位请了一次假。我已有了自己的小窝儿，并且有了一个可爱的小女儿，已经三岁了……祝您创作丰收！

“林晓婷”这个名字倏地我想了起来——她是十年前很喜欢读我的小说的一位读者。当年她每读我一篇小说都差不多要写给我一封信。有时写得很长。对于我写得不好的小说或虽不失为好小说但写得不好的地方，指出得比批评家们还坦率，一语中的。仿佛她是我写作方面的一位严师……

一位作家能拥有这样的一位读者真是一种幸运。至今我对写作绝不敢产生哪怕一点儿漫不经心，不能不承认因为我心中常有她那样的读者似乎时时要求着我……后来我们在南京见过一二面，我是“高高在上”的讲座者，她是一名普普通通的文学女青年，一名听众……再后来随着时间的流逝，她从我的读者中、信中消失了……而十年后的今天，我们面对面的时刻，我竟“眈眈相视不识君”。我好懊恼，懊恼我没能一眼便认出她，还要问她的名字是哪个“婷”……尽管那纸条上留下了她单位的电话号码，但斯时她的单位肯定已下班无人……第二天我一早便离开了南京，将那份懊恼以及内疚带到了上海，带到了杭州、武汉和西安，一直带回了北京……当年的读者来信我早已不保存了。实在地说我已忘了她的工作单位，只记得她是从医的。我给南京电视台的朋友写了封信，抄了她的电话号码和我家的电话号码，嘱咐朋友替我多多问候她，并欢迎她有机会来北京时，到我家里做客……

在西安，同样是签名案前拥挤的时刻，出版社的阎少卿挤入人墙，拿着一本书说——“先签这一本，先签这一本，一位残疾女青年摇着轮椅来买你的书……”

争先恐后塞到我面前的书，一本本地又从我面前移开了，使我得以先签了那一本书……

倏忽间我想到——她从多远的地方赶来购书呢？如果很远，我是否应多给她一份满足呢？为了能够确实对得起她摇着轮椅车而来……

我放下笔对人们说："请大家耐心略等一会儿，我要去看看那青年……"

人们默默从签名案前闪开了。那一刹那我从人们的脸上读到了两个字——理解。

我绕出柜台走到了那坐在轮椅上而只能远远观望签名情形的文学女青年跟前。

她说："谢谢你为我签名。"

我说："谢谢你买这一本书。"

她在西安画院工作，画工笔花鸟画……

我见她似乎欲言又止的样子，主动说："如果你高兴的话，我们合一张影吧？"

她说："我心里正这么想，可不好意思开口……"说着要从轮椅上站起来……

我急忙扶她坐下，请一位记者替我们照了一张相。过后我悄悄嘱咐那位记者："不一定要寄给我，但是别忘了一定寄给她一张……"

我并不以为自己是名人。在今天，一位作家若这么以为，是荒唐可笑的。某些作家也许会这么说，但骨子里那份妄自尊大，是非常讨人嫌的。他们或她们有时无视别人对自己的哪怕一点小小的企望，仿佛在大大的名人眼里普通人是根本不必费神予以理睬的——不但讨人嫌而且意识浅薄。我因我能那样做，首先自己愉快，如今开口闭口玄谈禅机的人是越来越多了，因为已经成了一种时髦。我自忖与禅或道或儒什么的是无缘的，而且不耻于永作凡夫俗子。凡夫俗子就该有点凡夫俗子的样子。禅机可无，灵犀当有——那就是对人的理解，对人间真诚的尊重。这一种真诚的确是在生活中随时随处可能存在的，它是人心中的一种"维他命"。有时我百思不得其解，社会越文明，人心对真诚的感应当越细腻才是，为什么反而越来越麻木不仁了呢？那么一种普遍的巨大的麻木有时呈现出令人震惊的状态来。也许有人以为那一种真诚是琐碎的。可是倘若琐碎人生里再无了“琐碎”的真诚，岂非只剩下了渣滓似的琐碎了么？诚然几本书并不可能就使谁的人生真的变得不琐碎。作如是想除了妄自尊大，还包含了自欺欺人……

返回北京途中，出版社的阎少卿说：“五个城市签下来，你一共大概签了一千五六百本！”我笑笑说：“也许吧。”我问他是否感到是一种损失？他说并不。他说收获很大，收获到了别样的不曾预想过的……

我相信他说的是真心话。于是我们的手互握了一下。

在有的城市，书店的同志不免会在我耳畔低声催促：“快点儿签。日期用阿拉伯数字签就行……”

我那样签了几本，但绝大多数并不用阿拉伯数字，而且签得极认真，尽量将名字写清楚。有一次购书者听到了书店同志的话，抗议起来：“别催他！我们有耐心！”

我以为“耐心”二字颇堪咀嚼。虔诚是需要一点儿耐心去换取的。于我于读者于生活中一切人，该都是这样吧？

我看我们这一代

Chapter 2

文化人生

文化的影响是什么？

我在想文化可否是基因，

我认为是可能的，

要不为什么说出身于书香门第的人，

长大后他身上就有这种气质呢？

一定是在一代代的基因里就体现着的。

复旦与我

我曾写过一篇散文，题目是《感激》。在这一篇散文中，我以感激之心讲到了当年复旦中文系的老师们对我的关爱。在当年特殊的时代背景下，对我来说，他们的关爱还体现为一种不言而喻的、真情系之的保护，非是时下之人所言的那种老师们对学生们的关爱能包含的。在当年，那一份具有保护性质的关爱，铭记在一名学生内心里，任什么时候回忆起来都是凝重的。

在文中我还讲到了另一位并非中文系的老师。

那么他是复旦哪一个系的老师呢?

事隔三十余年，我却怎么也不能确切地回忆起来了。我所记住的只是一九七四年他受复旦大学之命在黑龙江招生——中文系创作专业的两个名额也在他的工作范围以内。据说那一年复旦大学总共从黑龙江生产建设兵团招收了二十几名知识青年，他肩负着对复旦大学五六个专业的责任感。而创作专业的两个名额中的一个，万分幸运地落在了我的头上。

事情大致是这样的——为了替中文系创作专业招到一名将来或许能从事文学创作的学生，他在兵团总部翻阅了所有知青文学创作作品集。当年，兵团总部每隔两年举办一次文学创作学习班，创作成果编为诗歌、散文、小说、报告文学、通讯报道与时政评论六类集子。一九七四年，兵团已经培养起了一支不止百人的知青文学创作队伍，分散在各师、各团，直至各基层连队。我是他们中的一个，在基层连队抬木头。兵团总部编辑的六类集子中，仅小说集收录过我的一篇短篇《向导》。那是我唯一被编入集子中的一篇，它曾发表在《兵团战士报》上。

《向导》的内容是这样的：一个班的知青在一名老职工的率领下进山伐木。那老职工在知青们看来，性格孤倔而专断——这一片林子不许伐，那一片林子也坚决不许伐，总之已经成材而又很容易伐倒的树，一棵也不许伐。于是在这一名老“向导”的率领之下，知青离连队越来越远，直至天黑，才勉强凑够了一爬犁伐木，都是歪歪扭扭、拉回连队也难以劈为烧材的那一类。而且，他为了保护一名知青的生命，自己还被倒树砸伤了。即使他在危险关头那么舍己为人，知青们的内心里却没对他起什么敬意，反而认为那是他自食恶果。伐木被拉到了连队，指责声纷起。许多人都质问：“这是拉回了一爬犁什么木头？劈起来多不容易？你怎么当的向导？”——而他却用手一指让众人看：远处的山林，已被伐得东秃一片，西秃一片。他说：“这才几年工夫？别只图今天我们省事儿，给后人留下的却是一座座秃山！那要被后代子孙骂的……”

这样的一篇短篇小说在当年是比较特别的。小说主题的“环保”思想鲜明——而当年中国人的词典里根本没有“环保”一词——我自己的头脑里也没有。只不过所见之滥伐现象，使我这一名知青不由得心疼罢了。

而这一篇仅三千字的短篇小说，却引起了复旦大学招生老师的共鸣，于是他要见一见名叫梁晓声的知识青年。于是他乘了十二个小时的列车从佳木斯到哈尔滨，再转乘八九个小时的列车从哈尔滨到北安（那是那一条铁路的终端，往前已无铁路了），之后改乘十来个小时的长途汽车到黑河，第二天上午从黑河到了我所在的团。如此这般的路途最快也需要三天。而第四天的上午，知识青年梁晓声正在连队抬大木，团部通知他，招待所里有位客人想见他。

当我听说对方是复旦大学的老师，内心一点儿也没有惊喜的非分之想。认为那只不过是招生工作中的一个过场，按今天的说法叫作秀。而且，说来惭愧，当年的我，这一名哈尔滨知青，竟没听说过复旦这一所著名的大学。一名北方青年，当年对南方有一所什么样的大学，是不会产生兴趣的。但有人和我谈文学，我很高兴。

我们竟谈了近一个半小时。

我对于“文革”中的“文艺”现象“大放厥词”，倍觉宣泄。

他从自己的包里取出一本当年的“革命文学”的“样板书”《牛田洋》，

问我看过没有？有什么读后感？

我竟说："那样的书翻一分钟就应该放下，不是任何意义上的文学作品！"

而那一本书中，整页整页地用黑体字印了几十段"最高指示"。

如果他头脑中有着当年流行的"左"，则我后来根本不可能成为复旦的一名学子。倘他临走前再向团里留下对我的坏印象，比如"梁晓声这一名知青的思想大有问题"，那么我其后的日子将更加不好过了。

我记得清清楚楚，我们分别时，他说的是"你跟我说过的那些话。不要再跟别人说了，那将会对你不利"。这是关爱。在当年，也是有保护性的。后来我知道，他确实去见了团里的领导，当面表达了这么一种态度——如果复旦大学决定招收该名知青，那么名额不可以被替换——没有这一位老师的认真，当年我根本不可能成为复旦学子。我入学几天后，就因为转氨酶超标，被隔离在卫生所的二楼。他曾站在卫生所平台下仰视着我，安慰了我半个多小时。三个月后我转到虹桥医院，他又到卫生所去送我……至今想来，点点滴滴，倍觉温馨，进而想到——从前的大学生（他似乎是一九六二年留校的）与现在的大学生是那么不同。虽然我已不认得他是哪一个系哪一个专业的老师了，但却肯定地知道他不是中文系的老师。而当年在我们一团的招待所里，他这一位并非中文系的老师，和我谈到了古今中外那么多作家和作品。这是耐人寻味的。

大千世界，芸芸众生。人皆有一命，是父母给的。但有人是幸运的，能获二次新生。大学者，脱胎换骨之界也。"母校"说法，其意深焉。复旦乃百年名校，高深学府；所育桃李，遍布人间。是复旦当年认认真真地给予了我一种人生的幸运。她所派出的那一位招生老师身上所体现出的认真，我认为，当是复旦之传统精神的一方面吧！我感激，亦心向复旦之精神也。故我这一篇粗陋的回忆文章的题目是《复旦与我》，而不是反过来，更非下笔轻妄。我很想在复旦百年校庆之典上，见到一九七四年曾前往黑龙江生产建设兵团招生的那一位老师。

又是中秋

怎么的，一年年过得如此之快了呢？

快得令我心悸。

今天是一九九六年的九月二十七日。在我懂事以后，在这一个中秋之前，我度过了四十五六个中秋！却仅有几个残破的、关于中秋的回忆，依稀地存留在我头脑里，如同保管不善的、隔世纪的电影拷贝，回忆中的人和事，都快变成些虚光浮影了！原来人生一场，能记住的，总体来说其实是不多的。

每逢佳节倍思亲——在我以前度过的某些个中秋之日，我曾非常地思念过我唯一的哥哥。哥哥长我六岁，自幼就比我懂事。从小学到高中，一直是老师的爱生。入大学不久，便当上了学生会主席。他的最严重的弱点，是心理承受能力太脆薄，如同彩色玻璃器皿，好看，但是易碎。这弱点使他在二十二三岁时就被送进了精神病院，于今精神病院成了他永远的归宿之地。我说我的哥哥心理承受能力太脆薄也许有失公道。因为在二十世纪六十年代初，穷困对于一个考上了大学却又明摆着读不起大学的贫寒子弟咄咄逼人的精神压迫，甚至是连我这个弟弟都丝毫也无法分担、无法很深地体会的。现在我已不怎么想我的哥哥了，只记着每年定期往精神病院寄住院费罢了。我个人的庸常的日子，将我内心里对哥哥那份儿手足之情渐渐磨砺得粗糙了。

某些个中秋之日，我也曾非常地思念过我的父亲。父亲活着的时候我非常地思念过他。父亲死后我非常地思念过他，尤其是父亲刚去世的半年内，我走在我家的那条小街上，似乎总见他的幻影坐在人行道街沿儿上，身下照例垫着一块硬泡沫板，极其安详地注视着我走近他。父亲逝世已经六年多了。

人死无法复活，我已能够理性地接受这一事实了。我当初是为解决住房问题从北影调至童影的——迫不及待地解决住房问题，归根结底是为了早一天将父亲接到我身边安度晚年。不料他一到北京便检查出胃癌，半年后就去世了。所幸在父亲人生的最后时刻，我受心灵感应的促使，躺在父亲身边，握着父亲的一只手，等于是将父亲陪送到了另一个世界的门外。

没有几个父亲在人生的最后时刻，能有儿子身体紧拥身体，由儿子轻握着自己的一只手平静地逝去。

上苍给了我尽孝心的机会，我亦每每因此而聊以自慰。某些个中秋之日，我还非常地思念过我的母亲。母亲一生含辛茹苦，对于我们兄妹五个原先赖以成长的那个贫寒之家的贡献无可比拟，于是我将母亲接到北京住了两年，前不久妻陪母亲回哈尔滨家里，妻回来后说母亲一切都好，让我不必挂牵，所以我此刻当然也是并不思念我的老母亲的。

但人心真是怪异的东西啊，总会在特殊的时日，思念某些与自己有亲情关系的人。而大多数的我们的所思所念，大抵又是由那些既与我们有深厚的亲情关系，命运又堕入到极不堪之境的人们引起的。此时思念实在是吸满了牵挂和惦念的成分呀。一般而论，我不太会思念某些发达着的、显贵着的、人生正春风得意着的人。因为我们知道，一方面他们已不在乎别人思念不思念他们，另一方面即使在某些并不特殊的日子，某些并不真的思念他们的人，出于某种可以被理解的意识，常会以最时髦的方式向他们表达最亲爱的思念。

发达着显贵着人生春风得意着的人们，几乎一向总是被似乎绵长的情感浓浓的思念喂养着。可想而知这一种思念常使他们倍觉腻歪。好比吃巧克力吃伤了的孩子，再一见了巧克力不禁地皱眉撅嘴。

在今年中秋，我内心深处最为思念之人只有一个，那就是老隋。我思念他乃因他的生日是农历八月十六，是每年中秋的第二天。在往年，在中秋那一天，在我不怎么思念他的情况下，我也会十分自然地想到——哦，明天又是老隋的生日了。老隋之于我，相当于一位曾无私地呵护过我的义兄。我俩虽非手足，却情同手足。在此一个中秋，我内心深处思念他，还因他的命运正堕入到极不堪的境地。他已是一名犯人。我估计将判十年八年，也许更多。

那么他的后半生大部分将在服刑期间里度过了吧？在此一个中秋，我内心深处对他的思念，使我的情绪很是忧伤。他有恩于我，我根本没法儿不思念他，根本没法不将他自己一步步陷入的绝境当成一回事，根本没法儿不因他而情绪忧伤……

一

这中秋八月下午四点多钟的阳光是那么明媚。窗外正对着元大都城垣遗址颓化成的土岗，其上老草葳蕤。那全是荨麻类的草棵，茎蔓纠结，织成一大床草被，差不多将土岗通体地覆盖住了。它们那被毛虫蚕食得残缺不整的大叶片，不劳秋风扫荡而先自枯黄了。这儿那儿，醒目的枯黄散布在陈绿之间，令人望去顿生感伤。在它们遮蔽不严的地方，暴露出被一个夏季的烈日晒得灰白了的土壤，丝丝拉拉垂挂着些枯根。仿佛褴褛成条的破衫之下，一处处了然呈现的老人瘦皱的衰皮，令人一眼望去又是那么的不舒服。一派勃勃生机正在那古垣的颓址上渐渐结束着一年的葱茏，却依然有花在开着——喇叭花，和一种不知名的，也是荨麻类植物开的六瓣儿黄花。喇叭花伏地而开，茎蔓缠绕草被，紫的、粉的、白的，一片片照样儿开得不失夏季的烂漫。它们可真是一种又不起眼又顽强的花！在十一月份，在古垣颓址一片萧索枯黄之时，乃至在下了第一场雪之后我也常见这儿那儿仍有不屈不挠的喇叭花开着。这些不起眼的顽强又高傲的喇叭花啊，怎能不使人心里油然地生出份敬意呢？那六瓣儿的黄花，却是被一人多高的手指般粗的茎子举着开的。在它们的茎子的顶端，分叉出五六枝甚至几十枝更细的茎子。在那些更细的茎子上，六瓣儿的黄花悠然灿然地开着。黄得抢眼极了！黄得崭新崭新，仿佛不是真的花，而是巧女的双手用崭新崭新的黄绢剪做的假花，趁夜插在那些俗鄙的荨麻类植物的茎子上，为的是在中秋节，在没有菊花姹紫嫣红的地方，给予人们的眼睛一些起码的亮丽色彩。它们开得如同梵·高的画上那种充满印象意味儿的金灿灿的向日葵。幸而有那么多亮丽那么多烂漫的喇叭花伴着小黄花相映开着，否则那古垣遗址在这个季节就野茎芜杂缠乱得令人愀然，令人看不得了。然而阳光确实美好。我知道在我面对北窗无法望见的偏西边的天空上，必定有一轮硕大的充血的夕阳，正向古垣的颓墟慷慨地挥甩过来最后一把迷人的光辉。我想它此时此刻大约会红亮得如同霓光板一样吧？一棵棵松树朝西的一面通通沐浴在那迷人的光辉里，使它们望去明一半暗一半的——明的一面，蒙尘的旧绿色也新了许多；暗的一面，则更显得苍黛了。那一种不洁的苍黛，最令人顿生心灰意冷之感。杨树的静止的肥叶，一片片仿佛被那暖洋洋的迷人的光辉晒得浅睡着，仿佛一直会静止地悬着，朦胧浅睡到明年媚人的春天似的……

古垣的颓墟乃是一面四季的镜子，我常望着这一面镜子陷入沉思冥想。

大约三年前，也是在农历八月里的一天，我和老隋相对坐在我家北屋的这个窗前。在我们之间的窗台上摆着烟灰缸。我们都吸着烟，他吸他的，我吸我的。他吸的是“三五”，我吸的是“高东”。他吸的“三五”烟是用我强给他的零花钱买的。他一向只吸“三五”等档次的洋烟，低于“三五”档次的烟一概被他贬为“杂牌烟”。不到烟瘾大作难忍难熬的地步他是绝对不肯吸“杂牌烟”的。当时他住在我家里，吃在我家里，身无分文却一番比一番自信，一番比一番热烈地向我大谈他要成就他的老板梦想的那些宏伟计划。那一天以前我已经多次耐心地倾听过他的宏伟计划了。那一天以前我从不曾打断过他，只是默默地极具耐心地倾听——我不忍心打断他。我对他有一种像对一位敬爱兄长般的亲情，从不曾因他一次次的受挫、一次次的落魄、一次次身无分文地猝然出现在我面前而稍有所减。尽管我明知他的那些宏伟计划，无一例外全是画饼充饥，全是纸上谈兵，全是马歇尔计划……

那一次他从南海来，或者是从珠海来，总之是从南方沿海某省份来的，我一向并不细究他从哪儿来。他说从哪儿来，我便信他从哪儿来。他说来北京干什么，我便信他来北京干什么。他几乎从不对我说假话。他在“下海”经商以前从没有说假话的毛病。这一点是一切那时候认识他的人，包括那些与他有矛盾的人、内心里对他充满成见的人，甚至内心里暗暗嫉妒他才情和能力的人，都不得不公认的。他“下海”经商而人生一次次受挫一次次落魄以后，开始对我说假话，但绝非怀有什么打算坑我骗我欺诈我的卑劣目的。

不，他永远地对我不可能产生这样的闪念。他对我说假话只能有一个动机，那就是遮掩他比上一次出现在我面前时更落魄更走投无路的实情，竭力维护住他那早已脆弱得禁不住任何刺伤的自尊。也还因不愿从我脸上看出对他的处境越来越担忧越来越同情的神色。我当然越来越替他的将来担忧越来越对他自蹈迷津的处境深怀同情。但我一向小心谨慎地严严密密地隐藏起我替他感到的担忧及我对他的同情，我明白那其实意味着我对他的伤害，而且是很深很深的伤害。我知道我一直是他最依赖的朋友，除了他的儿子和女儿，我大约算得上是他在这个世界上的第三个亲人了——一个实际上给予不了任何他所希冀的大帮助而又是他在感情上永远都需要的好朋友。

那一天上午九点多钟我才起床，正刷牙，肩上被人轻轻拍了一下。这轻轻一拍使我大吃一惊，牙缸牙刷全失手掉在水池里。因为妻上班去了，儿子上学去。那时我家里除了我，本不该有第二人的。我屏息敛气不敢立刻转身，一颗心紧张得嗵嗵乱跳，呆愣了数秒钟才声音发颤地问：

“谁？”

“我。老隋。”

我听出了果然是他的语音，转过身见他笑盈盈地瞧着我。

“怎么会是你呢？”

“怎么会不是我呢？我老隋明明已经站在你面前了嘛！”

“从哪儿来？”

“南边。”

“又是南边！”

“我从南边来你不高兴？”

“我希望你从北边来。”

“什么意思？”

“哪天你又出现在我面前，说是从北边来，我就会热烈拥抱你！我认为你在北方才能重新寻找到你人生的坐标！在南方你是寻找不到的。南方不适合你老隋。”“不见得吧？太武断了吧？”我们第一次一见面就斗嘴。他穿一件白衬衫，背带西服裤，皮凉鞋。白衬衫看上去像名牌儿，但领口和袖口都脏了，早该洗了。西服裤居然是咖啡色的——他不穿黑色的蓝色的而穿咖啡色的西服裤，而且是有背带的，这使我觉得不伦不类，有点可笑。南方在某些方面改变了他，使五十多岁的他爱穿颜色惹眼的衣服了。西服裤的两膝部，有些斑斑点点的油迹，而皮凉鞋上一层粉尘。但他的头发却朝后梳得很服帖，脸也刚刚刮过，一副衣衫不洁却容光焕发的样子。

我问他怎么从南方来的？他说是昨晚乘飞机来的。我心想，老隋啊老隋，这你骗得了我吗？你上下一身几天不洗的衣服，已经向我证明了你不是乘飞机而是乘坐火车来的啊！而且坐的肯定不是卧铺。我不愿更不忍心当面点破他。至于他是没买到卧铺，还是舍不得买卧铺，或是连买卧铺的钱都不够，我就不得而知了。我判断他肯定坐了三十个小时以上的火车。在不得已的情况下，老隋是个什么苦都吃得了的人。

我问他住哪儿？他说住宾馆。

问他住什么宾馆？他迟疑了一下，笑了，说你审问我呀？北京新建的大宾馆大饭店多了，说出名你也不见得知道哇！

我固执地追问——你说你说！

他又迟疑了一下，说出一家宾馆，我果然闻所未闻。他还说那是一家中外合资的三星级宾馆。

但他接着说——不过今天早晨已将房间退了，和我又多半年没见了，怪想我的。若住在宾馆，他来看我，我去看他，都不太方便，莫如还住我家里的好，每天可以有更多的时间在一起，有更多的时间彼此聊聊心里话。

于是我明白了他又沦落到差不多身无分文的地步了，一阵悲悯从我心底涌起——一个和你关系至亲的人，一个一向被你认为也被众多的人认为，而且经过许多事实证明他办事干练自信心极强颇具领导才干和组织能力的人，一次次沦落到身无分文的地步出现于你面前，你心里怎能不因他而产生大悲大悯？

我刷完牙放牙缸时，发现我的刮脸刀分明地刚刚被用过了，不必再问，他准是在我家里，在我起身之前，洗的脸，刮的胡子，梳理的头发，没洗脸没刮胡子没梳理头发之前他该是个什么样儿，可想而知。

我问他怎么进门的?

他再一次笑，说来得早，来时我妻子还没上班，儿子还没有上学，说他已经和我妻子和我儿子一起在我家吃过早饭了。这我信他，在我家他根本不必客气的，所幸我的妻子由于我对他的深厚感情，也视他为我们的一个至亲之人，从不会因为他的猝然登门而心生反感，而且每每会以好烟好酒好茶招待他。

我洗过脸，陪他在沙发上坐下后，他以一种仁爱的目光瞧着我说："昨晚又开夜车了吧?"

我说是的。

他又以一种深切关怀的口吻说："你不能常开夜车。为什么总不听我劝?世上的好小说，并非都是作家们在夜里创作出来的。这次我见你，你脸上可又添皱纹了！以前的皱纹更深了，白发也多了。你才四十几岁的年龄嘛！为什么要使自己老得这么快?还不到老的年龄嘛！为什么要不惜血本地消耗自己?你近来的小说，凡是被我发现的，我都认真读过了。你写得更快了，更多了，却未必写得更好了。你自己觉得呢?"

每次我们见面不久，交谈的内容便会立刻由他所控制，角色便会发生根本性的转换。他一旦有机会从见面初时的被动又尴尬的境地得以解脱，便俨然成了对我这个作家最负责任的监护人，以及诲我不倦的训导员。他目光中那一种长兄兼父亲般的仁爱，对我具有极强的感染力。正因为他心中对我有仁爱，目光中才有。人可以伪装出种种表情，但伪装不出目光来。他对我也是真关怀，我乐于接受他的关怀。我清楚地知道，在这世上，在我众多的朋友中，除了我的几位中学时代的男女同学，再就要数他对我的关怀不掺水分了。

于是他侃侃而谈，分析起我的几篇小说来。

一个作家，在今天已经难得听到别人对自己的作品那么直率那么郑重地进行抽丝剥茧式的分析和评说了。

这一种人对他人的直率郑重又深思熟虑的态度，恐怕是花钱也不容易买到的了。而且，他对我的作品的分析和评说，无疑是能够直接提高我以后的创作水准的。因为他非是一般的读者，他毕业于东北某大学中文系，当年是大学生的时候，曾协助博览古今中外文学名著的老教授们编写过通用于东北各大学中文系的教材。他当年那洋洋四万余字的毕业论文曾作为范文在校刊一字不删地发表。如果不是“文革”硬性地改变了他的人生志向和人生轨迹，他必定留校执教，现在必定是功成名就桃李满天下的教授了。他是那么了解我成为作家的全部必然性和时代偶然性，了解时代在我身上所发生的绝对作用。他又是那么理解我的文学观，理解我既已成为作家，何以还习惯于将目光投注某些人和事，而对另外一些人和事则漠然地转过脸去。他对此一点的理解如同我自己对自己的理解，有时胜过我自己对自己的理解。所以他的分析和评说，几乎条条句句有的放矢，对我而言可谓是真知灼见。

我一边默默地听，一边在心里暗想——老隋啊老隋，你为什么要把自己弄到这种一文不名且无家可归的地步呢？你当初为什么要破釜沉舟地“下海”呢？你的人生错就错在那一步，难道你至今还毫不悔悟吗？你如果当初不迈那一步，尽管你也不再能成为文学理论家、评论家或大学中文系教授了，起码你还是正处级的国家干部啊！只要你在正处级的职位上微敛锋芒，隐藏起你一半的才干和能力，处世再学得灵活圆滑一点儿，升为副局正局级，又是多么顺理成章的事啊！

“你在听吗？”

“在听。”

“没烦吧？”

“没烦。”

“你可别心里烦了，却强装出一副在认真听的模样！”

“我是不是装的，你还看不出来吗？”

“那好。不谈你的中篇了，现在咱们开始谈你的长篇吧！”

哦上苍！尽管他在侃侃地、借古喻今地谈我的中篇时，我的确没烦，的确是在洗耳恭听，的确是在暗暗记住他的某些极有价值的意见，但一听他要接着开始谈我的长篇了，我还是当机立断地扭转话题。若由他谈了起来，我就不便制止了。

我说："老隋，你吃过饭了，我可还没吃呢。让我先吃饭行不行？"

他愣了愣，窘笑着道："行行，你先吃饭，你先吃饭！"

我吃过饭，唯恐他又提我的长篇，抢先问他："老隋，这半年多来，你在南方做些什么呀？"

他点燃一支烟，深吸了两口，轻描淡写地说："也没做什么太有意义的事，不过给几家公司当顾问，参与策划一些经济项目。"

身无分文，投住在我家里，他嘴上还要潇洒，竟说自己在当什么顾问！而且不是当一家公司的，是当几家公司的！于是我明白了，他的处境依然半点儿好的转机也没有。他依然在以五十余岁的年龄，以高智商的头脑，以丰富的人生阅历和谋事经验，在南方到处漂泊流浪，当的是一名不折不扣的老"打工仔"。而当年曾经在黑龙江生产建设兵团大名鼎鼎，一句话足可改善某个知青的命运，一呼百应千应的他，又哪里肯长期地任人呵使，忍气吞声，甘做"催巴儿族"呢？那么这半年多来，他过的肯定依然是今日应招而来，明日被辞而去，有今天没明天的落魄生活了！所谓"参与策划一些经济项目"，无非就是替某些公司起草商业文牍，誊誊写写之事罢了。他语法修辞水平高，字又写得飘逸秀丽，大概还是能够或多或少挣到些誊写费，不至于饿肚子的吧？倘他年轻三十岁，倘在从前，我想他完全可以给某公司老板当一名备受赏识的秘书。如今的老板们大都愿身边有靓丽佳人充当秘书，谁肯聘任五十余岁的一个半老男人充当秘书呢？何况他一旦穿上西服，系上领带，初见之人，就分不清他和他的老板究竟谁才是老板了。老隋是个相貌堂堂气质极佳的男子，永远不失彬彬有礼的风度，尤其在初识者面前，一言一语，一举手一投足，一沉吟一微笑，永远那么的不卑不亢，那么的矜持又随和，稳重又幽默，即使在身无分文的情况下，仍不失气质，不失风度，甚至反而气质越突出，风度越卓尔不群似的。仅仅这一点，就注定了实际上他在南方连一个当秘书的职务都休想谋到。尽管他可以为许多想当秘书的靓丽佳人开一门课，教授她们怎样当好一名称职好秘书。想当年他二十六七岁在黑龙江生产建设兵团宣传部当干事时，实际上也充当着兵团机关几大秘书之一的角色……

我尽量将我的内心活动隐藏得严严密密，半点儿也不流露于面，以颇感兴趣似的口吻问他此次到北京来办什么事。

这一问，将他的兴奋点从分析和评说我的作品，转移到了开始谈他自己。

“此次我要办一件重大之事！”——他的表情相当严肃，语气也相当严肃，“办成了，我的后半生就有着落了！那时我要把你养起来，保你以后的生活无忧无虑，从从容容地按照你自己的创作计划潜心写出好作品就是！”

诸如此类的话，自他“下海”以来，不止十次二十次地当面或在信里在长途电话里对我说过了，他对我的宏愿许下也有十二三年之久了，尽管这已经是他的老生常谈，但我听了心头还是不禁一热。当老板乃是他的一个梦。他迷幻在这个梦里，也已经十二三年之久了。这十二三年来，我不止一次试图将他从他的梦里拖拽出，但我的努力全白费了。我的对手太强大——对手当然不是指他，而是时代。这时代每天都通过各种媒介向社会宣告，某些人摇身一变，奇迹般地成为千万富翁亿万富翁的实例。有太多这样的实例，诱惑着他，他根本听不进我苦口婆心的劝说。他一次次对我信誓旦旦地描绘他的宏愿，一次次严肃又逼真地向我表达他的美意，但这并不是为了使我能在他身无分文的情况下一而再、再而三敞开家门接纳他，便向我一而再，再而三地开空头支票。他知道我的家永远不会拒绝他这位不速之客。他的老生常谈，依我想来，只不过是固守着一种初始的信念和自信。他的自信，已是他唯一的财产、个人财产、精神上的财产——升值、保值或贬值，全由他自己进行调控的财产；他一次次诉说它，就能使它保值，起码不使它贬值似的。好比我为了保持住我对某一篇小说构思的执著，总忍不住要对自己认为有耐心听的人一次次讲述一样。讲述的次数越多，我的构思越详细，越完整。他也是这样。诉说是他固守自信的唯一方式——所以对他而言，唯一的简单的方式，当然也便是最有效的方式了。我猜除了我，可能没有第二个人肯听他的诉说。我猜他的儿子和女儿也未必肯听他的。我猜他也未必会对他的儿子和女儿老生常谈……

他又加重语气说：“我一定要办成！某些人能办成的，我为什么办不成？”于是他打开了他的皮箱。我已很熟悉那只皮箱，十二三年来，我一次次见它由新而旧。皮箱里除了一套内衣内裤、一双袜子、一条领带、一个厚厚的笔记本儿，再就什么也没有。用“空空如也”四个字形容也不为夸张。

他先拿的是那厚厚的笔记本儿，朝我一抛，不当一回事儿地说：“算了，也没情绪谈你的长篇了。这个给你，闲时看着解闷吧！”

我接住笔记本儿，翻开略看一眼，见他那飘逸秀丽的好字，已密密麻麻地写了百余页，且每页双面写的。我就很奇怪，他为什么要让我看他的笔记本儿呢？记了他自己一些什么难以当面向我启齿的隐私呢？再细看，心头不禁又是一热……

想不到正反百余页，所记全是他读我的小说之后的杂感，也不光是我的中篇、长篇或短篇小说的杂感，竟包括了从报纸读到我的零散文章的杂感，短则几行字，长则几千字！每则开始还写着“某年某月某日于某地购得晓声新作”，或“偶读报载晓声随笔”……

这就是老隋!

我抬头望他，心中有些感激的话，却又不知该怎么开口说。切莫以为他对文学还有多大恋心，我清楚他早已是一个对文学失去兴趣的人。自从他“下海”以来，我敢断定他一次也没再进过任何一家书店，我的书显然都是他从书摊上买的盗版书。而且我敢断定，他也早已不是一个经过书摊就忍不住驻足的人，情形可能是这样的——当他听什么人说我又出版了小说以后，才赶紧去逛书摊，一旦发现便毫不犹豫地买下，或从某书摊前走过，无意间一眼瞥见了一张“新书介绍”招贴广告，同时瞥见了我的名字，于是不由得停下脚步。而那时他兜里可能并没多少钱，可能钱刚刚够他吃一顿饭，或刚够他买一条烟，刚够他去远处“打的”……

情形还可能是这样——在某地一家价格最低的小旅店里，他包有一张床位。那几天也许是他连“参与商业项目策划”的差事都找不到的日子，于是他就躺在床上读我的小说，饿了吃烧饼面包，渴了喝白开水，读完就伏在桌上记下杂感，如果那房间有桌子的话。无论从精神方面还是物质方面而言，他都是一个一天也不能没事可干的人。真的较长期地没事可干了，他也就连烧饼面包都吃不上了，他也就连价格最低的小旅店里的一张床位都包不起了。于是读我的小说，记他的杂感，便成了一名来自北方但却闯荡于南方的老

“打工仔”的一件可干的事，毕竟这是一件道德的、文明的、于他无害而于我有益的事。他一边做这一件事，一边期待他的小叶或儿子女儿，尽快寄些钱来接济他。我想，在不少的日子里，他是一位须靠儿子和女儿在经济上予以“关照”的父亲。所幸的是他的儿子和女儿都很爱他这位命运落魄而壮心不已的父亲。据我所知是这样——无论他在天涯海角，无论他沦落到何种地步，我相信他对“梁晓声”三个字都异常敏感。我们之间的深厚情谊大概也等于他的一份“财产”，常使他觉得自己还远远没沦落到自己是一个彻底的穷光蛋的地步，对于他意味着很大的温情脉脉的人生慰藉。他买我的书，读我的书，与所谓“文学”二字根本无关。仅仅是，百分之百的是，由于对我的终生无悔的友情……

你若对这样的一种友情说什么感激之类的话，无论多么发自内心，都是不免会显得轻佻的。

像老隋这么重友情的人，我的生活里已经所剩不多了。正如我前边所提到的，还有便是我的几名中学男女同学了。那和老隋与我的友情一样，乃是一种在彼此心里生了根的东西，一种大漠上的仙人掌般的东西。其他一概皆是所谓友好交往，而友好交往和在彼此心里生了根的那一种感情，毕竟是有区别的。

我合上笔记本，诚挚地说：“我一定读。”

我也只能这么言简语淡地说。在我们之间，太感情的话，未免会显得夸张，会导致我俩一时都不自然起来，正如他将笔记本儿抛给我时，像抛过来一盒烟似的不当一回事儿。

他却还在箱子里翻找起什么来，就那么几样东西，哪样也遮不住哪样也盖不住。我想象不出他那箱子里竟会放过什么稍微贵重点儿的玩意儿。

但我却看出他心里是真的有点急了，他自言自语地嘟哝：“糟糕，哪去了呢？”我问：“什么不见了？”他说：“钱。”“多少？”“三百。”想不到他此次“光临”，并非身无分文，居然还有三百元钱！显然是找不到了，有过三百元钱也跟身无分文是一样的了。我说：“别急。仔细找找。”他绝对不是在做戏给我看，如果他此次身无分文而来，他会坦率地对我说——“我可连出门乘车的钱都没有了。”前几次我们见面他就是这么说，我们之间的友情使他根本无须做戏给我看。

他将箱子里的东西一样样全拿出，再一样样重新放进去，还是没找到。他忽然拍了下脑门儿，丧气地说：“想起来了。在列车上买饭时全取出来过，肯定丢了！”

他竟没意识到，他此刻的话，与他刚才“乘飞机”来到北京的说法自相矛盾。瞧着他因丢失了三百元钱而像丢失了护身宝玉般的恓惶，我心里真替他难受，他的钱肯定来之不易，正如我的钱是爬格子所得的心血钱。丢失了那三百元钱，不但意味着他此来又得住在我家，吃在我家，而且出门办事连乘公共汽车的零钱都没有了。每次我塞给他一些在外吃饭、乘车的钱，他表面上不分彼此地伸手便接，其实我深知他内心里是羞愧难当的啊！

我说：“算啦！丢就丢了吧。不过三百。”他说：“不足三百元了，在列车上吃饭已经花了五十元……”我说：“那就更别愁眉苦脸的了，谈谈你的事儿吧！”我对他的事儿从不感兴趣，这不等于我不关心他。我关心他已经关心得有点儿累了。但愿他有朝一日没有什么辉煌的设想。因为只有那样他的人生才能得救。我主动让他谈谈他的事，不过是无话找话，使他从丢钱的烦恼中摆脱出来。他愁眉一展，望着我，孩子气地问：“真想听还是假想听？”我笑了：“当然真想听。”

“那好。就讲给你听。但可不许泼冷水！”——他一转身，“唰”地拉开皮箱夹层拉链儿，取出一个黑色的简易公文夹子，就是许多公司举行什么新闻发布会时夹产品说明书的那一种。

他将那夹子双手递给我，低声说：“我老隋全指望这件事的成功了！”

仿佛，那夹子里夹的，是决定他后半生命运的全部玄机。

我打开夹子一看，见是一封写给国务院办公厅，并请转呈总理副总理们的信。字是工整得没比，秀丽得没比。不难想象，他写这封信时，该是多么一丝不苟、专心致志、字斟句酌。我的头倏的一下子就大了，十二三年来，我没少看他写的这类东西。最初的这些，是写给企业事业单位、局市级政府部门的。那时，我面对这些东西，还会觉得他做的事多少总该有几分成功的可能。他没办成我还尽量安慰他，鼓励他不要灰心失望，还常主动将他介绍给某些朋友，请求我的朋友们帮助他成全他，替他穿针引线。后来他那类东西，就是写给中央各大部委，或各省委省政府的了，于是我也就爱莫能助，只有持不鼓励也不反对的暧昧态度了。遭到我的反对、我的讥讽，他有时会愠怒起来的。一次竟因我当面说了几句泼冷水的话，他不辞而别地离开了我的家，使我当天几乎彻夜未眠，操心他身上的钱不多，能否找到个栖身的地方。现在，他这类东西已经是写给总理副总理们的了。我暗想那么这几十页纸除了有钢笔书法的观赏价值，还会有另外的什么价值呢？

我一目十行地浏览，片刻便明白了大概的内容——台湾某巨商，有意将两亿五千万美金投资大陆，指定他为全权代理人。他的信的目的，是请国务院总理副总理们，亲批投资项目……

字里行间，洋溢着澎湃的爱国主义激情和愿为改革开放竭尽心力的高涨热忱，十几页无一处勾改。他的认真尤使我心里一阵阵替他感到难受。

他吸着烟，在我面前不停地踱来踱去，偶尔站住，静静地注视我，观察我脸上的反应。我脸上自然丝毫也不流露出会使他心理敏感的反应的，我不愿刺激他使他不高兴。十二三年来，我们见面后，彼此高兴的时候少了，不高兴的时候多了，有时是我对他的事的冷淡使他不高兴，有时他对我的忠告的逆反使我不高兴。

我合上公文夹后，他问：“看明白了？”

我说：“看明白了。”

“草草一看就明白了？”——他语气不悦。我反问：“怎么不打一份？这样的信，还是打一份显得郑重。”不料他有点儿生气地说：“难道我手写的字亵渎人的眼睛吗？我讨厌电脑！”我说：“老隋，你别走来走去得使我心乱好不好？坐下谈嘛！”他悻悻然地坐下了，但是赌气不看我，一口接一口猛吸烟。我说：“老隋，别那么吸烟。我又哪儿不对了？你倒是生的什么气呀？”他说：“我看出来了，你打算朝我泼冷水！泼吧，我不在乎。这十几年我常被别人泼冷水，早习惯了。”我是打算朝他大泼一通冷水的，但听他的话，我又万分的不忍了。于是我口是心非地说：“我并没打算朝你泼冷水，真的。我发暂没那打算！不过……台湾巨商，他姓甚名谁？究竟是从事什么商业企业的，你怎么不在信中写清楚呢？不写清楚，让总理副总理们，怎么认真对待你这样一封信？”

他说：“你看得太漫不经心嘛！我信中已经写明白了，关于巨商的个人情况和背景，我希望当面向总理副总理们详细介绍！”我说：“你怎么就那样自信，认为总理或副总理们一定会接见你？”他说：“事在人为。两亿五千万美金，二十来亿人民币呢！冲这么巨大的一笔资金，他们亲自接见我一下，也不是完全不可能的。即使真的不能亲自接见我，作个批示，我这件事也就成功一大半了！”

我说——据我所知，许多省市都有直接引进外资的自主权了，二十来亿人民币，哪个省市知道了都会争着抢着往自己省市拉，何必上书国务院总理副总理们？

他说——这你就只知其一不知其二了！二十来亿人民币之巨，省市不太有这么大的引资项目的，非国家级的引资项目不可，而且那台湾的巨商，投资前提也是一次性投入一个国家级大项目，绝不肯零打碎敲分散性投资……

我措辞婉转极讲分寸地询问——你在什么地方，什么场合，怎么认识的那台湾巨商？对方又怎么那么信赖你，二十来亿人民币非指定由你全权代理？……

他嗫嚅了一阵，说这你就别管了。这暂时还是他的秘密，以后告诉我。他忽然亢奋起来，不容我再问什么再说什么，便向我大谈他支配二十来亿人民币的种种设想。一忽儿说要全投到黑龙江去，因为黑龙江是我们共同的家乡嘛！建一处亚洲最大的滑雪场，周围盖一片别墅，别墅群中有他一幢，有我一幢，说我应该学会滑雪，滑几个冬季的雪，我的身体就会像运动员一样健康起来。一忽儿说全投到北海去也可以。建一处规模不亚于好莱坞的电影城，每年在那里举办中国电影节，而非什么长春电影节上海电影节可比了！泱泱十几亿人口的大国，在世界级电影节中不占一席之地简直是国耻嘛！当然电影城周围也要盖一片别墅，别墅群中当然也要有他一幢，有我一幢。他说他要亲自策划，将我自己满意的作品一部接一部拍成电影。当然这电影也由他投资由他任出品人，说他一定要我的作品以电影的形式走向世界，说要让世界上三分之二以上的人都通过中国电影知道中国有位作家叫梁晓声……

由于说得亢奋，说得冲动，他的脸上，一阵阵充血，一阵阵充红。我只有嘿然听着而已。我的双耳却一阵阵失聪，只见他的嘴在动，任凭他尽说尽说，一阵阵的什么话都没听入耳，我的心又一阵阵难受，难受得直想落泪，直想哭……

我寻思，老隋啊老隋，你的美意我心领了，你的诚意我也相信。我相信你老隋一旦能够支配二十来亿，你首先关照的朋友便是我梁晓声。我相信你不管在哪儿盖起一片别墅，有你自己一幢，旁边必也有我一幢。我还相信你一旦坐上了“奔驰 600”或“劳斯莱斯”，你起码会让我出门有辆“凌志”甚至“宝马”坐……

你的这些梦想这些畅想都很浪漫都很美妙。你说我听我奉陪着你做一番精神领略，使你快感使你亢奋当然也会使我获得某种小小的想象的愉悦和满足。谁的精神有时候不像自己的口舌一样喜欢吃冰淇淋呢？谁有时候不喜欢体验想象游戏带给自己的幻趣呢？但你为什么十二三年来一直深陷在精神的虚境和想象的游戏之中不肯自拔呢？谁像老隋此梦一做就十二三年不醒？人有几个十二三年啊！五十余岁的你又还剩几个十二三年啊！明明一件经不起细思细想疑点多多的蛊惑人心之事，怎么你就偏偏当成了你人生的第二次风帆了呢？甚至很可能就是一件别人蓄意合起伙来戏弄于你的事！你怎么就执迷了似的根本不动脑筋推敲推敲呢？你南南北北东撞头西碰壁沦落江湖般地闯荡了十二三年欺骗挫折失落经历了一次又一次，智商怎么反而越来越下降了似的呢？……

待他终于沉默了，我才为难地说：“老隋啊，看来这件事，我是半点儿忙也帮不上了！”

他说：“我知道你帮不上忙。我求你帮忙了吗？来时有人介绍了几位能帮上我忙的朋友，我下午就去见他们。”我问他那是几位哪方面的朋友。他责备地说：“反正你每每对我的事不以为然，不告诉你也罢。”总之介绍人向他保证，那都是能量极大的人物……我不知该再说什么好，只有吸烟，借以掩饰我对他的失望和怜悯。他按灭烟蒂，走到阳台上，俯身看我家养的两只虎皮鹦鹉。“鸟笼里没水了，也没食了！”我不吭声。于是他默默给鹦鹉添食、添水。“鸟笼太脏了，该刷了。”我仍不吭声。于是他竟自行其是地将两只鹦鹉放出在阳台上，拎了鸟笼子到厕所里去刷。我看一眼墙上的表，十一点多了，想到他下午还要见他所言那些“能量极大的人物”，便起身到厨房做午饭。听到他在阳台上捉鹦鹉弄出一阵“砰砰嘭嘭”的响声，我又赶紧离开厨房奔向阳台制止。我说：“不必捉不必捉！”他说：“不捉，怎么将它弄回笼子里去？”我告诉他，打开笼门，人离开阳台，待它们不惊了，会自动钻入笼中去的。我扯他离开阳台，他却还要隔窗偷看。见两只鹦鹉果然重新入笼了，就抑扬顿挫地吟出两句诗：“云无心以出岫，鸟倦飞而知还。”我在厨房里没好气地说：“你别吟陶渊明的诗。陶渊明既淡泊官位，也不想当大款。”他在屋里静了片刻，又吟出两句诗是“香稻啄余鹦鹉粒，碧梧栖老凤凰枝”。于是轮到我在厨房里装聋作哑了。他在屋里大声问：“这两句是谁的诗？”我老老实实地承认：“不知道！”

他得意洋洋地说：“杜甫的《秋兴八首》！”

我说：“得了吧你！快到厨房来给我打下手！”

他倒也听话，就乖乖地到厨房来给我打下手。他是个好厨子，一进厨房就篡夺了我的权，我倒成了他的下手，只配替他削土豆皮剥葱蒜了。

他一边有条不紊地炒菜做汤，一边关心地问我夫妻关系怎样、父子感情如何，并谆谆地教诲我一些做好丈夫和好父亲的道理。他是一位好父亲，始终是一个好父亲，但却难说是一位好丈夫，因为大约在一九九三年那一年他断然离婚了。他的妻子是一位好妻子，这是许多也认识他妻子的当年的知青无不公认的。他们离婚是因他和一个比女儿大不了几岁的小叶姑娘的关系难解难分自己也撕扯不开了，他因她而有家常年不归，此前他却不失为一位好丈夫，这也是认识他的当年的知青无不公认的。离婚后的他并未与姑娘正式结婚——我猜绝不是他不想而是那姑娘并无此意。但天涯海角忽东忽西的，他漂泊到哪儿姑娘伴他到哪儿。更多的时候倒不是他儿子或他女儿的钱养活他度日，而是靠那姑娘挣的钱养活他度日，有时她甚至还寄钱接济他的儿子和女儿。我见过她，因为有一年春节前他们双双在我家住过。她有着服装模特一般的窈窕身材，鹅蛋脸，眉眼很标致，皮肤很白皙。她这样的姑娘，无论在南方还是在北方，都是某些公司老板们的眼睛一旦盯住了就会顿时一亮的招聘目标。所以公正而论，她陪伴着他一直没甩他，也没听他口中泄漏她闹出过什么使他难堪的风流之事，那也就算对他不错对他很尽良心了。他离了婚还能受到儿子和女儿一如既往的敬爱，我想他在做父亲的艺术方面一定是有些不同一般的长处的，只不过我没请教过，也从不打算请教。我觉得我这辈子用不大着他的经验。

如果不谈什么台湾巨商两亿美金之类的浪漫之事，老隋实在是一个使人乐于亲近并且令人愉快的人。他待人的真诚坦率，他格外珍视友情的原则，他风趣幽默而又绝不油滑的谈吐，再加上他堂堂的仪表和斯文的举止，都是不乏魅力的。

我关心地问他："小叶怎样？"

他说："挺好。"

我寻思片刻，觉得"挺好"二字其意含糊，忍不住又问："她怎么没和你一起来北京？"

他说："她到珠海去了。"

"那，你们分开了？"

"暂时的。珠海某公司老板诚意聘她做秘书，却对我这个老家伙一点也不感兴趣，我不能误她的机会啊！何况她暂时离开我，也是为我能生活得更有保障些。'系春心情短柳丝长，隔花阴人远天涯近。''意中人，人中意，我心坚，你心坚，各自心坚石也穿！'"

看得出，他对他的红颜知己小叶姑娘是一百个放心的，接着他就向我大谈小叶对他的好，夸她定期从珠海寄钱给他，寄衣服给他，寄营养品给他，还经常打长途电话询问他的起居饮食、着衣寒暖……

听他谈得幸福，我也不免替他感到几分幸福。可我心中毕竟存着些难解的困惑。犹犹豫豫地，最终还是索性直问："那，小叶知道你来北京办这件事吗？"他不遮不掩地回答："她不知道，我没在电话里跟她讲。""为什么不跟她讲呢？为什么不听听她的看法呢？""她又不是我的高参，我也不必凡事都向她请示嘛。再说，我想独自办此桩大事，给她一份做梦都想不到的惊喜！她同甘共苦地跟随了我这么多年，我也应回报她一份惊喜啊！”听他此话多情，我又不知再说什么好。吃着吃着饭，他忽然放下碗筷，吸起烟来。我说：“老隋，你这是什么习惯？哪儿有刚吃了两口饭，莫名其妙又吸烟的？”他不回答我，也不看我。目光盯着烟头，一个劲儿地只吸那支烟。我也懒得管他，闷头吃我的饭。“哎，你说，要不将那二十来亿投到北京，建一处全国最大的商城怎样？我任董事长，你任总经理。名义上的，我保证不牵扯你写作的精力……”我饭在口中，一时难以下咽。抬头呆瞪他，见他正注视着我，满脸焕发着憧憬的光彩。我隔桌子一手掠下他的烟，目光四下里寻找不到烟灰缸，干脆扔在地上，连连大叫：“吃饭！吃饭！你这家伙先吃饭行不行？……”吃罢饭，他说他已经几天没洗澡了，不能带着一身汗臭会晤重要的人们，得洗个澡。于是我调好热水器，安顿他洗澡。

他洗罢澡，又说头发湿，不便即刻出门。于是我翻出妻的吹风机让他用。他很在行地往头上抹了些妻用的“摩丝”，吹定了发型，换上他皮箱里的干净衬衣，系上领带，穿上小叶从珠海寄给他的白色名牌西服，擦亮了皮鞋，往柜镜前挺胸一站，感觉良好地自我欣赏，并问我：“瞧老隋怎样？”

我说：“马马虎虎。”

“马马虎虎？”

我又说：“仪表堂堂，行了吧？”

他满怀自信甚至是满怀自负地微笑了。

那时的他的确风度有加，仪表堂堂，使我联想到了王心刚在电影《红色娘子军》里扮演的华侨装束的洪常青……他磨磨蹭蹭地却不走，又坐在沙发上吸烟。我在厨房里刷锅洗碗，忙了一阵后，以为他已经走了。进屋见他仍坐着吸烟，我奇怪地说：“你不去了呀？”“去，去……”他嘴上应着，却坐着不起，眼神游游移移的，很是不自然。我研究地瞧了他几秒钟，忽地明白，转身进到另一间屋去，点了三百元钱，回到他面前，塞给他，像塞零花钱给一个口讷的孩子似的说：“拿着。没准儿被人家灌醉了，不‘打的’回不来。”他接钱在手，红了脸说：“也许……不太够吧？”“不够？”——我朝他瞪大了眼睛。“万一……谈得太久，到晚上了，就得主动表示请人家吃顿晚饭……是不是？初识乍见的，又是有求于人家，这点儿该讲的礼节不可不讲，是不是？”听他的口吻，倒好像出去替我办成件什么重大之事似的！我不能不暗自承认，他的考虑是很有些道理的。但是在北京，请几个人吃一顿饭的话，人不多算，就算四个吧，那么我也就不知究竟该给他带上多少钱才够了。几百元是请，一千两千也是请啊！我又瞧着他发呆，转身去将存折拿来了。我交给他存折时说：“家里没那么多现钱的。用多少，只好你自己去取了。”给他存折，我是一百二十个不情愿的。

我非大款，对钱花得值得不值得，我还是很在乎的。

如果花我的钱，办成他的大事，我没什么舍不得的。但我认为他要办成的大事，明摆着整个儿就是他自己编织的一种乌托邦遐想。任何头脑清醒的人都会觉得太离谱了！

他接过存折，脸更红了，神态也更窘了，起身拍拍我肩，连说：“好兄弟，好兄弟，冲你，老隋无论如何，也得挣巴着混出个人样儿来！……”

我画了一张图，指示他去储蓄所的走法。又嘱咐他哪儿家饭店千万去不得．因为消费太高，宰得令人望而生畏……

他走后，我也没心思继续伏案写作了，将稿纸从桌上收入抽屉，吸着一支烟，静静地只想老隋这个人。

我想，他为什么对我说“憎恨电脑”呢？没想多一会儿，就想明白了，如今许多单位许多公司，招聘文书之类的职员，第一条也是起码的一条，便是能熟练地运用电脑。老隋这个老“打工仔”的谋职强项，乃是对文书业务的经验。但他对电脑却可能连摸都没摸过。再有经验，行文水平再高，字写得再漂亮，与那些既能熟练地运用电脑又善解老板心意的女郎们竞争同一职业，十之八九遭淘汰的必是他老隋无疑——男的不如女的，老的不如少的，字写得漂亮不如脸儿漂亮，从业经验不如乖巧的做人经验。

老隋是前一个时代的产儿。如今他身上渐显出时代落伍者的悲剧性来了。我若是一位老板并且要聘文书或秘书的话，他和某些年轻的、漂亮的、一眼看去行事乖巧善解人意的女郎们站在我面前任我目审，我也首先会对他老隋说：“请尊先生另谋高就吧！”珠海的老板一眼相中了他的小叶，高薪聘之，却绝不肯迁就地同时也关照一下他，赏赐给他一份儿什么差事，不就是一个明证吗？老隋内心里未必一点儿都体味不到越来越无可奈何地发生在自己身上的悲剧，他内心里的苦涩只有他自己最清楚了……

于是又替他想到他和小叶那一种不尴不尬的关系。如果他紧紧地将小叶拴牢在自己身边，那么两个人就会同时都陷入衣食窘况。如果他要想使自己的日子起码过得去，那么就得使他和小叶两人中有一人先活得潇洒点儿——比起来当然小叶有优越的先天条件和资本先活得潇洒起来。

大千世界，处处精彩，到处都有人欲横流，到处都有凡人难以抗拒的诱惑。先活得潇洒起来的小叶，真能长久洁身自好，专情于他老隋吗？他们的关系，真能如他借诗所言的那样“系春心情短柳丝长，隔花阴人远天涯近”，“我心坚，你心坚，各自心坚石也穿”吗？别提我有多怀疑这一点了……

二

我与老隋相识于一九七〇年。屈指算来，我二人由相识而相知，由相知而感情相濡以沫，至今已二十六年了。二十六年弹指间，往事历历，似乎一切只不过发生在昨天……

那年冬，春节前，我赴佳木斯黑龙江生产建设兵团总部，参加首届知青文学创作培训班。今天成了编剧、作家、记者，活跃在北京乃至全国各地的当年的北大荒知青，几乎无一例外皆是当年兵团“文学创作培训班”的学员。老隋当年是“培训班”的全权组织者和领导者，也是举办“培训班”的倡导者，是从当年的知识青年中发现和培养文学爱好者的名副其实当之无愧的伯乐，是我们一些分散在七个师七十多个团二百多个连队的爱好文学的知识青年们的守护神。他个人无私的热忱的荐举和帮助，在每个人极关键的人生阶段，起极大作用地直接改善乃至改变了我们中某些人的命运。他还是文艺培训班的组织者和领导者，也是发现和培养爱好文艺的知识青年的伯乐和守护神。当年全兵团的文学青年和文艺青年，几乎人人以是他的“亲兵”为荣。

他领着全兵团的文学“精英”和文艺“精英”，将黑龙江生产建设兵团的文学创作活动和文艺汇演活动，年年搞得成绩卓著如火如荼，以至于在当年就有北大荒知青的文学作品被翻译到国外，而当年拉出任何一个师的宣传队，都足以与黑龙江歌舞团的演出水平一争高下，足以与沈阳军区文工团的演出水平抗衡一番。我们文学知青和文艺知青，和他关系亲密的叫他“老隋”，在他面前多少感到有些拘谨的叫他“隋干事”。“老隋”也罢，“隋干事”也罢，称呼虽有区别，所包含的敬意却是相同相等的，而他自己则愿我们叫他“老隋”。他是那么一种人，不管你自己是个性情多么拘谨的人，只要和他接触几次，拘谨便会全消，所以叫他“隋干事”的知青其实是很少很少的，几次培训班办下来，几乎一律都亲密地叫他“老隋”了。如果谁意欲编写黑龙江生产建设兵团“兵团史”，如果文学创作和文艺活动也算一章的话，如果编写者公正的话，那么“老隋”的名字，将在这一章中占有着重要的地位。忽略了他的名字，据我看来还莫如干脆彻底删掉了这一章，因为倘没有他的名字，不格外大书特书他的作用的重要性，这一章在“史”的意义上就是完全不真实的了！当年的我们，年龄大抵二十至二十二三岁之间，年龄最大的不会超过二十四岁。而老隋当年也不过二十六七岁，一九七〇年那一年他绝对不会超过二十八岁。

我们的“统帅”年轻、斯文，甚至还可以说相貌儒雅，处处都显出远远超越于我们之上的成熟和稳健。他考虑问题全面周密，办事作风果断，拖泥带水是他最不能容忍的。出了差错他也最勇于承担责任绝不推诿。用现在的说法，他是那种“想了就议，议了就决，决了就干，干就干好”之人。当年不是“改革”年代，评价的标准与现在大为不同。他这种人居然能在兵团总司令部承上启下，游刃有余地愉快地组织和领导文学与文艺活动。对于文学与文艺活动，不但自己极为重视，视为事业，而且能使兵团最高领导们也极为重视，全权下放地支持他，实在也算是某种奇迹了。我们文学青年和文艺青年们，不但依赖于他的扶植和爱护，不但对他满怀亲情和敬意，而且——实事求是地说甚至还都有点儿崇拜他。

我在一九七四年上大学前，连续参加过三届“文学培训班”。每次到佳木斯，一出站，就见有人举着牌子，牌子上写我的名字。照例有小汽车坐，或“上海”或“伏尔加”。试想，两天前在连队里还是一名普通知青，还在两脚土双手泥地出大力流大汗干着苦活儿累活儿，到了兵团总部所在地，一出站便受到小汽车候在那儿专等着接你的礼遇，谁心里不会充满滚热滚热的感动和自激自励的荣耀呢？

我原以为可能因我所在的一团离佳木斯最远，老隋体恤我一路太辛苦，所以才派车接我，后来私下里一问，不论路途远近，只要有车可派，几乎都受到过这般令我暗中感动的礼遇。

于是兵团机关就有人提出批评了。说隋干事想干什么？不过是些个知青，从连队里抽上来，让他们脱产参加“培训班”就不错了，居然还派车接站！身份都没到那么高贵吧？太过分了吧？

这批评在兵团总司令部大楼内沸沸扬扬了几天，不胫而走地传播到我们所住的兵团第二招待所。某些胆小怕事的“学员”，先自草木皆兵风声鹤唳起来——兵团秘书处几位首长的秘书在招待所出现了一遭，都以为是首长们派来“调查”的。有人自以为高明地出主意——说与其坐等被判为“坏典型”，挨批判当靶子，莫如主动点儿，大家伙儿先行检讨，写一封公开的检讨书，都签了名贴在大厅里。没谁再出比这更好的主意，这主意便算是被一致默认全体通过了。于是有人找来毛笔，有人找来大白纸，有人起草，有人研墨，有人抄写，很快写罢，大家都签名，签齐了名，正欲往大厅里去贴，老隋来了。“这是干什么？”于是有人向他解释。他很有耐心地听着，不打断解释的人，也不显出渐渐感到事态严重的样子，只不过他那双睿智的眼睛，在镜片后习惯地眯了起来。“解释完了？”“解释完了。”他扫视着大家又问：“谁还有什么补充的？”我们面面相觑，纷纷摇头。“给我，要贴也得由我贴。”于是以隶书体写满一张大白纸的检讨就到了他手上。“不过我并不打算贴它。”当着我们的面，众目睽睽之下，他将那张大白纸撕成了一条条。我们一个个目瞪口呆。他却若无其事地一笑：“都给我认真回去改作品！我看谁如果结束之前交白卷，比坐坐兵团总部的小车更值得惭愧！”他的语气并不严肃，甚至还有点调侃的味道，但人家都觉得我们的做法其实惹恼了他，尽管他说那番话时脸上还若无其事地笑。大家简直是噤若寒蝉地散开了。我和几名学员回到房间，一时都议论开了——有的说："今天的事若传到兵团总部大楼去，事态就更严重了！"有的说："肯定传过去。人多嘴杂，能不传过去吗？"还有的说："老隋当时被我们气得脸都白了！"这一言语立刻遭到了反对："别造谣啊！哪次办培训班，老隋不操劳得脸色苍白？""他就是生气，那也是被我们气的！"为了证实他究竟生没生气，他们怂恿我去偷看一下老隋在干什么？他如果真生气了，自然是什么也干不下去，一个人关在屋里吸烟……

我蹑足走到他房门外，踮起脚从门上方的玻璃往里窥望，见他果然吸烟，不过是一边吸烟，一边用毛笔沾红墨水在改学员们的稿子。我正欲离开，被他觉察到了，头也不抬地问："谁在外边偷窥？"我只好推门而入。"为什么在外边？"我讷讷地说："有几个学员让我看看，你是不是生气了？""生气？为什么事情啊？"他放下笔，两手交叉，胳膊支在桌上，板脸看我。"大家……写检讨的事儿呗！……""那么，你看我究竟生气没有呢？""表面儿上看你没生气，谁知你心里呢？""我要是心里生气，才不忍着呢！早拿你们中的哪一个出气了！你打算怎么回去禀报呢？"

不知为什么，老隋对某几名男学员，内心里似乎格外地存着份儿栽培之心，我是其中的一个。我们中有偏重于诗的，有偏重于戏的，有偏重于报告文学的，但专执一念写小说的，大约要算是我了。我想老隋对我的器重和偏爱，主要也由于我是哈尔滨知青吧？也许在他的潜意识里，希望将来能有一个出息为作家的知青，和他这位北大荒文学"统帅"一样，同是令他感到亲切的东北人。但他却从不袒护我，相反地，从对创作态度的要求到对组织纪律性的要求，分明为严格。

我吞吞吐吐地说："我告诉他们……你对那些攻讦根本没当回事儿！"他默默地又望了我片刻，站起来说："我又不傻又不痴，怎么能根本没当回事儿呢？只不过我有我的对策，用不着你们几个瞎搀和！"我分辩道："大家都是好心，都是想替你分担罪名嘛！"他又板起了脸："什么罪？我并没感到自己有罪过呀，你们倒是替我分担的什么罪名？用不着你们的好心，更用不着你操心！过来。交代给你们个任务——这几首诗，几篇散文，三天之内，让写的人都给背下来！还有这几篇小说中我用红笔标出来的片断，确定几名学员给我排演成小品！”

我说：“在这儿的不是还有文艺培训班的学员吗？请他们排演不是更好吗？”

他说：“你懂什么！按我的话去传达就是了，不许找文艺培训班的学员们！另外，再替我挨房挨间颁布一条纪律，不许文学班的男学员，晚上约文艺班的女学员们幽会！晚七点以后点名！有事的要预先请假。没事的都给我认真地创作！也许我会突然闯入哪个房间去，没请假，人也不在房间改稿的，可别怪我不客气！”

我转过身时，他扯住了我，拉开抽屉，将一鼓鼓的信封取出给了我——是一信封山楂片儿。

“你这个‘绿脸孩儿’呀！以后再别充当密探，在我门外探头探脑地窥视我！也少吸烟！我可不愿培养出了一个作家的同时，也造就了一个烟鬼！想吸烟时，就嚼几片山楂片儿。吃光了我这儿还有……”

“绿脸孩儿”是老隋当年在培训班上给我起的绰号。他曾当众调侃我，说母鸡下一个沉甸甸的大蛋，是憋红了脸；而我为了交一篇好“作业”，脸都憋绿了。红脸“小生”变成了“绿脸孩儿”了！

当年老隋对我，仿佛一位惯爱拿小弟弟开心的大兄长，常取笑得我脸红色窘。但谁都看得出来，他的取笑溢满了善意，当然也使我感到分外亲和。

从那一天起，招待所文学培训班占领的半层楼，每早至晚寂静悄悄，连几个棋迷都不下棋了。无论推开哪一房间的门，所见之人不是在冥思苦想便是在聚精会神地抄写……

三天后，兵团政委、政治部主任、宣传部部长副部长等一干领导人物，到招待所来视察文学培训班。一位位表情严肃，气氛压抑而又微妙。

在文艺培训班乐队的伴奏下，我们激情澎湃地朗读我们的诗、散文，献演我们赶排的小品……

终于，几个“节目”后，兵团政委首先鼓起了掌，于是掌声一片。于是视察者们一张张严肃的脸上，都有了令我们暗松一口气的笑容。

“节目”告一段落，兵团政委站了起来，目光四下寻找老隋。

“隋干事！隋干事你躲在角落里干什么嘛！前边来前边来！汇报汇报！汇报汇报成绩嘛！”

于是老隋拘谨地走到前边，也不掏什么小本儿看，背着一只手，另一只手轻按在前排的桌角上，压低声音而又措辞简要，口齿清楚，如数家珍般地汇报一共完成多少多少篇作品将在《兵团战士报》上陆续发表，几部剧将由哪几个师的宣传队排演，省报将选发哪几篇作品，省话剧团将选走哪几个剧目……等等。

我们都看得出，老隋的拘谨纯粹是装的。他的语调，也一反常态地流露着谦恭。连他的表情，都是一副不求有功，但求无过的惴惴不安的样子，似乎只要不被问罪，他就谢天谢地心满意足了。该做戏的时候，老隋也是会做戏的。

兵团政委一边听，一边摸衣兜，还左顾右盼，坐而不安。他身后的宣传部副部长，以为他没烟了，赶紧掏出自己的烟盒递给他，不料却被他推开了，原来他要小本儿，要笔，原来他要记……

于是一干人等，都要小本儿，都要笔，也都要记了。学员中的一个，见状急忙跑开去找本儿和笔……

尽管距今二十多年过去了，当年的兵团政委、政治部主任，也许早已不在人世了。即便仍活着，也八十五六岁了，但我却仍能记住他们当年的讲话。

兵团政治部主任说培训班成绩很大，说我们辛苦了，说隋干事成绩也很大，独当一面，同时组织文学和文艺两个培养班，也是很辛苦的嘛！该受表扬的嘛！说培训班结束时，他一定来为大家饯行……

兵团政委说他也一定来为大家饯行！说他知道，兵团总部大楼里有人因为隋干事在你们来时派车接站，火气很大，还发表了不少上纲上线的言论。你们不要理这些嘛！归根结底，你们是我和司令员同志远道而来的客人嘛！是兵团总部远道而来的客人嘛！不是隋干事他个人的亲朋私友嘛。没有条件，不接我想你们也会谅解。但几辆小车咱们还是有的嘛！我和司令员同志可以少坐几次。派去接你们我们很高兴嘛！……

那天晚上，其他学员们都睡了以后，有人怀掖了一瓶酒，约上我还有另外几名与老隋建立了深厚感情的学员溜到他的房间，逼迫他和我们饮酒畅谈。我还被怂恿着去食堂唤醒值班员，多陪笑脸要了几小盘儿花生豆咸菜之类。

老隋说："你们这不是逼着我同流合污，起一个坏头吗？"

大家纷说，下不为例，就这一次。

他又说："深更半夜谈什么啊？住在这儿整天和你们谈小说，谈诗，谈戏剧，我都快忘了我是有家的人了！明天我可得抽空儿回家看孩子老婆啦！"

大家纷说，那是那是，应该应该！说这一个晚上谈什么都行，就是不谈小说不谈诗不谈戏剧了！说我们都保证不谈那些，他也不该谈那些！说否则我们回到各自连队，将都变成除了文学再其他什么也谈不来的傻子了！连队可没谁肯陪着我们谈什么文学啊！……

他终于盛情难却，违犯了一次纪律，陪我们浅饮深谈起来。果然他和我们都恪守"规则"，谁也不谈文学，而是谈人生，谈友情，谈各自童年及少年时期的往事，家庭的沧桑和父母养育的艰辛，甚至谈感伤的初恋和终生难忘的初吻，谈对情爱的理解和渴望，总之敞开了心扉，无所顾忌地什么都谈，就是不谈文学，都仿佛讳文学如讳咒语似的。一瓶酒见底时，我们一个个东倒西歪，酒力渐渐攻心上头，皆有几分醉意，唯老隋没事儿一般，不时将我们逐个儿扫视一遭，笑微微地嘲笑我们几句，他酒量大得八两一斤放不倒。

我醉眼乜斜地望着老隋，忍了几忍没能忍住，舌头发僵言语呕呕地问："老隋，我们都谈了我们的最大愿望，你也谈谈你的最大愿望嘛！和我们交交心，谈谈嘛！"

于是大家全将目光望向他，一时静静地期待他回答。

他不正面回答，故作嗔色道："我的最大愿望你们还不清楚吗？还用问？"

大家都嚷不知道不知道！老隋从没对我们说过我们怎么会知道？

"真的都不知道？"——他表情庄重起来了。

大家都说不知道就是不知道嘛，知道还问啊？

"你们呀！"——他的口吻有点儿悲伤了似的，"如果真的都不知道，那只能证明你们还没长大，都太不懂事了！"他口吻中的那点儿悲伤，在我们听来，分明并不全是水分。

“拿纸来。”

于是有人替他铺开了一张白纸。

“笔墨侍候！”

于是有人递给他一支巨毫毛笔，有人忙不迭地替他研墨。早就听说他书法好，可谁也没见过，正好有机会欣赏了。

他饱蘸浓墨，托肘悬腕，凝思片刻，刷刷刷笔走龙蛇一气呵成，草书了两行狂放不羁的大字。我们稍经辨认，读通顺了，两句诗乃是：

引书媒以戚戚，
育文圃以休休。

老隋见大家瞠目相觑，分明都似懂非懂，轻轻放下笔，长叹了口气说：“你们啊！你们若不理解我的愿望，我还祈求谁们理解？我老隋平生的最大愿望，便是盼着你们将来文名鹊起啊！除了这个最大愿望，我还能有什么别的最大愿望呢？”

他的一番话，说得大家一个个面容肃然极了。本是约法三章，不谈鸟文学的，不成想被我一句话，竟又扯回到了文学二字上。彼时我后悔已迟。我看出，大家肃然的面容底下，还往外渗着各自内心里的歉疚之意。我内心里的歉疚尤甚一重。是啊，他老隋的最大愿望，我们心里应该最清楚最明白的呀！还用逼他非回答我们不可吗？他的话出口前，我们竟谁也没想到也就没替他回答，我们愚蠢得多么罪过啊！

他又说：“我爱护你们，器重你们，等于现在播下了龙种。我希望中国将来的文学收获的不是跳蚤。”

在那一个窗外大雪纷纷的夜晚，在兵团第二招待所他的房间里，他的话使我们听来真是语重心长啊！

第二天一大早我见他房间里没人，溜进去寻找他写了两句诗的那张大白纸，想留作纪念，也为了激励自己，却哪哪儿都没发现。

一会儿来了两名昨晚一起喝过酒的学员，他们也一进屋便东瞧西找。

我问他们想寻找到什么？

他们反问我是不是也想寻找到什么？

于是我们心照不宣，明白了我们为同样之目的，要寻找到同样的东西。

“会不会被他自己撕了？”

我们一齐扑向纸篓，却没发现那纸的碎片儿。想必，是被我们中的哪一个先来获得了去……

在我的记忆里，之后的第二届文学创作班，是在“九一三”事件以后不久举办的。可想而知，那一届学习班，成了“反动言论”的集散之地。

祸从口出，果然如此。

一天，正是吃午饭时刻，一辆吉普车疾驶而来，在食堂门前猛打弯，嘎然刹住——车上下来了一身军装的兵团政治部主任，和神色极为不安的老隋。

反应迟钝的学员，还热情地迎了出去。兵团政治部主任表情极为冷峻，对笑脸相迎的学员睬也不睬。进了门，一声不吭地独自坐在一张空桌旁专等上菜。随后进门的老隋，也只得一声不吭地跟过去陪着坐下，他尽量躲闪着我们望向他的目光，后来干脆起身重摆椅子，背对我们而坐。学员们感到了“山雨欲来风满楼”的气势，大多数人没吃饱饭。

当天下午便开会。

政治部主任说：“你们心里有数，都应该知道我为何突然而来。我正在开常委会，是因你们这儿发生的事性质严重，不得不来。我此次可不是来慰问你们的，你们也别心存侥幸，打算再靠什么小儿科的方式取悦于我。都给我听明白了！有反动言论要老实交代！没反动言论的要无情检举！交代从宽抵赖从严，检举有功！人人过关！清白的放行，罪名成立的留下，听候审理！”政治部主任大发一通脾气后乘吉普车离去了，留下老隋对我们进行具体查办。

两天内，老隋轮番找各个学员谈话，晚上则将自己关在房间里一支接一支地吸烟，独自饮酒。他不许别人晚上到他房间去，尤其警告我们几个亲密“弟子”不许去。他和别人都谈了些什么我不清楚，是不是有点介乎审讯也无从知晓。人人都似乎一下子成熟了许多，相互只字不问，他找我谈的话，我却至今记忆犹新。

“你们学员中有人写了检举信。”

我装糊涂地说：“是吗？”

“检举信上有你的名字。”

“是吗？”

“你的名字下列了五条反动言论。”

“是吗？”

“那当然都是不折不扣的反动言论！”

“……”

“凭那五条你的身份也许从此不再是知青，而是二劳改。”

“……”

“你说话呀！怎么不再说‘是吗’了？！”

“老隋，那我就没什么可说的了！”“交代从宽，你打算交代吗？”我点了点头。“检举有功，你打算检举吗？”我摇了摇头。他丢给我一支烟。我低头吸了几口，听他悄声这么问：“如果你交代了，罪名落实了，你怎么办？”我抬起头，呆望他，许久才说：“听天由命。”“交代了，当然是态度老实的表现，但那也莫如根本什么反动言论都没说过。”“可惜我说过。”“我怎么觉得一句也不像会从你嘴里说出来的呢？”我不禁地又抬起头呆望他。“难道你会散布那些反动言论吗？”“……”“你呆瞪着我干什么！如果你委屈，如果你们都委屈，如果你们都被诬陷了，为什么又都不找我替自己辩护？！”我终于明白了他的良苦用心，大叫：“我冤枉！我什么反动言论都没说过！我可以指出十个证人来的！”他恼怒地拍了桌子：“你冤枉冲我叫什么！你冤枉你要白纸黑字写下来！你们若都任人冤枉，我有什么办法？！”我二话不说，起身便走。于是在他找我谈过话后，那些已经被找过的，以及尚未被找过的，都到他的房间，乱哄哄大喊大叫，有的还硬挤出眼泪，强烈要求揪出写所谓检举信对大家进行集体“诬陷”的家伙。众人互为作证，都说根本没听任何人说过哪怕一句稍微带点儿反动意味儿的言论。于是人人清白，人人都有权愤怒，似乎检举信上的一切反动言论，都是那个不敢挺身而出的检举者捏造的了……

又隔了一天，老隋当众宣读了一份他准备向兵团政治部汇报的调查结果，内容大意是——经逐个找学员讯问，检举信中所列几十条反动言论，皆无人证，无实据，也未能查清匿名检举者究竟是哪一名学员。虽反复动员，并无第二名检举者。故可作如此分析——检举信纯系某学员出于某种阴暗心理所为，所谓反动言论亦纯系凭空捏造，不可据以指罪于好人，殃及于无辜……

他宣读完了，气氛是一片死寂。不知为什么，人人都低着头，谁也不抬头望他。我想大家肯定和我一样，既感激他，又替他担着份儿心。

“我希望，以后，在我们的文学创作班上，永远，都不再发生这样的事！我宣布明天此届创作班解散！各回各的连队！我为大家作的鉴定已经写好了，都在我的房间里，走前都别忘了带着……”

当大家纷纷抬起头，他已不在我们面前了，不留下吃午饭，也没跟任何人单独说句告别的话，就那么走了……我和几名学员追出去，追上了他。我说：“老隋，你的汇报……那……那能行吗？”他瞪了我一眼，什么都不说，继续往前急走……一名学员说：“老隋，你一定知道那检举信是谁写的！你肯定知道！告诉我！我们要好好教训那小人一顿！……”他瞪了那学员一眼，仍什么都不说，只管大步往前走……“老隋，给你添麻烦了！……”不知谁这么说了一句，声音哽咽。老隋停住脚步，缓缓转身，以特别忧郁的目光望向我们，他似乎想通过那一刻判断出是谁说的那句话，更似乎是想借机大骂我们一顿。我们也停住脚步，也都以特别忧郁的目光望向他，等着被骂。他却并没有骂。他说：“如果你们再陷入这一类麻烦，我就是一心帮你们解脱，只怕也没那么大能耐了。诸位，请常常回忆去年那一届创作班，那一个夜晚，我曾对你们说过的那一番话。你们当时想听我说心里说，而我当时说的正是心里话！”

说完后他甩下都在发呆发愣的我们，转过身去，又大步走了。才下过的一场新雪使大地一片洁白。我们望着他头也不回走远了的背影，望着他留在雪地上的深深的脚印，心中滋味万千，更多的是替他感到的忧虑。我们一直目送他的背影在公路尽头一拐消失了……

那一时刻我心中竟暗想到了两句诗是——“风萧萧兮易水寒，壮士一去兮不复还。”

我们都觉得他此一去肯定凶多吉少，有人甚至认为，文学创作班到那一届为止了……

然而事情并不像我们猜测的那么严峻。老隋又一次凭他处理问题的能力以及应付首长们的对策和经验，将大事化小，小事化了，第二年创作班照例举行，但我因进山伐木未能参加。

老隋当然知道究竟是哪一个学员向兵团政治部打的小报告。但是据我所知，他始终没向任何人泄露那一个学员的名字，不过后来大多数人还是猜到了是谁。因为一名他一向也很喜欢的学员，从此再也没在任何一次创作班上出现过。一向极重感情的老隋，为了他的大多数学员不再受告密行径的危害，作出了他一生中最为无情的决定。

一九七三年我又一次“祸从口出”，被从团机关逐到木材加工厂接受“思想改造”。起初我由于爱面子，在给老隋的信中谎告是“下基层长期蹲点儿”。但是半年后，由于超强度的劳动得了肝炎自己却不知道，只觉得体力日渐不支，抬大木的杠棒一压到肩上就身子打晃，膝盖发软，两脚颤颤地迈不开步子，有次险些从跳板上一头栽下来。

一般而言，我从少年时期就被艰难的岁月磨砺出了较强的心理承受力，并非一个意志脆弱的可怜虫。惩罚性的命运抛掷，不那么容易征服了桀骜的性格。但是我得了肝炎的身体却很难支撑下去了，于是我向老隋发出了求救信。

半个月过去了，二十天过去了，一个月过去了，竟没收到老隋的回信。我开始怀疑自己是不是将他对我一向的关怀估计得过高了，我开始因自己在信中写下的某些乞怜的文字而感到羞耻，我决意自己拯救自己，方式是打报告申请调离兵团，回祖籍山东老家插队落户……

一天晚上，有人让我到连部去接长途电话。我的第一个反应是家中出了什么不幸之事，气喘吁吁忐忑不安跑到连部，万分意外地从电话那一端听出老隋熟悉的声音。电话干扰很强，听不清他都说些什么。

“老隋，我什么都听不清！”

“我、要、去、看你！……”

只听清了这么一句，显然是他远在千里外冲话筒喊着说的……

四天后的傍晚，有人通知我到团部政治处去。一进门，见老隋已坐在里边。从佳木斯兵团总部到一团，中途得在哈尔滨转一次列车。列车到北安或龚镇，也就到了东北铁路的尽头。接着要再乘七八个或十一二个小时长途汽车。仅仅四天，他已不可能以比四天更短的时间赶到一团……

我眼眶顿时湿了……

老隋当着我的面对团政治部主任说：“他虽是一团知青，但也是兵团的创作员，以后关系到一名兵团总部培养多年的创作员的调动，希望预先和兵团总部打一声招呼，这也意味着对兵团总部的一种尊重……”

他说得很客气，也说得很郑重、很严肃。团政治部主任脸上的表情很尴尬、很难看，但嘴上却不得不接受意见地诺诺着……和他离开团政治部后，在路上我问：“你怎么不回信？”他说：“你怎么到了这种万般无奈的地步才告诉我实情？”“反正你不给我回信就不对！”“你使我为难到家了！叫我怎么给你回信？我是谁？我不是兵团首长！我不过是一名小小的干事！我如果回信陈述我的为难，你会绝望。我如果向你许下大话，却帮不了你，你会感到受了欺骗！我必须在首长们高兴之时，相机而言！不经过兵团政治部的同意，我能擅自来到你们一团煞有介事地过问你的事吗？……”

“你再晚来一个月，我可能回到山东祖籍插队落户了！”“你糊涂！我不许！那你纯粹是跟自己过不去！……”他猛地驻足，挥着胳膊对我大吼。自从我认识他以后，他还从没这么不冷静过。

到了团招待所他的房间里，他关上门和我对望片刻，怜悯地低声说：“你瘦多了！”——忽然拥抱住我，轻拍着我的背说，“放心，老隋绝不抛弃他的任何一个‘亲兵’！”

在他的安排之下，我不久被借调到黑龙江出版社。借调期半年，每月发全额工资，另发十八元补助，加起来六十多元——钱，对我的家是极重要的；休整养病的机会，对我的身体极重要。而且，我有了半年之久的时日直接关照我母亲孤掌难撑的家庭。这在当年，是许多知青做梦也不敢梦想的！……半年后我被推荐上了大学。如今每每回想起来，我的命运中若没老隋，不知现在会是什么样子。没有他，我当年可能会因几句所谓“反动言论”而成了“二劳改”。没有他，我当年可能已回山东祖籍插队落户。没有他到一团看我一次，当着团政治部主任的面说过那样一番至关重要的话，即使我被木材加工厂的知青们推荐了，团政治部主任一句话，也会易如反掌地将我的名字从入大学的知青名额中取消掉。我常问自己，我的命运若真无老隋，我还会是作家吗？诚然，当了作家并没什么了不起。作家很多，谁都活得很疲惫，但我若不是作家，如今的命运，肯定就不是活得疲惫不疲惫的问题了。

所以，过往二十多年间，我一直视老隋为义兄。

所以，在我的一些自白性作品中，我一而再，再而三地提到我的这位义兄。我越来越认为，无论怎样估算他对我的命运发生的积极的影响，都不过分。

非常年代的人间真情——那一种丝毫也不沾有金钱臭味儿的心灵，那一种丝毫也不带有利益关系的色彩，那一种纯粹于男人对男人的相互友情，那一种仅仅是被文学二字紧紧编结在一起的彼此信赖的承诺——这诸种美好的因素在当年构成的男人和男人之间的人间真情，难道竟是可以被淡忘的吗？不，我若忘了它，我则就腐败变质了啊！……

我的大学生活一样时有困境发生。三年中给老隋写信，乃是我诉说苦闷与忧愁的方式。老隋每信必复，信中常抄格言警句，或诗或词，慰我诫我。他的信给予过我许多安抚，我至今仍无一遗失地保留着。

我大学毕业后，分配在北京电影制片厂任编辑。那时兵团已经临近解体，宣传处已不再能起到什么丰富和活跃知青业余生活的作用。人心动荡，文学创作班也办不下去了。老隋在兵团宣传处失落了他存在的意义，这对于他是空前的失落，过去是他的信温暖我的心，此时却是我的信温暖他的心了。和我曾非常需要他的信一样，他也开始非常需要我的信了。

兵团不可避免地解体了，大批大批的知青纷纷返城了。师团编制取消，又恢复了原农场总局体制。宣传部缩减，老隋这个过去最忙、自我感觉最充实的人，变成了一个最可有可无、最多余的人。一个时期他被闲“挂”了起来，自尊扫地，等待重新安排工作。

我去信怂恿他写作。起码，我认为对于他写作不失为一种排遣寂寞之事，或可由无为追求到一种有为的全新体验。

他回信坦率地说，当年他为我们充当总编审的角色，也许还算是一位有水平的好编审。若由组织者变实践者，只怕是心高手低，会使自己难堪也会使别人难堪的。我当然不肯放弃对他的期望，一如他当年从不曾放弃过对我的期望。

我又接连去信，以更大的热情调动他的冲动，说我要亲自做他的责任编辑，盼着收到他的一个电影剧本，说如果那“别人”其实不是别人，而是我梁晓声，而是他的好兄弟，那么“难堪”二字，从何谈起呢?

他的自尊防线，到底被我的诚挚突破了，来信表示他可以尝试。

两个月后，我收到他的一部电影剧本。历史题材，反映沙俄帝国残害我黑龙江地带六十八屯村民的事件。字迹清楚漂亮，格式标准，极其电影化。我郑重地提交北影文学部讨论，却因是历史题材被否定。当时北影重视现实题材。我为此大闹情绪，但人微言轻，闹情绪也没用的。无奈之下，我寄给了“八一”电影制片厂的前辈黄宗江师长。宗江师长一星期后便复信，对剧本大加赞赏，喜欢到了心血来潮欲亲自执导的程度，信中有话——“该作者才华横溢，若有志于电影创作，将来必成大器！老朽有缘与该青年共图杰作乃人生一大快事也！”

我给宗江师长打电话，说老隋并非青年，是我的文学引路人，年长我六七岁呢!

宗江师长在电话中说，年长你六七岁，也不过才三十六七岁嘛，那在我眼里依然是青年嘛！替我写信通知他，做好到“八一”厂来再小改一遍剧本的准备……

我放下电话，简直高兴得可以用“心花怒放”四字形容。当即跑到邮局，给老隋拍了封报喜的加急电报，并将宗江师长的信挂号寄给他……

然而半途中爆出一部电影《傲蕾·一兰》！老隋的剧本便成废纸一沓了！

我口中一下子生起了大泡，不知该怎么给老隋写信。我想，我的电报和宗江师长的亲笔信，一定已在农场总局引起不小的轰动，老隋也一定因此而成言论中心人物，说不定还会引起许多嫉妒……

不待我给老隋去信，他已到北京来了。当他出现在我面前时，我仿佛觉得自己做了一辈子都对不起他的事。向他说明情况的时刻，至今想来，仍是使我张口结舌，浑身冒汗的时刻。老隋呆呆地坐在椅子上，吸完一支烟，又接着吸一支烟，我也无话地陪他干坐着吸烟。终于，他站起来说："我的剧本，能受到黄宗江这样的前辈赞赏，已大大超过我的期望，心血也就不算白费了！"见我仍陷在沮丧之中难以自拔，他笑了，拍拍我的肩又说："我还没吃午饭呢！走，找个地方陪我吃午饭去！"他根本没吃饭，只吃了些菜，却喝光了一瓶白酒，似醉非醉，话渐少了。他只言片语告诉我，已从宣传处调到了教育处。我问："当处长？"他摇头。"副处长？""不，还当干事。"我心中暗暗替他不平，三十六七岁，仅从年龄上讲，还当干事也太委屈他了啊！我脱口说道："这不公平。"他却说："三十年来世上行，也曾狂傲趁浮名。我并不太在乎是处长还是干事。但……但我想你们啊！心里想极了，梦里常梦见你们……"他情不自禁地按住我一只手，随即紧紧抓着。我信他的话，信他一定梦里常见我们。当年文艺、文学两方知青"精英"，皆凝聚在隋字麾下，风华正茂，声动四方。当年的他，矜持自信，踌躇满志，每对人言"弟子三千，贤者七十"。虽夸张了些，但他是实实在在地拥有着夸张的资本和资格的呀！而这一切都被夹扁在历史中了。

我也情不自禁地将我的一只手按住在他那只手上，我真想安慰他几句，一时却又组织不出一句足以使他感到安慰的话。我们那么手按住手，心心相印地互望着。我终于想起了两句杜甫的诗，低声说了出来："'但看古来盛名下，终日坎壈缠其身。'老隋，也许你现在应该这么认为——从此你倒可以获得解脱了……""那么，就'忍把浮名，换了浅斟低唱'吧！"——他又饮了一口酒，放下杯，手指轻轻敲点着桌面，情难自禁地唱道："七星高照七星泡，万顷沃土万吨廒，莽林跃我肥金鹿，麦海驰你瘦铁牛……"

那是当年他亲率我和几名创作员，到一个叫"七星泡"的地方去深入生活，雪后归途坐在爬犁上信口吟出的一首诗的前四句。后来曾被谱了曲，在知青中广为传唱……

他的另一只手，仍按在我手上，也仍被我的一只手牢牢地按着……

我希望他在北京多住几日，会会他“做梦都常梦见”的当年的“部下”们。我告诉他我们其实也很想念他的，只要聚在一起，只要谈起当年，必忆起他老隋。

他欣慰地笑了，说：“那就谢谢了！”还冲我江湖人物式地抱了抱拳。

但他第二天就走了……

他在此后的来信中曾写道——“北大荒的教育几乎彻底瘫痪了。我面临的最大难题是缺乏教师，只能从你们知青当年教过的学生中培养起一支教师队伍……”他在另五封信中告知我——他已经当副处长了。他又投身到一件有意义的事情中了，而它可以重新作为他终生的事业……第二年他由副处长晋升为处长。我却一点儿也不觉得他晋升得太快了，因为我相信他的能力在许多方面都会证明他的杰出。大约是一九八五年，我回哈尔滨市探望父母，被几名当年的知青战友通知——某日上午到北方大厦赴宴，东道主竟是老隋。我当然得去。一九八五年，在哈尔滨，在北方大厦设宴，要算很上档次的了。我所见到的隆重情形使我暗吃一惊——偌大的一间餐厅，被老隋包了下来。十几张餐桌，济济一堂围着百余人！菜肴丰盛。气氛热烈异常。每张桌上都有一瓶茅台！我见到了许多一见之下使我格外高兴的人，也见到了许多熟悉的和似曾相识的人。那一年身上揣着名片盒的人已经和戴手表的人一样普遍了，前后左右互相交换名片的情形，使我感到不少的人都在急不可待地让别人重新认识自己和向别人推销自己。那情形使我觉得自己和众人都是经营者似的，只不过所经营的全是自己而已。我当然被安排在老隋那桌，即首桌。而且是被安排在他的身旁，我对面坐的便是小叶，她向我自我介绍说她是老隋的秘书。她显得表面矜持而又内心里特别兴奋，脸上洋溢着和老隋一样程度的踌躇满志和自信。秘书出身的老隋自己也有一位年轻漂亮的女秘书，这使我在替他感到欣慰的同时，又本能地替他忧患。我觉得一种凶险的人生伏笔，正是从那一天起，喜气洋洋而又热热闹闹地铺垫在他的命运里了。我趁小叶身旁的人离开时，坐过去用胳膊肘碰碰她，悄问她一桌是多少钱的标准？她笑笑，低声回答："不贵，才一千多，加上酒水一千五六打住。"以十几年前的价格而论，那该是够豪奢的标准了，十几桌总共大约要两万多。我坐回到老隋身边的座位时，情绪不免的有些消沉，替老隋隐隐感到的忧患使我没法儿真正高兴起来。

那时刻老隋正擎着杯在餐厅中央发表讲话，他前边究竟说了些什么我也没心思听，只记得他最后说了几句话，大意是——从那一天起，他就停薪留职义无反顾地"下海"了！不干出一番事业誓不为人。今后还望在座的各位多多鼎力支持，而他保证事业成功之后滴水之恩涌泉相报，他许下齐天大愿说他将要设立一笔基金，少应在几百万，多应在千万，以救助当年北大荒知青中生活沦入困境的人，并且资助他们的儿女上学读书，解决他们的儿女将来谋职就业的问题……

他的话被一阵阵极热烈的掌声打断，他的朗朗演说在一片"干杯"声中结束。

于是众人随他齐唱：

今日痛饮庆功酒，
壮志未酬誓不休！

在众人眼中，仿佛他已经是一位财神，一位"红色资本家"，一位将造福于社会的慈善家，一位果敢进取头罩光环的偶像。我看出他在那一种气氛的包围之下，心理获得了极大极大的满足，似乎又重新找回了失落多年的精神领袖的良好感觉。

席间，他常被扯到一旁去，倾听急切的陈诉。有的谈自己的人生多么多么不如愿，有的絮叨目前还没住房的苦恼，有的说想自费出一本书却没有钱，有的声称自己拥有一项小发明但愁于没有投资……当然，还有的告诫他应该将目光投向哪方面，那样一定会迅速地发财，而且发大财；千万别涉足哪一行哪一业，那样一定吃亏上当，后果惨重……

老隋他一直微笑听着，不时地点头，不时拍着对方的肩许什么愿，不时招小叶过去交代她往小本儿上记下什么……

我默默地望着，默默地吮着饮料，觉得自己是在一出什么戏剧中。一九八五年，中国到处都在喜气洋洋热热闹闹地上演着同样内容同样场景同样情节的戏剧。有些人不觉得累。几乎每个月都会有若干次机会在如此这般的戏剧中扮演多多益善的“大群众”角色……

席散人去，我被老隋攥着一只手引领到了他在北方大厦的房间里。他一坐下就吩咐小叶：“快给我俩沏杯茶。我今天可真喝了不少，口干舌燥！”小叶给我俩沏好茶后他又说：“三年多没见面了！席间顾不上和你亲热，现在咱俩从容聊聊。晓声你这一向好吗？”我没立刻回答，眼望着茶杯说：“小叶，你先出去片刻，我想和老隋单独交谈几句。”房间里一时静了几秒钟。我听到老隋说：“小叶不是外人。”我猛地抬起头瞪着小叶又说：“我想和老隋单独交谈几句！”小叶脸倏地一红，目光寻求庇护地望着老隋。分明地，她感到受了侮辱。老隋便向她使眼色。她离开房间后，老隋笑问我：“今天哪儿使你不愉快？发什么无名的火啊！”我反问：“老隋，你作出了这么重大的决定，可预先在信中半点儿也没向我透露过！”他说：“怎么？现在，你觉得你已经有资格反过来做我的监护人了？”——尽管还在微笑，但语气相当不悦。我不理他的语气又说：“冲着咱俩的特殊关系，你老老实实地回答——哪儿来的钱‘下海’经商？”“当然是借的。我自己哪儿来的钱做资本！”“向什么人借的？”“信赖我老隋能力的人还是不少的！”“你正面回答我！”“向总局直属某厂一位厂长朋友借的。”

“那么是公款？”

“不错。公款。”

“多少？”

“六万。”

“你靠什么向对方担保？”

“做人的信誉。”

“还有什么？”

“党票。”

“你一旦失利，党票能用来抵债？”

“可人家借钱给我，也冲我是一名党员！而且是一名党员干部！怎么，你不信赖我的能力了吗？”“那以后想经营些什么？”“还没考虑好。所以我今天才……”“老隋！”——我抓住他一只手，“你呀你呀！我并不打算反过来充当你的监护人！这点儿自知之明我有！我虽然对经商之道一窍不通，但有一点我是清楚的——报上登的那些靠几千元甚至几百元白手起家成为富豪的人和事，十之七八是编造出来的神话。掰开了揉碎了分析，都各有见不得报的玄机和奥妙。马克思的《资本论》你读过的次数比我多！你怎么一下子就敢从借来的六万元钱中花掉三分之一请一次客啊！仅剩下四万元你还能经营什么！”

他从我手中使劲挣脱出了他的手。他脸涨红了，站了起来，有些恼怒地瞪着我，仿佛我是个企图阻止他成就一番大事业的小人。“老隋，我为你担心！”“这，用不着！明年这时候，我仍要在这里大宴宾朋！明年我的四万元，起码要变成四十万！”我也缓缓站了起来，望着他，无话可说。他忽然又笑了，走到我跟前，将一只手按在我肩上，亲近地说：“不愧是我好兄弟。但请别为我担心！对于箭在弦上的人，要善于激励，不要大泼冷水嘛！请问，按你的见解我现在又该怎么办呢？”我不知他“现在”该怎么办。事实上我并没有什么对他有益的见解。总不能让他退还四万落下欠两万元债务的下场吧？我替他担心而已。分明地，我们已没法儿再交谈下去，我也只有识趣儿地与他握手告别的份儿。

“祝你顺利。”

“你得说祝我成功！”

他不握我伸向他的手。

“那么，祝你成功。”

他这才与我握手，送我至门外，从另一房间唤出小叶，吩咐她陪我回家。我说不必小叶陪。小叶说：“我只能听隋总的！”——他们还没注册下来一个什么公司呢，但她已经开始张口闭口很时髦地称老隋“总”了。我看出，老隋听得心里很受用。在出租汽车上，她回答我她是一位农场老教师的女儿。刚从某师范学院毕业，不愿回农场当教师，义无反顾地要追随老隋闯人生。

我说：“多多拜托了！”她说：“什么？”我说：“老隋啊！他很少脱离农场的天地，不知外面的世界很精彩也很无奈，又常常凭感觉行事，希望你在他身边多告诫他……”她低下头，哧哧笑了，有点儿害羞的模样儿。而我，却不觉得我的话有什么好笑的，也不明白她为什么害羞……以后大约半年之内，我再没见到老隋。收到过他几封信，都不太长。无非关心我的创作，关心我的身体，关心我肝病是否彻底康复。或言他经商的体会，和“下海”的感触。前者切切，后者惘惘。关心之词依然那么真挚，谈他自己的情况则每每几笔带过。我不曾回信，因为他那几封信不落行址。他甚而在信中写明——“不必挂念不必回信，回信我收不到。因不日将与小叶别往”云云。他也曾给我寄过保肝的新药、南方的特产，我只能从信的邮戳上，或收到的特产上判断他在南方某省某地。一天我意外地收到他的电报，内容是询问我可否在北京替他推销几千盘讲解中学课程的录像带。电文明确让我知道，如帮了他一次忙，他至少获利四五万。我是最无能力帮任何人推销任何东西的人，尽管我对他感恩久矣，一向誓心以报。我几乎吸了半盒烟才拟罢回复他的电文，到邮局发电报时又涂涂改改，以什么样的词句回绝都实违我心。我甚至怀疑自己是不是已变得无情无义了……

半年后我终于又见到了他。当时我正在北影文学部开会，他突然出现在我面前，说是到北京来联系一桩大买卖。我看出了他这半年内并未发迹起来，也估计他身上并没带多少钱，便委婉地问他愿不愿住在我的办公室。

他显出很高兴的样子说：“当然愿意！这样最好，早晚又能和你常见面了！”

我暗想，老隋呀老隋，你的高兴恐怕主要不是因为早晚又能和我常见面啊！

他每天早出晚归，其实我很少见到他。有一天我为他换床单，在枕下发现了他的一本日记。怀着好奇心翻开看，记的竟全是他的扪心私语。而且全是以日记方式对小叶倾诉的私语，缠缠绵绵，凄凄婉婉，卿卿我我，悃悃悒悒。于是我窥见了一种顿时猛烈拨动我心弦的乞怜和恐慌，一种如他那样一个内心极其孤傲自负的男人，对一个和自己女儿年龄相同的女子的温爱的乞怜，以及唯怕失去她给予他的温爱的恐慌。这使我大为震愕。从此确信——一切男人的心灵的本质，其实都是多么的纤嫩和脆弱。

也从此明白了小叶其人，对于迷惘的疲惫不堪的老隋原来是多么重要！与她给予他的钟爱相比，我对于他的带有报恩色彩的友情，又是多么的粗鄙多么的不足论道！

原来男人的心一旦陷入对于自己人生前景的迷惘与沮丧，只有女人的柔情才是救治的良方啊！……

几天后小叶也赶到北京来了，但我一次也未见到她。我也提醒自己不过早或过晚到办公室去，以免撞见他们同在令老隋感到窘迫。但是我知道她肯定已经匆匆赶来在他身边给他温暖给他慰藉了。一个房间仅一个男人住着还是一个男人和一女人同住，这一点其实并不难看出。我想肯定是老隋拍电报或打长途电话哀求她快来到他身边的。我只是不忘白天往办公室送开水……

文学部的领导有次拦住我："晓声，保卫处的同志反映，你的办公室住生人了？"

我说："是的。"

"谁？"

"我哥。"

"你……不是只有……一个哥哥吗？"

我突然大发其火，吼道："除了一个住精神病院的哥哥，我就再不许有堂哥表哥了吗？"

文学部的领导怔了怔，赶紧解释："别生气，你别生气。我只不过就是随便问问嘛……保卫处的同志有反映，我才不得不问问嘛！还同时……住着一个女的吧？"

"那是我表嫂！"

"好好好，不问了，住吧住吧！……"

那一时刻，我内心里觉得万分地对不起另一个女人。以前我给老隋写信时，总少不了有几句是写给那个女人的……

又过了两天，老隋和小叶都走了。办公室的桌上，留下了老隋写在一页纸上的几句话——“晓声，谢谢了。那桩大买卖没联系成，无心与你面别了。我发展颇不顺，以后有出头之日，深情定当后报！”

我拿着那页纸，呆呆地瞧着，许久放不下它……

不久我听说他回东北农场总局了，听说领导责令他写检讨。听说他拒绝写检讨。听说他被开除了公职，也被开除党籍。听说他的家庭无可挽回地破裂了……

不久后的不久，我收到他的信，是从南方寄来的。信中说他辞职了，终于成了一个彻底的“自由人”。说也好，从此无羁无绊无拖无累，无家无产，唯一红颜知己相伴，倒也落得可在人生路上，潇洒走一回了！……

于是我明白，他家庭破裂了，也竟是真的了……

去年中秋之前老隋又到北京来谈“大事”，又因囊中窘迫住我家里。分明地，他并未因成了一个无羁绊无拖累的“自由人”，而变得多么潇洒起来。据我看，绝不比一个有妻有家有单位有工作的人活得潇洒，相反地，感到他是比任何时候都活得累了，他两鬓的白发明显地增多了。他打开他的皮箱时，我瞥见里边有一瓶可以滴在梳子上达到染发目的那种染发水儿。他眼中每每聚现的浮躁、迷惘和颓唐、悲观、空虚，也比我前几次见到他时更凝重了，仿佛是一层时隐时现的云翳。我觉得衰老已经开始紧紧地粘上他了……

三

那一天老隋很早就回到我家里了，进门后一言不发。刚坐下便吸烟，他沮丧遭辱的神情之下掩盖着羞恼的激动。我觉得他是受到方式很轻佻、打击很严重的伤害了，我觉得他是在外边丢失掉了最后的自尊了。

我谨慎地问：“见到他们了？”

他的头往沙发靠背一仰，两眼望着屋顶简短地说：“见到了。”

“事情的进展怎么样？”

“我……太天真啊！……”

“说说。”

“不。不想说……”

我望了他片刻，缓缓转身离开了，走到另一间小屋里，我站在窗前望隔街的古墟，也不禁地感到心事浩茫，惆怅深远。一会儿，他默默地来到小屋里。“给你存折。我没取钱。”“他们……不赏你面子？”“不。是他们不配我请他们。这三百元也没花，我兜里还有零钱，是乘公共汽车回来的。”他又将我给他那三百元塞向我手。我将我那只手背到身后，婉转地说：“算我借给你的。”他犹豫几秒钟，认真地说：“那么，我以后一定还你。”随后庄重地将钱揣入西服内兜。我说：“草木又开始变颜色了。”他说：“是啊。”我说：“快到中秋了。”他说：“是啊。”我又说：“也快到你的生日了。”他的目光从窗外收回，不情愿似的转向我，凝视在我脸上。“是啊。”他语调有些悲凉。他三句“是啊”，也令我的心情有些悲凉。

我转身去拿来一盒月饼，打开首先递给他一块。他摇头道：“不想吃。”我说：“吃吧。权当你陪我提前过中秋，我陪你提前过生日。”他这才接过去。我坐床沿，他坐椅子，我俩目光都凝神望着元大都城垣的古墟，望着秋日的阳光下葳蕤凄凄的老草，叶子肥大而静止的树，以及一片片开得热热闹闹的喇叭花，一簇簇开得格外悦目的金灿灿的六瓣黄花，比赛沉默似的吃光了各自手中的月饼。接着，我们先后吸烟。谁也不看谁，像两个八十多岁的相陪着望窗景的老头儿。他终于耐不住寂寞地开口问：“你怎么一言不发？”我说：“好，我现在要开始说话了。我说时，希望你能耐心地听着，别打断我。”他忧郁地一笑。我说：“老隋，咱们梦该醒了。再不醒就为时太晚了，来不及了啊！不当富豪又怎么的？不当老板又怎么的了？有份相对稳定的工作，不求有权有车，但求有个精神寄托；有份不多不少的收入，不求高档消费，但求丰衣足食；有个能歇体养心的家，不求是个安乐窝，但求是人生最后的停泊地。这样的日子，这样的生活，真的已使你非常憎恶非常鄙夷非常不甘心了吗？……”

我有意一开始就说“咱们”，仿佛我自己是他的一个经商合伙，仿佛我是在和他讨论我俩今后共同的选择，为的是使他不至于感到我仅仅是在“三娘教子”般地训导他。

他缓缓地又将脸转向了窗外。

“只要你同意，我出一部分钱，再向当年的兵团好友借一部分钱，咱们兑个小饭馆儿怎样？你跑采购，让小叶主内。我看小叶挺行的，准会把小饭馆儿经营得红红火火的……”

我绘声绘色地诱劝着。“我每天为一个小饭馆儿蹬着三轮平板车买菜买肉买什杂？”“以后积攒下一笔钱，可以买辆三轮小货车嘛！”“有意思！我老隋在北京的大街小巷开辆三轮小货车？是叫绿蚂蚱的那一种吧？就算我愿意，小叶她不顾父母反对，坎坎坷坷地伴随我，最后就落上当小饭馆儿老板娘的结局？”“……”“那我对得起她吗？”“要不调动咱们当年兵团好友的社会关系，求他们介绍小叶到某公司去，而我全力推荐你到出版社去当一名编辑！两个人的收入加起来如果达到一千五，在北京也就属于中等水平了！……”

“你……推荐我吗？”

我意识到，我由于用词不当，已然深深地戳伤了他那变得越来越敏感也越来越脆弱的自尊心。

“我再也不允许我当初的秘书，现在实际上已经是我的女人……的女人，去给别的当老板的男人当秘书，更不许她到什么藏污纳垢的公司去当打工妹！我宁可饿死！宁可我们双双饿死！……”

我怔怔瞪他，半晌说不出话，一时难以理解他为什么不说小叶是“已经是我妻子的女人”，而非要说“已经是我的女人的女人”——难道他需要的只是女人，不再是妻子吗？……

是的，我已渐渐开始对他感到陌生了。而他的想法，仿佛一个无形的巨人，一掌将我击出老远老远。我觉得我站着未动，被击出老远老远的只不过是他。于是我们之间一下子隔开一段必须被承认的时空，它几乎等于二十余年！我们两个北方人，两个曾经有过兄弟般亲情的男人，其实早已不剩多少共同语言了！

我将目光望向窗外，沉默良久，一转身想离开。

“你不愿理我了？”

“老隋，我不知道再跟你说什么好。”

“那么就听我说。”

“……”

“你坐下。”

“……”

“你坐下。”

他将我按坐在椅子上，而他自己仍站着。他背朝我，将目光望向窗外，沉默起来。“你如果其实并不想对我说什么，我要发信去了！”连我自己都感到，我的语调冷冰冰的。“你听着，一年三百六十五天，十年三千六百五十多天。我今年五十多岁了，我登四层以上的楼梯已经开始感到气喘吁吁了。我的心脏已经有毛病了，我去年尿检化验曾出现过三个加号。往乐观了估计，了不起能再活二十年，也就是能再活七千多天。才七千多天啊！就算侥幸活到八十几岁，也不过再活一万多天。精确地计算一下，每隔四年一个闰年。闰年的二月是二十九天，三十年内也不过只多出七天，算白捡。而从六十岁以后的七千多天，活着究竟又能活出点儿什么大意思呢？六年以后我就六十岁了，我的时间其实无多了。我还能活出点儿滋味儿的日子，其实只剩两千多天了……”

我第一次听人当面以简单而又运算正确的数学的方式，提示我对人生应有更实际的一种态度。那时刻隔街古墟上的阳光已开始暗了，一天正在不易令人觉察地过去。我不禁转脸看了一眼桌上的表，仿佛听到一种使我足以心惊肉跳神经紧张的嘀嗒之声，而实际上那表是不发出弦声的。表被一个双膝跪着的、裸体的铜女姿势优美地当胸捧着。“她”是我的喜爱之一，以前我伏案写作，常习惯于欣赏着“她”凝思。听了老隋的话，我似乎觉得“她”是妖女变的，正是用那个双手捧着的带着指针的东西，一天天在我不知不觉中将我的生命一秒钟也不停止地吸入进去……

“我感到自己仿佛是坐在一辆疾驶着的车上。目标是确定了的，车速也是绝不会因人的意志而改变的。每一棵从车旁闪过的树，都是我的一个日子。每一根从车旁闪过的水泥电线杆，都是我一个月份。每一块从车旁闪过的里程碑，都是我的一个年头。我的日子我的月份我的年头，不停地朝后闪，闪了便永远不再属我拥有。我以任何方式在任何一地都绝无可能再重新找回它们！哪怕是它们的某些碎片、某些残骸，或某些浮光掠影！可我老隋仅有六个有价年头了！……”

“什么年头？……”

“有价！价值的价！六十岁以后，我是老板了又怎么样？是富豪了又怎么样？有了一番完全属于我自己的事业又怎么样？有了花不完的钱又怎么样？我想要实现的，必须在这六年里实现！只能在这六年里实现！……”

“你对金钱，有很大的需求？”

“我？我个人对金钱会有什么大的需求？难道你开始把我看成一个享乐主义者了吗？”

“你过去不是。”

“我现在也不是！但总得争取在六十岁之前再重新做一个让别人看得起的人吧？我还能够实现别的什么目标让别人看得起？我连再当一个小小的处长的资本和可能性都根本没有了！我只剩下了唯一的选择……”

“就是要实现当老板的梦想？”

“别人能使梦想成真，我为什么不能？”

“那样你就会重新寻找到了以前的自信和自尊？”

“还可以慷慨地去救助别人！”

“还可以慷慨地大摆宴席！像当年在北方大厦那样宾朋满座对不对？还可以在某一个人际圈子里，被奉迎，被取悦，重新扮演一个教父式的角色，对不对？”

他猛地一转身，迈着大步离开了小房间，走到大房间，坐在沙发上，抓起烟盒又一口接一口地吸烟。我没跟随到大房间去，我甚至不敢朝大房间望一眼。一会儿，他手夹着烟走回到小房间来了。“晓声，我请你看着我！我现在毕竟还算是你的一位客人！在你家里，跟你说话，你如果连看我都不看我，你叫我内心里怎么想？那你还不如干脆赶我走！”我将脸转向了他，默默地注视着他的脸，想用微笑缓解一下气氛，却作不出笑样。

“就算你刚才将我头脑里的想法全说着了，那些想法究竟又有什么不好？

难道我那些想法可耻吗？如今的社会，不是只有老板们才被视为当代英雄才受宠被敬吗？”

他夹烟的手在发抖，他的脸红得近乎发紫。我明白，我那一天是将他刺伤到极点了。但是我觉得，有些话，有些我憋在心里早就想对他说的话，我认为是到了非说不可的时候。

“你那些想法没什么不好，也绝对不可耻。如今的社会，也差不多就快变成你说的那样了！但你，无特权、无背景、无遗产、无专利、无名气、无专长，甚至连一赏识你的人都没遇到过，你凭什么非幻想着……”

他打断我的话，挥了下夹烟那只手，悻悻地大声说：“我遇到过！遇到过赏识我的人！我的人生差一点儿发生过戏剧性的变化！我并不认为在以后的六年里，我的人生就再也没有戏剧因素了！……”

一截烟灰，被他手臂那一挥落在我身上。“对不起……”他推开窗，将指间吸短了的烟弹了出去。我说：“老隋，这也值得你在我家里对我说对不起？”他愣了愣，往脑后抚了一下头发，表情不自然地笑了。他情绪渐渐平定了以后告诉我——他曾结识过一位香港富孀，比他大七岁，六十多了。她就对他极为赏识，有心成全他的志向，让他做代理人，在大陆投资几千万，但有一个先决条件，而且只有一个先决条件……“你怎么竟错过了这样的机会？”我不免替他遗憾起来。尽管我不认为做几千万投资的代理人乃是多么了不起的大幸运，但对老隋，太是扭转落魄命运的机会了啊！“我没答应她那个先决条件。”他声音低得像一个做了大错事的孩子。他的眼睛在镜片后眯了起来，他又将脸转向了窗外。那时外面的阳光已完全黯淡了，天虽然还没黑，却已经没有一小时前的明媚了。我不禁又联想到了他关于生命的算术式，叹了口气。“你不替我感到后悔吗？”“替你感到后悔。老隋，我认为你很蠢，很愚，起码在这件事上如此。如果我是你，只要不是要求我犯法作恶的条件，不管再是其他的什么条件，我都会毫不犹豫地答应的，何况人家只有一个条件。什么条件都不讲的话，中国人多的是，有能力的中国人也多的是，何必非你莫属呢？”

“那先决条件是——我不许再和任何女人结婚。”

“竟是……这样？……”

“我曾连续几晚睡不着觉……”

“那么，是她自己想嫁给你，做你的老妻？”

“天真！正式婚姻牵扯遗产，她怎么会嫁给我呢？”

我明白了，我因自己的刨根问底，脸红了。

“那我不但成为一名高级打工仔，而且成为一个六十多岁的老太婆的大陆面首了！我如果答应了，对得起小叶吗？”“她知道这件事？”“知道。”“她当时什么态度？”“她给我自己作出决定的权利。”“你决定了以后呢？”“我对小叶说——机会对我固然重要，但是她对我更重要。如果不能和她长相厮守，什么样的机会对我都没有了魅力。她当时感动得哭了。”我也被感动了，觉得他又是那么可亲可爱可敬了。“现在，你还替我后悔吗？”

我摇了摇头。

“我也不单单像你想的那样，这般无所归依四处漂泊，梦想成为老板纯粹是为了获得别人的尊敬，纯粹是为了满足自己的虚荣心，不，不完全是那样。如今，别人怎么看待我，我已经不太在乎了，但我要对小叶负责任啊！她追随我离开北大荒时，刚刚二十一岁啊！她不是想成为一个靠租别人的门面开店的小老板娘啊！她对我老隋所抱的指望我不说你也是应该明白的啊！如果我使她对我的指望成为泡影，我老隋还有何颜面苟活于世？我也要对我的儿子和女儿负责任啊！他们爱我敬我一如从前，始终以我为他们的精神支柱，无论我这个父亲沦落到什么地步，他们都认为只不过是暂时的，都不曾对我这个父亲灰心丧气过，都坚信总有一天，他们的父亲能出人头地，能使他们在别的同龄人面前毫无自卑感。我不为他们在六十岁前再创一次人生的辉煌，我对得起他们吗？我还有一份儿心愿，希望有一天能赠给你嫂子几十万元钱。尽管我们已经离婚了，但我觉得她仍是我一个至亲的亲人。在这个世界上，我老隋最对不起的，那就是她了。我还希望自己能报答一切帮助我老隋的人。滴水之恩，当涌泉相报。这才应该是一个标准男人的原则。如果我连这么一种男人的起码的原则都恪守不了，我老隋还莫不如趁早自我了结算了！”

我见他脸上已有闪闪的一滴泪在缓淌着了。他这一大番自白式的话语，听得我愀然又肃然。他仿佛是为了进行自我辩护才说的；也仿佛是由于释放内心苦闷的本能才说的。仿佛在窗外，在元大都城垣的古墟上，正站立着他的小叶，他的儿女，还有他的前妻，都目不转睛地望着他，都聚精会神地倾听着，都感动得泪盈满眶似的。仿佛站立在古墟上的还不止他们四个人，还有许许多多熟悉他认识他的男人女人。他的话也分明是对一切从前极其尊敬他而现在怜悯他、疏远他、冷淡他甚至轻视他的人说的。而他的眼泪正是在对他们说最后那一段话时从眼中淌下来的，虽然他们的存在只不过是他一时的想象。那时刻古墟之上其实一个人也没有，只有一羽孤零零的风筝，寂寞地飘在古墟上空，连小街上也没有一个人走过……

我低声说："老隋，我……"

我心里想说的是——老隋啊，你没把我也归到你希望要"滴水之恩，涌泉相报"的那些人中去吧？老隋啊，其实我心里只有向你报恩的意愿，而毫无再希望你回报的念头啊！与你当年对我的扶持和庇护、帮助相比，我如今偶尔接待你、留宿你、硬塞给你只够买烟只够"打的"的钱，连涌泉之恩滴水相报都谈不上的啊！

其实我多么想也"涌泉相报"呢！他从前对我的人生的影响和作用，也绝非"滴水之恩"啊！我一向视那恩那情那义重如泰山的呀！但他如今的"志向"太大了，大得完全超出我能助一臂之力的程度！它大得我也只有袖手旁观了。他的自白，使我暗暗下决心，以后再也不规劝他了。如果说在那一天以前，我还希望自己的一番苦口婆心能影响他，能让他回归到一种现实主义的人生态度上来的话，那么那一天以后，我若还死抱着以前的愿望不放，也就真如他说的，未免也太"天真"了……

老随的自白这么许多层的意思，我当时根本理不出个头绪。我根本不知该先说哪一层意思，后说哪一层意思，更不知哪一层意思是当时对他说也无妨的，哪一层意思当时若说了，又会伤害了他已经非常之脆弱变得格外敏感的自尊心……

他那一番自白搅得我思绪纷乱。

他转脸看了我一眼。我觉得他的目光是看透到我内心去了，他脸上那种伪装平静的表情仿佛在无言地告诉我：我对你梁晓声，也会滴水之恩涌泉相报的。我老隋绝不能活到让你也可怜我的份儿上！……

我觉得他的目光似乎带有一股很强大的冲击力，也一下子就把我冲击开了，连同我坐着的椅子。我似乎已是在很遥远很遥远的什么地方望着他了；而面前的他，似乎也是在很遥远很遥远的什么地方注视着我。我们之间的遥远感，使我不禁地暗想——在现今这个时代，两个曾经亲如兄弟的男人，哪怕根本不发生任何利益冲突，要变得十分陌生视同路人，可能也是非常容易的事，甚至可能是自然的事。

他摘下眼镜，用一根手指，仅仅用一根手指抹了一下他眼角的泪痕……

“家里有什么眼药水吗？近来我常流泪，可能患沙眼了！”

他语调极平淡地说了这么一句话。

“有！我现在就给你找……”

我赶紧起身离开，内心顿生莫名的委屈和伤感，很怕自己也流下泪来……

他当夜就要离开我家。我不让他走，强留他住了一夜。但第二天一早无论我说什么也留不住他了，他说他想小叶，说他从没这么归心似箭地想过小叶。

虽然他归心似箭，却不许我给他买机票，说只要有一张当天的火车票就多谢了。我说我是没办法买到一张当天的卧铺票的。他说他根本就没想坐卧铺，说既然能坐硬座从南方到北京来，也就能坐硬座从北京回到南方去！言下之意是——我只需要帮助，并不需要救济！他甚至严厉地阻止我送他下楼。他提前三个小时就离开了我家。我猜他一定都舍不得钱坐出租车。我站在家门外，听他下楼去的脚步声渐逝。他来时拎着几乎空空如也的旧皮箱，回去时依然几乎空空如也，只不过多了一条我送给他的烟。他就那么归心似箭地走了，仿佛南方不但有他的红颜知己小叶，还有他的家，他听惯了的乡音，他的一番事业似的。其实南方除了他的小叶，再也没有属于他的别的什么了……

中秋一过，天渐凉了。转眼就到了年底，也就到了那一年北京最寒冷的日子。

十二月最后几天中的某一天，大约在晚上十一点半以后，妻碰碰我问：“听到了吗？”我说：“听到了。”我和妻都已躺在床上了。楼道里两个人抬着什么重物似的脚步声，从一层至二层，一级级楼梯地传上来。在三楼的最初几级楼梯那儿，脚步声停止了一会儿。分明地，两个人太累了，不得不歇歇。妻说：“楼上谁家人这么晚了才回来，还往家里搬东西！”我说：“大概厂里出外景的人回来了，也许带回了服装箱之类的东西吧？”脚步声一级级踏上三楼，不再往楼上去了。妻说：“好像站在咱们家门外了！”我说：“不是好像……”我不由得披衣坐了起来。片刻，听到了几下敲门声，很轻，很轻，轻得似乎成心不打算让主人听到。妻大声喝问：“谁？”门外却又没人应。妻困惑地看我，神色有点儿不安。我心里比她还困惑，只不过并不紧张。我猜测准是什么走投无路的外地人找到我家来求助了；或编出走投无路的故事的骗子，找到我家来行骗了。这两类陌生的外地人都进入过我家，结果往往应了那句话——请神容易，送神难。最起码得留住两天，给几百元钱，或往派出所打电话……

又听到几下敲门声，依然很轻，很轻。

我下了床，趿着拖鞋走到门口，低问：“谁呀？”

“我……”——一个女人的声音。

“你是谁？”

“你开门了就知道了……”

那女人竟在门外哭了。

我又说：“你不说清楚自己是谁，不说明来意，我不会给你开门的！”

“我……是小叶……”

“哪个小叶？我不认识什么小叶……”

“我是……还有老隋……”

那女人竭力抑制着的哭声，在静静的夜晚听来，是那么绝望——而且，那么悲辱。

我立刻明白门外是谁了，急忙扯亮灯，开了门——果然是老隋和小叶。老隋显然喝醉了，衣服上、裤子上、鞋上，尽是被冻住的呕吐的秽物。他的脸青白青白的，双唇紫黑，可能由于冷，加上吐和醉，仿佛刚被救上来的溺水者。他穿得太单薄了，一件衬衣，一件毛背心，外穿着一件西服而已。这么一身，在北京寒冷的十二月底的夜晚。如果缩在外边哪儿不活动，第二天早晨非被冻僵了不可。所幸他身上还披着件呢大衣，那分明是小叶的。呢大衣瘦得他根本没法儿穿上，只能将一只胳膊伸入一条袖子半披着。他已根本站立不稳，身体斜靠在小叶怀里，并且不住地往下瘫着。小叶则紧靠在墙上，两臂从老隋腋下伸向前，双手扣抱住他，使他不至于瘫倒在地。小叶穿得也不多，脸和手都冻得通红，长发被夜晚的寒风吹得散乱。她紧咬下唇，早已是泪流满面，无声哭泣得几乎喘不过气的样子。我看她再坚持一会儿，就抱不住老隋了，非一块儿瘫倒在地不可，而老隋，紧闭双眼，口中不停地喃喃着："我心里烧痛，难受，我难受……我得躺下睡……"呢大衣的绝大部分，其实并没能披住在身上，而是拖落于地，被他肮脏的鞋踩住一只袖子。

我帮小叶将老隋扶进门，扶进窗对着元大都城垣废墟的小房间，扶倒在我平时睡午觉的单人硬床上。这时妻也从卧室过来了。她万分惊愕地望着老隋，继而狐疑地望小叶，那是她第一次见到小叶。小叶转过身去，双手捂脸，又哭出了声。小叶随我来到大房间，刚欲开口说什么，被我用手势制止了。我说："你坐下，先镇定一会儿。"小叶拘束地在沙发一角坐下，仍流泪不止。妻去用热水绞了一条毛巾回来递给小叶，小叶擦过脸后，妻已替她冲了一杯奶放在茶几上。妻对她说："别哭了，心里也别急了。喝完这杯奶再慢慢讲，不是已经到家了嘛！"小叶喝完那杯奶，情绪镇定了许多，却依然满面羞愧。我说："现在讲讲吧！你们怎么会狼狈到这种地步？"小叶说："梁兄，嫂子，一言难尽……我真是一言难尽啊！他……他快把我的心都拖垮了啊！"她眼中又涌出了泪，用毛巾捂上了脸。据小叶说——老隋中秋之前从北京回到南方，回到她身旁后，情绪变得极其低落，又低落又恶劣，性情也变得极易暴躁，反复无常。他更难找到事干，也不许小叶找事干。而小叶一旦无事可干，整日厮守着他，二人也就陷入无处栖身、衣食不保的绝境了……

"你不是在珠海一家公司里来的吗？""我……梁兄，嫂子，这事我小叶就不讲了……一讲起来，我一头撞死的心都有啊！""你讲。我需要知道。""我在珠海的公司里干得挺顺心的。老板对我也不错，工资较高，每月三千多呢！

我每月寄他一千五，这样他在海南的吃住就不成问题了。我在海南结交了一位承包中档宾馆的朋友，人家看在我的情面上，免费提供给他一个小房间住，可他一封封信里，抱怨住在那儿等于寄人篱下，等于是被变相收容，整日遭人白眼，被人瞧不起，等等。那房间是很小，才九平米多，只一张单人床，一张旧桌子，也缺少阳光，原来是供值班警卫夜宿的房间。可即使这样的房间，又有几家宾馆肯白让咱们住啊！出入体面的宾馆，就我每月寄给他那一千五，够住几天的呀？那他还吃饭不吃饭啊！我想每月再多寄钱给他，我也办不到啊！那当然等于寄人篱下，也可以说是被变相收容，可已经沦落到这一种地步了，心里不承受又能怎么办呢？至于遭人白眼，被人瞧不起，那纯粹是由于他过分敏感，也过分多疑。结果他的疑心病越来越重，竟发展到怀疑我和人家有不正当关系的地步！……”

小叶说着说着声泪俱下。妻又为她去用热水浣了一次毛巾。我说：“吸支烟吧！”——递给她一支烟。她摇摇头。我断定她会吸烟。我想，伴随着老隋颠沛流离的女子，居然烟酒不沾的话，那就是咄咄怪事了。我固执地又朝她一递，她这才无言地接了，而我也默默吸起烟来。我吸了两口烟后，直言直语地问：“那么，你和你那位朋友的关系，是否毫无可让老隋指责之处呢？”妻谴责地瞪了我一眼，我转脸不睬。小叶立即辩道：“没有！天地良心，绝对没有！梁兄，嫂子，这么多年来，打我小叶主意的男人不少，但我在这一点是对得起他老隋的！可他……他找茬儿和我那朋友吵了一回，斥骂人家乘人之危，结果被人家赶出了宾馆。他把自己搞到无处栖身的地步，又到珠海去找我！找到了我，怀疑我成了我老板的情妇，又跟我老板大闹了一通，结果，闹得我在那家公司也没法继续干下去了……”

“小叶，你和老隋……这么多年了，我的意思是……你们为什么不结婚呢？”同样的问题，我也曾当面问过老隋。他虽然支吾搪塞，没正面回答过我，但我看出，他何尝不愿和小叶早日结为法律上的夫妻呢？小叶怔怔地望我几秒钟，垂下了头，用烟占住了她的嘴。“如果你们结婚了，他……是不是就会对你没有那么大的疑心了呢？”“他在这么一种地步里，我……我怎么跟他结婚啊？”“可他，是为你离婚的啊！”“可我，也是为他才迟迟没结婚的啊！否则，我早过上了另一种生活了！……”“后悔了？”——我替老隋预感到了一种极大的危机的存在，这种危机已经明显得只有傻瓜才看不出来了。

小叶又不说什么了，又低下头吸烟了。妻子忍不住从旁嘟哝：“你都问些什么呀！你有什么权利问人家这些呀！这会儿深更半夜的，快问点儿当下的事吧！”我强装一笑，连说：“对对，问当下的事，你和老隋，这次一块儿到北京……有什么新的打算吗？……”

“是他逼我一块儿来的！……他……他像绑架似的，逼迫我和他一块儿上了火车！他对以后绝望了，要回东北他出生的那个农村去当农民！要我陪他死心塌地做农妇！……”

我明白了——他们是在北京转车。

“你们到北京就吵架了？”

“嗯。在车上也吵过。”

“因为吵架，他才喝醉了？”

“嗯。我苦苦劝他别喝那么多，我答应陪他回东北当农妇，就差没在小饭店里当众给他跪下了！可他……他像怀着对我的深仇大恨似的，非把自己灌醉不可！幸亏我的小本儿上也有你家的住址，要不然我们今晚只能在火车站过夜了！可那……那……他醉成那样，多丢人啊！万一他借着酒劲儿对我发疯发狂我怎么办啊！……”

“他的脾气，是不是上次从北京回南方以后变坏的？”

“是……”

“那件事，你知道的吗？”

“他来前我一点儿都不知道，他回去了我才知道。如果我预先知道不会让他到北京来，那是几个对我居心不良的男人设下的圈套，要弄了他一场！他们因为在我身上几次都占不到什么便宜，就报复在他身上，什么一笔大生意，只有傻瓜才听不出破绽，才信他们，可他这么个有头脑的人，有时变得也和傻瓜差不多……”

我觉得再也没什么可问的了……

小叶当晚睡在沙发上，盖一条毛毯和她的大衣。

我和妻重新躺在床上后，妻问："你怎么看？"

我没好气地反问："什么怎么看！"

妻说："他们的关系呀？！"

我说："明摆着，山穷水尽。"

妻说："所以我才问你怎么看！"

我叹息一声，以一种有"有心救楚，无力回天"的口吻说："老隋实在太值得我们同情了！"妻却说："小叶也实在太值得我同情了！"第二天清晨我还没起床，便听到了妻和小叶二人互不妥协的话语。一个说："小叶，你不能就这么一走了之！"一个说："嫂子，我非走不可！夫妻还可以离婚分手呢，何况我们不是夫妻！""你就这么离开他的话，他将来可怎么办？""如果我今天还不忍离开他，我将来怎么办？"我匆忙穿上衣服走到门厅，见小叶已穿着她的大衣了，一只手已拉在门把手上了，而妻子扯着她的另一只胳膊。小房间里，传出老隋高一声低一声酣睡难醒的呼噜声。妻一见我，着急地说："小叶想一走了之！"小叶一见我，放开了门把手，以央求的目光望着我。我对妻说："你别拽住她。"妻犹豫地放开了小叶的胳膊。小叶忽然双膝一曲，意欲跪下。妻赶紧扶住她。我说："小叶，你可以走。我们是没权利留住你不许你走的，但你起码得告诉我，我该如何跟老隋说？"她说："随你们便……你们愿意怎么说就怎么说吧。"——她显出一副坚定不移、无论我们怎么对老隋说她都不在乎的样子。我说："正因为我们根本不知该怎么对他说，才要求你留下一句话。"她低下头想了想，头也不抬地说："就对他说，我走了，再也不可能陪伴他颠沛流离了！""还有……就是请他原谅我……千万别……恨我……"她抬起了头，满眼泪水。妻将门敞开了。她望着小叶也满眼泪水。我不知道她那泪水究竟是为老隋盈眶，抑或是为小叶而涌。不知为什么，我那一时刻倒异乎寻常地平静。不是故作平静，而是觉得既没什么可替他人感动的，也没什么可替他人激动的了。那一时刻我竟心定如死水。我望着小叶说："小叶，那么咱们再见了！"小叶两眼泪水刷地便流下来了。"梁兄，嫂子，给你们添麻烦了！"她说完这句话，将头一低，猛转身冲出门去。妻也要随着往外跑，我横身门口，拦住了妻。妻说："我们怎么能都不送送她！"我说："又何必使她更加难受呢！"小叶奔下去的脚步声急急促促，如同仓皇而逃。仿佛唯恐我们追上她，再将她拖回来。我心里想着她讲给我和妻听的那些事，开始觉得老隋对她的怀疑，未见得全都是毫无根据的主观臆测。但是我和妻一样，非但不嫌恶她，不诅咒她的离去，而竟也有几分同情于她了。我进而又想，即使她真曾以她的容貌她的身体与某些男人交换过什么，那交换的动机和目的，未必就完全的没有替老隋作出牺牲和奉献的成分啊！……

"小叶，小叶，我口渴，给我倒杯水来，我这是在哪儿啊！"我闻声沏了一杯淡茶，双手捧着走到他跟前。"晓声！……我……我又是在你家里了吗？……"我说："对，你又是在我家了。"他醉睡了十余个小时，脸面有些浮肿，双眼网着血丝。他真的已经开始变得苍老，不再气宇轩昂，不再相貌堂堂了。一副羞容窘色，渐渐展开在他脸上。他接过杯，饮了两口，郁郁地问："小叶没冻病吧？"我摇摇头。他放下心来，自言自语："她没有病就好。我记得她昨晚是把大衣脱下给我披着了……"我说："对。我昨晚见到你们时，你是披着她的大衣。"他又自言自语："我什么都没有了，只有她了，只有一位红颜知己了！"他接着以极亲昵的语调唤道："小叶，叶子，叶子你过来一下啊！……"我说："老隋，她走了。"

他似乎没听明白我的话，愣了片刻，懵懵地问："走了？干什么去了？上哪儿去了？……"我低声说："老隋，她离开你了。"他似乎还没听明白我的话，表情更懵懂了。我只得又说："你也许很难再见到她了！""……我不信……""真的！她让我转告你，再也不可能陪你颠沛流离了。""不，不，小叶！叶子！……""她还让我转告你，请你原谅她，千万别恨她……""你骗我！……""我没骗你。"他的嘴张了张，却再也没能说出一个字；并且，渐渐地越张越大，大到无法想象，大到了难看的地步。他似乎要发出狂喊，似乎要发出狂笑，似乎要像一个在天色将黑之际，在荒无人烟的山野中，一转身不见了刚刚还在身旁的父母，意识到被忍心又狠心的父母丢弃了的孩子那般哇哇大哭起来……

他咽部艰滞地蠕动了一下。杯子从他手中掉在被上，茶水湿了一大片被。他身子摇晃了一下，仰倒下去了，杯子一滚，我没来得及接住，落在地上，碎了。他身子往下一缩，双手往上一扯被子，蒙住了头。被子蒙住他头之前，我见他的嘴张得仍是那么大……只有他的手指露在被外。他的双手，将被边抓得那么紧那么紧，紧得连骨节都要绽破皮肤似的，紧得谁想使之与被子分开都不可能似的。

被子底下发出了某种被牙关顽强地封锁住的古怪声音。那是一个五十多岁男人想要哭喊却又竭尽全力不使自己真的哭喊出来的强压硬抑住的哽咽，一种令我听来心颤不已的哽咽……

他病在我家里整整三天！三天后他高烧微退，能缓慢地迈着虚浮不稳的步子行走了，便刻不容缓地非要离开我家不可，态度之坚决，比前次离开我家时尤不听劝阻。我问："老隋，你是不是急着去寻找小叶？"他说："不。我不是去寻找她。中国这么大，我到哪儿去找她呢？我只想回故乡去过一九九六年的新年和春节啊！故乡还有一位老哥哥，我们已经十几年没见面了……"

他的话格外凄凉。我说："你可给你的老哥哥写封信，报个平安啊！留在我家过新年吧！如果你愿意，住到过完春节也行……"

他说："不。我得走。这是你家，不是我家。常言道——朋友之义不可忘怀，朋友之家不可久居啊！我的亲老哥哥，怎么也不会嫌弃我的。你还是不要留我了，让我走吧！"

我说："老隋，天地良心，我可绝没有嫌弃你啊！"他说："所以我非走不可。等到连你也嫌弃我了，我们以后还怎么见面呢？"他说着，已然挣脱我的扯拽，迈出我家门走到楼梯口了。我说："老隋，我求你先站在这儿等我十几分钟行不行？"他见我很着急，点了下头。我奔下楼，飞跑到小卖部，买了些饼干、面包、水果和一条烟，又拦了一辆出租车，嘱咐在楼前等候。我奔上楼，将塑料袋儿塞给他，气喘吁吁地告诉他，楼下一辆红色出租车是送他去火车站的，我已预付了足够的车费。他依依惜别地拍了我的肩一下，请求似的对我说："别送了。要真没嫌弃我就别送我。给你添麻烦了！"我只好站在楼梯口，看着他一手扶楼梯栏杆，一步一步地踏下楼去。"老隋！……"他在下一层楼梯口站住，扭回头向上望我。"告诉我真心话，你没因为我放小叶走了而生我的气吧？"他苦笑了一下，摇摇头，继续下楼去了。前次他离开我家时，还有他的一只旧皮箱可拎，此次他却连一只皮箱都没有了。我奔向楼梯窗，探身俯望见那一辆红色的出租车正开走……我的眼眶不禁湿了。我暗问自己——梁晓声，你内心深处是不是已经开始嫌弃这个有恩于你的男人了呢？如果你的挽留是百分之百真诚的，是半丝半毫虚情假意也没有的，老隋他又怎么会根本不被你的真诚挽留所感动，非那么坚决地要在新年的前两天离开你的家呢？我一这么想，一这么自问，甚至开始怀疑老隋他究竟是不是回故乡去，他的故乡究竟有没有一位老哥哥了，同时，越发觉得老隋可怜，越发觉得人情冷暖之无常，越发觉得自己内心深处或许正埋着不仁且不义的一颗莠种……

四

几个月后我又见到了老隋。他竟西服革履起来，竟容光焕发起来，竟又神采奕奕踌躇满志无比自信起来。并且，有了一只很高级的、几道暗锁的崭新的皮箱。

对此，我大惑。我不便将我心中的疑惑直问，绕着弯子问他那名牌儿皮箱多少钱买的。他说："不贵。也算不上名牌儿，才一千多。你呀，你快变成呆子了！一千多元现在是根本买不到一只名牌皮箱的啊！"他说他在办一所私立小学，就是那类每年须交几万元学费的所谓"贵族子弟小学"。我想，他是懂教育的。先不管"贵族"式的还是"平民"式的，只要他肯办好，是一定能办好的。但我心中还是有许多疑惑。我问他哪方面投的资。他笑而不答，说以后再告诉我。我说办私立小学，那是要经过许多部门批准的，老隋你可不能隔着锅台上炕，还没经有关部门批准就办啊！他说你怎么把我想象得头脑那么简单？难道连这些起码的常识我都不清楚吗？他夺下我的笔，替我收起刚写几行字的稿纸，硬将我从家里拖了出去……

我违心地被他带到某饭店陪客吃饭。客人们我一概地不认识，但似乎都是些热心教育的可敬之士。他和他们大谈他的教育思想、教育主张，以及将要进行的种种教育实践，和将要达到的教育目标。他们听得极认真，不时点头，分明地，都被他这个具体之人的魅力，和他所追求的事业前景的魅力所感染了。我则不时从旁插言，话语简短而又含蓄地作证——老隋他是我最了解最钦佩的朋友。他的目标一定能达到，他的追求一定会实现，他办教育的才智是不容置疑的。我看出，客人们也是很相信我的话的。而我这么说时，老隋则默默吸烟默默听着，显出极谦虚极不好意思的样子。那时他这个具体之人就更能获得人们的信赖更有魅力甚至更可爱了。他打断我，说："晓声你别夸我了。以咱俩的关系，你这么夸我，会使朋友们觉得你是在奉承我呢！"于是我则不好意思了。的确，我是在有意地当众"歌颂"他。我一向希望自己能帮助他而又从未能真正帮助过他。在他终于开始自己的一番事业之时，我想我能做的，也只不过就是通过自己对他的"歌颂"，使比我有实际能力帮助他的人们都尊敬他，钦佩他，信赖他，支持他。公而论之，老隋他并不强求我这样，也从不暗示我为他这样。这完全是我一厢情愿。我想，在老隋，他买单，我吃喝，乃是他的一份儿愉快。当年他的"亲兵"或曰"弟子"之中，仍与他保持着密切关系的，除了我恐怕也就只有二三人罢了，而他找我又是最容易找得到的。我已成为他的"亲情财富"中相当主要相当重要的"遗产"，正如他也是我的"亲情财富"中相当主要相当重要的"遗产"……

自此，对我而言，老隋又是一个有可以与之进行联络的通讯地址和电话号码的朋友了。我的名片册里，在关系至亲的那一页，夹有他的一张名片了。那名片上，赫然印着他是"东北亚 ×× 子弟小学"校长，甚而印着手机号和传呼号码了，只是还没有传真号码。他曾对我说不久传真也会有的。而这些，就一般情况来讲，已似乎足可证明他是一个有明确身份的人了；起码足可证明他是一个较有明确身份的人了。

但是我却一次也没给他打过长途电话，一次也没给他写过信。因为我的生活形态越来越变得这样了——用信和电话处理现在面临的事，用心和回忆维系过去的那份儿情。都道是情比事重要，但实际上我们每天差不多都在为各自面临的种种事所忙所累。

我和老隋之间的关系，早已由从前的无事不谈，变成了现在的无事可谈。用商业语言来讲，可以叫做没有"业务关系"。和你没有"业务关系"的人，往往是替你省邮票和电话费的人，尽管他们可能是至亲的朋友。我想许多人都会与我有同感的。

何况老隋到北京的次数多了，到我家的次数也多了。并且，现在也没在我家住过。每次来，时间最长坐两个小时。他腰间的“BP”机常呼他，时间对他来说显得空前宝贵了似的。只要到北京，他必到我家，哪怕仅坐半个小时。有次仅仅呆了十几分钟，几乎等于是进了门说了几句话后转身便走。他只是为见到我，只要见上一面说上几句话就极满足。他对我已无任何求助，只是受我们之间的一份感情的摆布。是的，用“摆布”这个词丝毫也不夸张。我觉得我们似乎都受我们两个男人之间那一份永难相忘的感情所摆布，它摆布老隋比摆布我更容易些。他每次来我家绝不空手，总是要带水果，带罐头，带糕点，带这带那，最起码，也捧个大西瓜来。我没法儿使他不带。我想这也是他的一份愉悦，一种特权。他终于又能体体面面到我家来了。这使他感觉良好。我老母亲住在北京时，他也到我家来过一次。老母亲不但对他这个人熟而不忘，而且一旦回忆起往事，还常念叨他。某次他一进门，见了我老母亲，由衷地笑了，叫了一声“大娘”，双膝就要跪下去磕头，慌得我老母亲赶紧上前扶住他。那是他唯一一次空手而来，他因空手而来很不自在，一转身又出去了。二十多分钟后，捧回一尊尺多高的瓷观音来。

我说：“老隋，你刚才出去专为买这个？”

他笑了，自责地说：“没想到老人家会住你这儿，要不怎么也不会空手来。大娘，不知该给您买点什么好。捧回一尊观音，愿观音保佑您长命百岁！”

我老母亲也笑了，连说：“好，好，我也天天为你和晓声祈祷，托观音菩萨保你们兄弟事业有成，人生顺遂！……”

还有次他晚上来时，领着一个男孩儿和一个女孩儿。他说是他校里的学生，要带他们到香港去开开眼界；说将来还要轮流带他的学生们出国；说他的小学校里，应培养出最不平凡的学生。

那两个孩子口口声声叫他：“隋爷爷。”

他听着，笑得那般幸福——上苍作证，我看得出他当时的确是感到非常幸福的。

我问两个孩子："隋爷爷对你们好不好？"

他们齐声说："好！"

我也不禁地笑了，从内心深处替他感到幸福……

我的在哈尔滨的一位知青战友给我打来长途电话，说要辞职和"老隋"一起办学，他当年也是老隋最亲的"亲兵"之一，他希望我帮他下最大的决心。

我犹豫再三，坦率地劝他，还是不下这样的决心为好。

他在电话那一端沉默片刻，困惑不解地说："我本以为你会支持我下决心，没想到你不支持我。为什么？……"

我无言可对，陷入自窘之境。我的一位最要好的中学同学也打来电话，希望我推荐他去为老隋开车。我说："据我所知，他还没车啊？"他说："马上就要有车了，一辆'凌志'！"我说："听我的话，不要去当老隋的司机。"他也说："为什么？为什么？难道你向老隋推荐人还难开口吗？……"我又无言以对，又陷入尴尬之境。连我的一个弟弟也打来电话。他"下岗"了，希望我安排他到老隋的小学校去当一名校工。我说："别给他添事儿。"弟弟说："你不愿求他，那我可就自己去找他了！"我坚决而又有些生气地说："不许！"从旁听着通话的老母亲也困惑不解地说："你这是干什么啊！到老隋当校长的校里去当校工，多好啊！老隋还能亏待你的弟弟吗？去了，你今后不是省得操心了吗？"我更无言以对，更觉得陷入尴尬之境。对老隋和他的学校的疑惑，其实始终掩藏在我内心里。它一直没减少过，更没消除过。恰恰相反，它经常向我闪现某种危机四伏的预兆。而我的疑惑却不能对任何人说。如果在他终于从沦落人生中摆脱了出来，单枪匹马满怀憧憬地开创了他的事业之初，我却到处与人大谈对他和他的事业的疑惑，我总觉得我的人品则就近乎卑劣了。何况，对我自己心存的那份疑惑，我并不能以什么确凿的根据支持着，也不过就是本能的疑惑罢了。近些年，眼见身边的种种荣华热闹，不日里泯灭为虚无和颓败，我已有些分不清世事的真伪了，也只能心中掩藏住疑惑，祈祝老隋的事业一帆风顺罢了。但那疑惑既存在着，又不便对任何人说，常使我感到平添了一份苦闷，仿佛内心里钻了一条毛毛虫……

老隋每次见到我，都要向我"汇报"他的"业绩"。"我又招收了十几名学生！现在，我的学生快遍布黑龙江各市县了！……”他说这类话时，就像当年他因统领着我们那些知青“亲兵”，而在人前骄傲地自谓“弟子三千，贤者七十”一样的喜上眉梢。那种苦心育才童，欣待桃李开的洋洋自得，溢于言表。我则总是不失时机地告诫：“老隋啊！创业之初，要量力而行啊！规模不要急于铺得太大，一切要从财力人力的实际情况出发……”我看出，他对我的告诫，其实是不太以为然的。某日，我正伏案写作，母亲忽唤我：“晓声，快来快来，中央台在播咱们哈尔滨的事儿！……”我放下笔，起身去陪母亲几分钟。节目主持人是敬一丹，我的朋友。“是咱们哈尔滨的事儿吧？”“是……”“咦，那个人怎……怎么像老隋？他怎么……怎么剃了光头？……怎么好像在……被审？……”“……”“到底是不是他呀？”“妈……不是……”然而电视里千真万确的就是被剃光头的老隋！千真万确，他就是在被审！“你的身份？”“前东北亚小学校长。”被审的他，口气强硬，甚而有些桀骜不驯。审判员竟也是我的家乡朋友，而且，也是一名当年的北大荒知青，不知老隋当时是否知道这一点？倘已知道，不知他心中该作何感想……我的一位朋友，在严厉地审讯我的另一位朋友，而我的身为中央电视台节目主持人的朋友，不时以警世的语调进行揭露性的评说……

作为他们共同的朋友的我，目瞪口呆地在电视机前看着。在他们三人中，和我的友情更长久也更深厚的人，不是审判员，不是敬一丹，恰恰是老隋……

世界有时不但似乎变得很小，而且似乎很险恶。

“儿子，你说他……真不是老隋？……”

“真不是……”

“我怎么……好像还听到说他的姓名？”

“妈，同姓同名的人多了！别看这个节目了，没多大意思！这个骗案那个骗案，这类事多了……”我换了一个频道。重新再坐到写字桌前，我头脑中的文思被一扫而光，荡然无存，一片空白……电视里传出着男人忧郁的歌唱：

家兄胜似老父
一对沉默寡言人

可曾沽清酒

共浇此忧愁……

如今，老隋已在押数月了！

学费很高，师资平庸，宿舍简陋，伙食低劣，员工工资拖欠，账面几乎无款，学费不知去向——关于老隋的案子，我也就间接地了解到这么多。

这一切，又几乎尽在我的预料之中。

世事改变了许多人，有时改变的是他们的命运，有时改变的是他们自身的质量。命运乖张，而自身超越不劣的有几个？时来运转，福星高照，而自身质量不随之腐败的又有几个？都道是，完善自身质量才会感受到活着的真谛，命运庸常也是幸福的。而我所眼见的却是，许多人都在云谲波诡的世事中东扑西抱，企图扑抱住什么命运的奇迹，直至将人生交付给了黄粱一梦而难自拔！

老隋啊老隋，我悲你，我叹你，我思你，我念你，我为你多少夜长叹难眠，我为你几回潸然泪下！我想，也许是由于我的亲哥哥在我少年时就住进了精神病院，我才在感情上眷守于你，以圆我的恋兄之情结吧？我想，也许我命中注定，连一位类似兄长的至亲者都不该有的吧？我想，中秋之后，我一定要抽出时间回哈尔滨去探望老隋一次，尽管他已是一名在押候判之人了。过往二十余年间，我总希望能超倍回报他当年对我那一种恩仁义三者兼有的情感。这份情感却仍如偿还不了的债务，积压我心里。

屈指数来，已有几个与我有过亲密关系的人，被时代从我的人生藩篱内虏去了——他们中，有的逃亡国外，有的已被判刑，有的已被枪决；现在，又虏去了老隋。时代强大无比，我势单力薄，而他们迷途难返，被时代所虏，又似乎极符合规律。

在一九九六年的中秋，在夕阳西下，昼光与暮色氤氲之刻，隔窗面对元大都古城垣的废墟，我心中渐生着太浓重的惆怅和太绵长的忧郁，那甚至可以说是一种难以言传的……悲观……

“嘿，你站在窗前发的什么呆？”妻下班。她一边换拖鞋一边又问：“你猜我今天看见谁了？”我没回头，只望着元大都的古墟——有几个女孩儿，在剪折那一丛丛金灿灿的六瓣儿的花。那些花儿，寻寻常常的，自自然然的，不争奇，不斗妍，年复一年开放是多么令人赏心悦目又多么惬意自得亭亭潇洒啊！

妻自说自话：“谅你也猜不到，我今天看见小叶了！公司叫我去给外商联络住所，在王府饭店，我出电梯，她入电梯，她一点儿也没变，比那时更白了，更靓丽了。她如同贵妇一般，挽着一位五十多岁的男人，看样儿是位相当有钱的富佬儿……”

我缓缓朝妻转过了身……“你这么瞪着我干什么？连小叶是哪个也忘了？当时她瞟了我一眼，一低头，装没看见我。我也一低头，装没看见她……”我再向窗外望时，一丛丛的金灿灿的黄花，已差不多被几个女孩儿剪折光了。她们彼此炫耀地挥摆着手中的花束，高一声低一声曼唱：

……无所谓
……才可悲
这样的人你可以去陪
却永远无法安慰……

前两句的起头词究竟哼的是什么，我也没听清……

读书与文化

——在国家图书馆的演讲

这世界以前和现在发生着许多灾难性的事件，许多国家还在流血，还有死亡，有这样那样的灾难，而我们这样一些人，在这样一个日子里，聚集在国家图书馆里讨论读书的话题，应该是一件欣慰和幸运的事情。此时此刻我们谈论读书的话题和读书的时光都是一件幸福的事。

日本经济衰退与文化的颓唐没落有关联

最近我一直在想，一个国家的文化肯定和这个国家的经济、科技的发展有密切联系。当一个国家的经济和科技将要振兴或开始衰退，几乎可以从十年前就看出它在文化上的端倪。二十世纪九十年代我访问过日本，那时候日本的经济还没有像今天这样呈现比较明显的衰退迹象，但当时我已经非常震惊了。我第一次到日本，作为一个文化人，我首先利用一切机会考察它的文化，我感到奇怪的是，这个国家的文化在那时已经开始处于颓唐没落的状况，它的经济为什么还能支撑着呢？我当时不理解。后来它的经济开始衰退了，我从这之间找出了联系。二十世纪八十年代初，有一批日本的电影和电视剧在中国放映，如《野麦岭》《望乡》，电视剧《阿信》，还有《寅次郎的故事》《幸福的黄手帕》《远山的呼唤》，以及写工业家族的《金环石》《银环石》。再往前看二十世纪五十年代的日本电影和书籍，我们就会发现二战后的日本文化由三方面的元素构成：第一个元素是反思意识，第二个元素是卧薪尝胆振兴民族的精神，第三个元素是危机意识。这三种文化因素培养了日本二战后的新一代，这种文化背景在他们身上是起了作用的。而到二十世纪八十年代后期，在日本的文化中却几乎看不到这样一种反省的意识了，到处呈现着颓唐和没落。我的感觉是，日本文化总想从现实中抓取到能够构成民族和国家精神的那种文化核心，但此时这种文化已经失去了精神核心，处在一种极其颓唐的娱乐状态。

一九九三年，我和翻译走在银座大街上，翻译指着一个行色匆匆的男人说："这是我们日本非常著名、家喻户晓的一个青年主持人，你今晚一定要看他的节目。"那天晚上，我在电视上看到的现场直播节目中，主持人用两团胶泥引出一个话题，他问女性的左乳房和右乳房是不是一样大？令我吃惊的是，竟有那么多的女性上台当场脱下衣服，她们脸上已经没有了作为人类女性的任何羞涩感。我看得发愣，这不是午夜十二点以后的节目，而是黄金段的正规节目，大人孩子都可以看。第二天晚上我走到地铁站口，突然看到电视台摄制组在现场拍摄，内容是从地铁站口出来的年轻女孩子们如果谁能穿上那件价值一万日元的紧身衣，就送给她，前提是她必须当场脱下衣服试穿。很多人脱下衣服，虽然是在白布后面，但晚上打着灯会映出一个女子脱衣服的影子来，主持人还时常做些怪脸。美国人写了一本书叫《娱乐至死》，我感觉日本那时的文化就处在一种大面积的娱乐状态，书店里写真集比比皆是。我想到日本曾经拍过那么好的电影——那些电影在资料馆里放映的时候，北影只有专业人员才能够观看，有一次一位老导演居然把数学家华罗庚夫妇请来观看。我们确实感觉到日本电影中有着一种精神。但是当日本文化翻过这一页，进入全面娱乐化的时候，我也非常真切地感受到那种精神的衰落。回国后我曾写过一篇长文叫《感觉日本》，其中写到：我感觉到日本的某些青年，尤其日本的女青年脸上有一种单纯，但是那样一种单纯使我震惊，几乎和我们汉语中的"二百五"没有什么太大的区别。什么样的文化能使人们变成那样？我觉得文化肯定不止带给人们审美和娱乐，文化还造就一代人。一个国家的科技也罢，精神也罢，它是不是可持续发展，关键还要靠人。虽然此后大江健三郎获得诺贝尔文学奖，渡边淳一、村上春树的作品在中国非常时尚、畅销——我的学生中相当一部分都是村上春树的书迷，因此我也很认真地读了他的几本书。我从这些书中也确实看到了日本当代人，尤其是日本当代青年那样一种精神上的迷惘、困惑和颓唐。这和文化有关，这个文化恰恰是当一个国家经历了最艰难的一段历史之后，当一个民族开始享受她的经济、科技、文化成果之后，当这种享受的过程经历了十年之后，上一代人的某种精神可能是会蜕变的。

至于欧美，娱乐文化是由他们推动和发展起来的。首先美国为世界制造了大面积的娱乐文化，但是美国是一个什么样的国家呢？它的价值观念通过电视，通过一切传媒，通过一切文化艺术的形式（包括书籍）传播着最多元的价值观念。但在欧美许多国家，你又感觉到它有着国家精神，它有着不变的、万变不离其宗的价值观念。这个价值观念是跟基督教文化有关的。基督教文化的正面，说到底就是自律、平等、博爱，跟启蒙时期最朴素的人文文化部分是相通的。也就是说，西方文化有了这一碗饭垫底，无论多么的娱乐、多么的商业，都不能改变这些国家和地区的文化底色。因此西方的孩子们并不一定要从书本上接受关于人文、同情、博爱、团队精神、责任感，以及关于政治、文明的概念，因为这种文化已经融解在他们日常的生活中了。西方的孩子从小就懂得撒谎、欺骗、计谋、损人利己是不光彩的、可耻的、违反道德的。

文化的基因和无厘头文化的启示

文化的影响什么？我在想文化可否是基因，我认为是可能的，要不为什么说出身于书香门第的人，长大后他身上就有这种气质呢？一定是在一代代的基因里就体现着的。因此美国的孩子即使再娱乐，他从小养成的价值观念是不会动摇的。最近香港电影演员周星驰被中国人民大学聘为教授。周星驰电影的特色叫“无厘头文化”，在国内，尤其是在大学校园里影响非常广泛。我非常喜欢周星驰，最早看他的电影是《龙蛇争霸》，那时他还是个小青年，演一个配角，非常不错。在拥有着许多优秀演员的香港，他独辟蹊径，形成了自己的表演特色，相当不容易。香港演艺界，尤其男演员中，有一批像周星驰一样的苦孩子出身，他们是奋斗者，所以我喜欢周星驰，把他的影片都定为娱乐片，比如《少林足球》《大内密探零零发》等。在他的娱乐片中，虽然大部分情节是搞笑的，包括《大话西游》，但其中有思想或思想的片断。这些片断是深刻的，情节和细节的设置是机智和俏皮的，这些都是我所喜欢的。我跟香港的教师们探讨过关于周星驰电影在香港的大学里有没有构成一种影响的问题，是不是周星驰的电影一演，整个香港大学里一片这样的文化呢？回答是相反的！它不会影响到大学校园的文化。香港人只是把它当成电影，看过就过去了，然后还是接受大学文化。为什么在我们内地就变成了校园里一片"无厘头文化"呢？这究竟是怎么造成的呢？我作为大学的中文教师，有时候在教学的时候极为困惑，而扭转这一点要费九牛二虎之力，其效果并不好。

现在凡女孩子，无论是诗歌、散文、书评，还是影评、日记，几乎都是一个主题——情爱。凡男孩子，除了极少数还能看到庄重之作，差不多都好像流水线上、复印机上出来的一样，行文都是"周星驰"式的。我说可以换一种行文的方法，可以写一点其他的，但无论如何号召，都是成效甚微，可见其影响之大！这个问题可供我们去思考。我们有些文化现象，比如读书，全世界有一个共性，就是读书的人和以前相比不是多了而是少了——因为先是有电台，有报纸，有刊物，然后有电视，有网络。人们获取一切信息或趣味的东西可以通过各种渠道和形式，书本和人的关系松弛了。但比较特殊的就是，中国人与古老的阅读习惯更快地疏远了起来。还有就是，这种"无厘头文化"在我们下一代身上所呈现出来的这样一种状况。再有就是手机短信息和网上聊天现象，不要以为这是世界共同的，绝对不是。手机短信息只是中国特色的，国外也有手机短信息，但不会发出那么多俏皮的、娱乐的信息。手机短信息我见过质量非常高、非常深刻、非常有理念的，而且有些几乎是名言，是我们读名人录、名言集的时候所不能读到的一些相当隽永的话语，但大多数的只不过是小聪明而已。这些东西构成一种文化的泡沫，只有意思而没有任何意义。文化也有泡沫现象，我们看到美国人制造了大面积的娱乐文化，引领了全球娱乐文化的时代，但美国人无论怎样娱乐，智商都不会降低。可能恰恰在娱乐过程中，他的文化还在提升，智商还在提高。但是另外一些民族可能是在快乐的过程中仅仅被塑造成了只会娱乐的动物，文化的其他元素和人类的关系散失掉了，这是应当考虑的问题。

中国的“启蒙文学”使改革顺理成章

中国改革开放的成就，有目共睹。但是如果没有二十世纪八十年代到九十年代那一时期特殊的文化影响，改革开放对于我们国民来说会在心理上、精神上变得那样顺理成章吗？当我们读西方文化史的时候，当我们读到启蒙文学那一时期，我觉得二十世纪八十年代的中国文化包括中国文学就是启蒙的。当时有那么多的文学作品，反映了那么多的社会现象，正因为这个启蒙的作用，才有了今天所看到的经济成果、科技成果。我们应该看到在二十世纪八十年代整个新时期文学所起到的作用。那个时代在我头脑中留下了一些深刻的文化印象——说起美术，就会想到罗中立的《父亲》，在那样一个年代、那样一幅关于陕北老农的油画里，它使我们所有看着、欣赏着这幅油画的人想到了什么？油画本身就传达出了一种思想——有知识有能力的中国人要奋斗啊！为了我们这样的父亲！它给人的鼓舞是从内心发出的。尤其是油画中的一个细节，老农耳轮所夹的那半截铅笔，老农脸上那一道道深深的皱纹，还有老农的微笑，几乎是对生活没有要求的那种微笑，这就是我们新中国的农民，对于物质生活的诉求那样的低，能吃饱饭他们脸上就有笑容。作为这个国家的青年人，一想到这样一些农民父兄们就会意识到自己所负的责任。我还想到另一幅油画《心香》，它的整个画面就是一颗卷心菜，只有少许的几片叶子，已经没有了水汽，没有了支撑力，耷拉在土垄上，而且被菜青虫咬过，但就在卷心菜的正中翠生生地长出了菜花。一看这幅油画，我们立刻知道它所表达的内涵，顿时那个时代的每位知识分子，无论是青年的、中年的、老年的，都知道我们就应该像那卷心菜长出的花一样，即使是在那样的环境中我们也要生长。让我印象深刻的还有一幅油画好像是叫《穿白色连衣裙的少女》，在还没营业、还没打开小窗的书刊亭旁边，一位穿一袭白色连衣裙的女孩早早地站在那里等待着买书，她手里在看《中国青年》，那显然不是为《中国青年》这本杂志在做广告，而是标志着、传达出那个时期中国青年们的学习热潮。尤其是那时期有的出版社重新出版了古典名著的时候，排了长长的队伍，谁敢说后来为国家振兴做出贡献的那些人士中，与这一文化背景无关。没有这样的文化背景所呈现出来的整个民族向上的精神状态，这些成就能凭空而来吗？它能够成为一个国家的整体成就吗？

读书是造就文化灵魂的工作

说回读书，我希望孩子们从小多读一些娱乐性的、快乐的、好玩的、富有想象力的书。我们不应该让孩子们看卡通时仅仅觉着好玩。儿童卡通书一定要有想象力，西方儿童读物最具有想象的魅力，但是这种想象的魅力并不是孩子们在阅读时自然而然地就会感觉到的，一定要有成年人在和他们共同讨论中点拨一下。未来中国人和西方人的一个区别恐怕就在想象力上，科技的成果就和想象力有关。我们孩子的想象力是低于西方某些发达国家的，而且不只是孩子们的想象力，我们文艺创作者的想象力也是低于西方人的。如果人家在想象力方面的智商是十，那么我们的想象力恐怕只有三或四，这是由于整个科技的成果决定了想象力。

我希望青年们读一点历史书籍，不一定从源头开始读起，但至少要把近现代史读一读，至少要“了解”一些，这个了解非常重要！我刚调到大学工作时曾经想在第一学期不给学生讲中文课，也不讲创作和欣赏，只讲从二十世纪五十年代到九十年代中国人的生活状况——怎样过日子，怎样生活。当年一个学徒工中专毕业之后分到工厂里，一个月十八元的工资仅相当于今天的两美元多一点，三年之后才涨到二十四元。结婚时，他们的房子怎么样呢？当年的幸福概念是什么？我在那个年代非常盼望长大，我的幸福概念说来极为可笑，当时我们家住的房子本来已经非常破旧，是哈尔滨市的小胡同，小街边的大杂院、大杂院里边窗子已经沉下去的那种旧式苏联房，屋顶也是沉下去的，但是一对当时的年轻人就在那个院子里结婚了，他们接着我家的山墙边上盖起了只有十几平米的小房子，北方叫作“偏厦子”，就是一面坡的房顶，自己脱坯拣点砖，抹一点黄泥——那个年代还找不到水泥，水泥是国家的紧缺物资，想看都看不到。用黄泥抹一抹窗台，找一点石灰来刷白了四壁就可以了，然后男人要用攒了很长时间的木板自己动手打一张小双人床、一张桌子。没有电视，也买不起收音机。那时的男人们都是能工巧匠，自己居然能组装出一台收音机，而且自己做收音机壳子。我们家里没有收音机，我就跑到他们家里，坐在门槛上听那个自己组装、自己做壳子的收音机里播放的歌曲和相声。丈夫一边听着一边吸着卷烟，妻子靠在丈夫的怀里织着毛活——那个年代要搞到一点毛线也是不容易的。那就给我造成一种幸福的感觉，我想自己什么时候长到和这个男人一样的年龄，然后娶一个媳妇，有这样一个小屋子。今天对年轻人讲这些，不是说我们的幸福就应该是那样的，而是希望他们知道这个国家是从什么样的起点上发展起来的，至少要了解自己的父兄辈是怎样过来的，应该让他们知道能够走进大学的校门，这背后父母付出了很多。现在年轻人所谓的人生意义，就是怎么使我活得更快乐，很少有孩子想过，爸妈的人生要义是什么？如果当年的许多父母都仅仅考虑自己人生的意义、人生的得失、人生的损失，那么可能就没有今天许多坐在大学里的孩子，或者这些孩子根本不可能坐在大学里。我们的孩子如果连这一点也不懂的话，那是令人遗憾的，所以要读一点历史。

中年人要读一点诗呀、散文呀，因为我们要理解——孩子们今天活得也不容易，竞争如此激烈。我们总该让他们读一些课本以外的书，但如果一个孩子在上学的过程中读了太多课外书，他可能就在求学这条路上失策了，并不是说能进入大学校门绝对证明你没读什么课本以外的书。孩子们的全部头脑现在仅仅启动了一点，就是记忆的头脑、应试的头脑，对此我们要理解他们，不能求全责备，他们现在是以极为功利的方式来读书，因为只能如此。但对于中年人，从前叫“四十而不惑”，而我已到知天命之年，应该读一点性情读物。我不喜欢看所谓王朝影视，因为有太多的权谋；我也从来不看权谋类的书。我建议，首先女人们不看这类书，男人们也可以不看。我们的人生真的时时刻刻与权谋有那么紧密的关系吗？到六十岁的时候，哪怕你就是权谋场上的人，也可以不看了吧！我们可以看一些性情读物，想读什么就读什么，而且要看那种淡泊名利的。你能留给自己的人生还有多少时光呢？

建议老年人要看一些青少年的读物，了解青少年在看什么书，用他们的书来跟他们交谈。老同志不妨读一点儿童读物，也要看一点卡通，同时要回忆自己孩提时读过哪些书？格林兄弟的、安徒生的童话是不是还值得讲给今天孩子们听听？我感觉我们下一代在成长过程中是特别孤独的，他们很寂寞。父母在很大程度上不可能成为儿童成长过程中的玩伴，他们工作非常紧张，孩子到了幼儿园，老师和阿姨们如何管理呢？第一听话，第二老实。再有呢，最多讲讲有礼貌、讲卫生，唱点儿歌，如此而已，所以孩子们在幼儿园这个学龄前阶段是拘谨的，孩子在一起玩也是不放松的，在孩子们成长过程中，如果家庭环境是上有哥哥下有弟妹，并能够和街坊四邻的孩子一起任性地玩耍，那是最符合孩子天性的。现在的孩子非常孤单，非常寂寞，孩子身上有总体的幽闭和内向的倾向。爷爷奶奶读书之后和他们做隔代的交流、做隔代的朋友，而孩子读书时不和他们交流，书就会白读——有些书的内容、书的智慧一定是在交流过程中才产生出来的。

读书与人生

——在清华大学的演讲

男生在我们北京语言大学是稀有元素。在新生入学的时候，我们老师之间都会互相询问：有几个男生？我班上男生最多的时候也没有超过十个，最少的时候只有三四个。这是由我们大学的学科结构性质所决定的。

坐在台上，心生悔意。原因有两个方面。一个方面是文学这个话题越来越是一个“小众”的话题，读书在中国也是一个越来越“边缘”的话题。我们的人口越来越多，我们读书的人口最近几年的统计却不是上升，而是下降。尤其是二○○二年我调到北京语言大学之后，在我这儿，文学的话题由于我的职责所要求，变成一个越来越专业性的话题。这就好比请演艺界的人士坐在台上，如果谈演艺以外的事情，谈初恋与失恋，谈逸事与绯闻，谈其他种种爱好、血型、星座，显然都是饶有趣味的话题。但无论是搞音乐、美术，还是搞表演的，如果要他们把话题变成相当专业的，那有时是很沉重的。可是我越来越把文学作为很专业的问题来谈。所以我记得在上学期的时候，组织生学连续欣赏了一些电影。我班上的学生会说“老师，我不喜欢看这部电影”，或者“我不喜欢看那部电影”，当即遭到我的极严肃的批评。首先我认为这不应该是中文系专业学生说出来的话。其他专业的人可以这样说，大学校园以外的人也可以这样说，但是中文系的学生学的是欣赏、创作与评论，在中文系里是你必须看什么，学科要求你看什么，而不是你喜欢看什么。正因为这样，我记得二十六号上课时，我们的副院长找我有事，他在门口听了二十分钟，然后下课时对我说：“老师和老师讲课的风格真是不一样，我听了你课堂里那么安静。”那不是因为我讲课的水平多高，大家很投入，我看了全班五十多张同学的脸，甚至觉得对不起他们，因为我觉得他们需要笑。我们这个有十几亿人口的国家，大众是那么的需要笑。恐怕在世界上，我们这个民族的笑肌是相当发达的，可是在大学里，有时候不仅要制造笑声和掌声，还需要激发思想本能。因此，我经常问我的学生们是否觉得压抑，是否觉得我在心理上虐待了他们。也因此，更多时候，撇开我上课的时间，我尽量不讲文学的话。还有一个原因是最近身体太不好，二十四号在民族文化宫给北京的业余作者们谈文学，二十五号参加我们中国民主同盟的常委会，二十六号从会上回到学校去上课。当然，我有足够的理由取消学校的那堂课或者少准备一次课，但是，我想本学期刚开始，我不过才上了三堂课，第四堂课就调课或者取消，接着就是“十一”国庆节假期，那么我所讲的内容就全部中断了，尽管那天我身体也不好。回来二十七号再开会，昨天回到家里的时候已经很晚了。这个日子正是我的同行们在美国访问的时候，因为我身体不好，就没有和同行们一起去。基于这两种情况，我一路“打的”过来的时候，心里有一些后悔。

但为什么我又坐在这里了呢？这是由于下面的事情所导致的。我们的国家图书馆启动了一次活动，关于全民读书活动，要由公众推选出优秀的书目，科技的、哲学类的、实用的以及文学类的，还聘请了诸多的评委。国家图书馆的副馆长陈力先生不仅是我们民主同盟的一位盟友，也是文化委员会的副主任，他强烈要求我来做评委。我身为文化委员会的主任，必须和副主任保持和谐的关系，所以我说没有问题。在委员会中，我认识了胡老师，胡老师听了我一番话之后，说：“你能不能到清华来给我们的同学谈一次？”评委和评委之间也要有和谐的双边关系，因此我就坐在这里了。因此给我的感受就是，在我们这样一个人口众多的国家里，如果提倡和谐的话，就意味着首先必须有一部分人做出双边的和谐表示。

我在评委会上谈到一个什么话题呢？大家讨论到要在人民大会堂对优秀的读者给予最隆重的颁奖。我有一个建议，就是同时征集公众的读书随想、评论。不计长短，如果有好的文章，我们评奖之后，也要予以奖励。我个人认为，读书活动首先在于调动公众来读书的热忱，而不是在于评出多少部优秀的书，促进读书的活动实在是太少了。同时我还谈到，以我的眼来看，近当代以来我们中国的文化历程是很值得反省的。在此之前，二十七号有关部门希望我参加一个海内外的华人艺术家活动，畅谈我们五千年灿烂的中华文化。当然这个活动是必要的，动机也绝对是良好的。我也确实想在这样的会上做发言，因为我有些话早就想说了。我对于我们国家近当代的文化形成的步骤是持质疑和批评态度的。我想以一种赤子之心，真诚地、谦恭地、低调地，尝试着能不能把我的质疑和批评的态度讲出来。但后来我看通知，主要是从正面来谈我们的凝聚力，我就不去参加了。

我为什么会有这样的想法呢？如果把我们的文化和西方的文化做一番对比，我们应该得出这样的客观结论，那就是人文在西方，自从它成为一种主义，已经近二百年。在西方，对于人文主义几乎是天天讲，月月讲，年年讲，一直讲了两百年，现在还在讲。也就是说，当美国人拍出《指环王》给全世界的孩子们看的时候，我们的孩子只从中看到了电子制作的场面；而美国的家长说，我让孩子看电影，因为那部电影里有责任感。美国人从来没有放弃对下一代人的责任感教育。他们的责任感往往是膨胀的——从前是解放、拯救美利坚，然后是拯救人类。他们一直在用美国式的英雄主义教育他们的青年；而这些在我们这里仅作为一部影片是看不到的。我们在一九四九年后是什么情况呢？索性再往前说，“五四”之后是什么情况呢？在我们的传统文化中，应该说关于人文主义的元素也是相当丰富的。有些先贤的话语至今依然是经典。但是五四运动有正反两个效果——正效果就是将西方的现代文明的思想理念直接引入中国，和我们的传统文化发生碰撞，激活我们传统文化中的人文思想；而负效果就是我们同时也引进了一系列猛药。比如说，我一直持否定态度的，那就是尼采。在“五四”时期，无论是康有为还是鲁迅先生，都曾经把尼采当作一个思想明星来介绍给我们广大的青年。我很认真地看过尼采的学说，我认为在尼采学说中最要命的一点是反人类、反众生，也就是说他提出的所谓超人哲学。这样一本小册子后来成为德国士兵在二战时背包里的书毫不奇怪。当我们引进这样一些思想猛药时，使我们的传统文化都变成了排泄物。那种由自己国家的知识分子来对自己数千年的文明提出全盘否定的思想是我所不能接受的。当然我们也看到在“五四”以后我们民族的知识分子处于一种运动后的文化反思。这时大家开始寻找“扬弃”的准则。而就是这时期，我们国家经历了深重的民族灾难，那是由日本造成的。我们再考察日本这个民族。我和一些研究日本问题的专家学者谈到过，有些还是欧洲的学者，他们谈到日本时用崇拜之心看日本文化。他们说看他们的茶道、他们的插花和歌舞伎，我说你们也要看他们的武士道。插花、茶道、歌舞伎加起来，只不过是时尚和高级的民俗，根本不能构成一个民族文化的人文积淀。日本近五百年文化中的人文思想有相当一部分是从我们的文化中学去的。当然，我们也在近代从日本以迂回的方式引进了西方的先进文化。但是日本的武士道才是他们的男人之道，而且是一种邪恶之道。我们一下子面临这样一个强大的敌人，而这个民族是没有人文主义文化背景的。因此就有了十四年抗战，之后又是三年内战。

一九四九年中华人民共和国成立了。那时这个国家千疮百孔，根本来不及进行文化重建和组合。我们在一九四九年之后作为国家的文化思想，体现在一系列文学作品中，很主要的成分是宣传斗争的思想。我们也在天天讲，月月讲，年年讲，一讲讲了十七年，然后又有“文化大革命”的十年。这二十七年在中国只不过有那么二十余部长篇小说而已，这其中又十之七八是革命历史题材。因此，我们几乎举不出多少部这二十七年中的当代文学的文本。关于农村题材，我们只有《艳阳天》《山乡巨变》；关于工业题材，也只有《钢铁奔流》；当年只有一部青年题材的长篇小说《青春万岁》，却没有自己的经典童话。给少年看的，也只能是《刘文学》。《刘文学》这部话剧是根据发生在四川的一件真事创作的。刘文学是农村的一名少先队员。他有一天晚上在公社的海椒地里发现了村里的老地主，已经七十岁了，在偷海椒。老地主只是偷摘了几个辣椒而已。刘文学说，你偷窃公社的海椒，我要把你扭送到公社去。老头向他求饶，希望他放过自己。他坚决不放过，因此惨剧就在海椒地里发生：少年被老地主扼死。少年由此成为英雄，排成话剧，在全国上演。我们的文化理念处于这样的状态。还有很著名的话剧《千万不要忘记》，那是根据毛主席的那段语录创作出来的：千万不要忘记阶级斗争。阶级斗争体现在家庭中，是什么样的状态呢？我想那是很可怕的关系。如果我们连家庭都不能和睦的话，一个国家怎么能和睦？即使家庭中真的有我们的敌人，伟大的无产阶级也可以用家庭的温情把他变成我们的朋友，是不是？还非得在家庭中进行尖锐的斗争么？幸好那准阶级敌人不是主人公的母亲，而是主人公的丈母娘，无非也就是丈母娘在新中国成立前开过小铺子，做过小贩，然后告诉他，你不必那么自觉地加班，因为加班是不给工资的，回到家里来做一些自己的活计不好吗？丈母娘给他买了一件一百四十八元的哔叽上衣。我觉得我们伟大的无产阶级应该有相当多的智慧，哪怕这是一个了不得的事件，我们也会把它化解。但是如果把这也诠释为“斗争就在我们身边，就在我们的亲人关系中”，那这样的一种文化理念到了“文革”十年，就变成了：我们在看样板戏时，凡是里面出现女主人公，她们没有家庭，没有丈夫。《海港》中方海珍有丈夫吗？甚至也没有家。我们不知道她的家是什么样。我们只知道她住在码头的党支部书记的小办公室里。我们只知道她好像是光荣军属。她有儿女吗？有父母吗？有公婆吗？都没有。几乎就是党在试管里培养出来的。那《龙江颂》里的女主人公有丈夫吗？也没有，也是家里要挂一个“光荣军属”的牌子。还有《杜鹃山》，本来男主人公和党代表之间是有一种情感关系的，但我们一定要把这种情感关系删除得干干净净，然后只剩下一个争取和被争取的阶级的关系。正因为在这样的情况下，“文革”时我们已经完全没有书可读了。周总理这时才在国家会议上提出“孩子们要读书啊”，给他们读点什么有意思的文学的书？但是在当时我们连苏联的书也全部销毁了，那我们还是把《钢铁是怎样炼成的》再重印一遍吧。这之前，我们的文化其实早已萎缩了。那时周总理是那么关心文化，对电影工作者提出要求，说：“我们能不能拍一两部不那么中国特色的电影？我们也要和外国有电影方面的交流啊！”正是在那样的情况下，我们才拍出了《五朵金花》，然后拍出了《达吉和她的父亲》。

《达吉和她的父亲》是多么好的一部电影，我们的革命者在长征路上遗留下了革命的后代，被彝族老人收养了，革命成功后，新中国成立，生身父亲回去找到女儿，这时女孩长大了，要作出留下还是随走的选择。在今天看来，这样的电影放在世界任何一个国家都根本不成为问题，但是它出来没多久就受到批判。这个批判，假使我不能从这部电影或者说这个文学本身来提出质疑，我至少可以对作者提出：你有精力，你有时间，你为什么不写一部表现阶级斗争的作品，而去写一部贩卖资产阶级人性的作品！那二十七年之后是什么样子？那时我已经从复旦大学毕业分配到北京电影制片厂。我们文化部在宽街那里有一个招待所，我有时要奉命去招待所里见某某人。那都是我少年时候心中特别尊崇的电影编剧、作家。他们从全国各地集中到文化部招待所里，等着平反，等着“落实”这样那样的人所应有的起码的权利。他们还期待着是不是有什么创作任务。这样的情况下，所有的文学家、戏剧家、电影编剧，“获得第二次解放”的感觉是最真实的，因为我能体会到那个感觉。常常是大家一谈起对我们文化的使命都是热泪盈眶，大家都准备做事，但真的做起来又是特别理性的，要小心翼翼、谨小慎微，要试探，要一点一点放开自己的创作手脚。真是依然地如履薄冰！如果我们表现“文革”中的极“左”的问题时，那个代表极“左”的人物可以表现到什么级别？村党支部书记行不行？最初是不行的，村党支部书记也是党的代表；然后一点点突破，人们甚至可以通过电话传达说，我们现在可以表现到村党支部书记了；又打电话说，某某写到了一个极“左”的人物，已经是处级干部了。那时就是这样，大家在做一种对于中国文化的反思工作。这种反思也无非就是站在人文主义的立场上，但它是非常艰难的，可能会被指斥为“精神污染”。这和今天不可同日而语。因为今天我觉得可能有些确实是污染，但是那时候的文化总体上是庄重严肃的，但似乎越严肃的作品越具有“污染性”。那时候作家也不把自己的力量放在用俗恶的爱情去污染我们可爱的大众。那时候作品还探讨一些思想。当然，那时候我们的文化忽略了少年儿童。对于我们的国家终于有机会来传播一下人文的思想，尽管是功亏一篑，但是我们忽略了新一代青少年成长起来了，他们有阅读的渴望，他们的渴望是有特征的，必须直接反映他们青少年的青春期成长现状。我这一代作家很少提供过这种文学。他们是间接地从我们作品里面得到满足，正如我们间接地从《钢铁是怎样炼成的》中看保尔和冬妮娅的爱情一样。我们没有做好，我们顾此失彼，觉得那事可以以后再做。我们要先把反思做好。尽管在反思过程中也不断有人重新翻身落马，但是在这过程中琼瑶来了，她给了青年人我们所不曾给予的那部分阅读种类。再接着，香港台湾的歌曲也都来了，接着是商业化，到现在我们已看得很分明，我们的文化在娱乐性上和西方的文化是没有太大的差别的。我们也在高兴，“彼乐也，吾亦乐也，天下同乐”。但是仔细看，是不同的。不同就在于人家的青少年的脚下有一块人家的先人们几代文化人，用两百多年时间锤炼出来的一块人文主义的文化基石。在这个基石上，他们可以尽情摇滚，可以唱流行歌曲。当娱乐之声停止的时候，他们又知道他们是站在一块人文主义的基石上。而我们的基石是什么呢？它在哪里呢？我们没有感觉到它的存在。今天谁又来想到我们要同心协力来做这样的事呢？这也就是我特别强调人文主义的阅读和写作的前提。可能你们的胡老师正是听了我在评委之间的这段发言，他才希望我到清华来讲一讲。

我来之前，自己首先就犯困惑，觉得自己这些话适合在清华讲吗？我讲了以后会不会给胡老师带来不好的牵连呢？这些年以来，我事实上已不太谈这些话了。我甚至也不对我们的文化和文艺提出批评了。以我的眼我看到了应该批评的现象，在我们的电视里，一个时期以来，除了帝王将相就是长袍马褂，我们已经失去了对于现实反应的能力和关注了吗？有时候我觉得我真要说话，但是我一想好多电视台领导都是我的朋友，好多编辑、演员也是我的朋友，还有我会质疑自己的心态是不是对的。你是不是以一种老夫子的心态来嫉妒我们青年人娱乐的权利呢？如果这样问自己，就又觉得自己是太可鄙的一个人了，你看着大家娱乐你自己不高兴吗？但尽管这样，我还是忍不住写了一篇作品叫做《皇帝文化化掉了什么》。在二十一世纪初，我们国家集中推出了一批皇帝文化，而且有些皇帝文化完全把皇帝们加以美化和歌颂，尽管他们也有缺点，但我感觉到他们是穿古装的“孔繁森”。我觉得那些剧里所传达的是这么一种意图：看，做一个皇帝，他是多么地不容易啊！你们做老百姓的，身在福中，还想干什么？你们还不感动吗？你们还不做一个更好的百姓吗？所有的天子，变成了那样一些人——我不下地狱谁下地狱。

再就是电视剧中不断出现少爷型的翩翩青年和那些美女们拥有亿万资产的

大公司，而我们现实生活中没有看到那样多的情况。所有这些电视剧在我这里看来也不过是那公司、那女人、那阴谋和那一大笔钱。我们几乎完全放下了对于我们这个国家现实的关注，尤其是对于底层民众生活的关注。当然我们知道文化有一种功能，就是当它走到极端的时候，必然会有调整。那现在确实我会看到，我数了数，有《母亲》《继母》《嫂子》《五妹》等这样一些剧目出来，我会觉得欣慰。至少我们的视角已经转向了一般百姓的家庭生活，尽管它只不过是亲情主题上的，也比那些玩意儿要强。我的一个欣喜就是在评奖过程中，所有那些大剧有时候还是得的第二类奖的最末奖项，证明我们的观众、评委们开始萌发起来要求文学文艺反映现实的愿望。那当然，在这样一种文化背景下，对于我们的青年是有伤害的。二十六号上课的时候，前三次课我只讲了人文主义，不讲别的。我要求我的学生必须在老师上课之前起立。我说这跟师道尊严没有关系，老师不是说在这里面对五十多个学子说我要一点尊严，而是这意味着，当学子们起立的时候，是一个“场”已经开始了，一个特殊时段开始了。你们通过起立对老师讲课提出一种要求，老师接受这种暗示，我要对得起你们往起一站。再接着，我说因为我们也是有学生刊物的，有三种，其中一种是校方的，另外两种是我所支持的，老师经常要写几个毛笔字去卖钱，至少还是名人，是吧？我可以让同学们办刊物。上学期期末的时候，我和另外两个老师在开会时说，要不我们有个刊物就暂停吧，不是钱的问题，关键在于质量。我经常看到，我的忧伤啊，我的痛苦啊，我昨夜的梦啊，我幻想中的白马王子啊……我的天哪，交的作业都是这样。老师真想看一下你的父亲啊，你的母亲啊，你曾经遇到过的什么人什么事啊，但是看不到。因此我觉得，请你们把头抬起来，把目光望向远处，超越大学校园！如果你们还是什么都望不到的话，请转身回头，望你来自的那个地方。我想在座的一定有相当不少的是农村家庭的同学吧？把你所经历的那个小镇、那个农村的生活写给我们看哪！但是怎么说都无济于事，我所面对的那个文化是那么强大。谈到文学写作的文化关怀问题，我的同学们，你的眼睛真的都看不到，在这片广阔的土地上还有一些比我们大学学子人生更艰难的人生吗？或者你们听到过没有？不要以为把听到的写出来就是一件耻辱的事情。蒲松龄的《聊斋志异》里的故事大多数也是听来的。作家应有一个本能，他的耳朵要特别灵敏。《苔丝》这一部书，是哈代听来的一件事。日本电影《幸福的黄手帕》不过是报上的一则小新闻。你有情怀，你听到了可以表达。

但是我的学生突然说，“老师，如果我们自身并未经历那样的人生苦难，而我们去写那样的人，我们是不是太矫情？”这话让我当时愣了一下，问：“孩子，你接触了什么？”我想到有些电影里，那些母亲和父亲们，经常看到陌生人要伤害自己孩子的时候会说：“你把我的孩子怎么样了？”我当时就有这样的感觉。我的学生们接触了什么让他们说出那种话？“矫情”两个字在那样的话里，意味着它会使五千年文化的全部人文主义都没有意义。我们于是可以说：雨果写《悲惨世界》是很矫情的啊！因为他是贵族，那是他虚构出来的。雨果是矫情的；托尔斯泰是矫情的；屠格涅夫是矫情的；左拉是矫情的；巴尔扎克是矫情的。当我们以这样的心态去看的时候，我们还剩下什么？这是极为可怕的。学生在写论文的时候，我会非常严厉地批评他们，我觉得我本来是讲“创作与欣赏”，但我已经不是在讲这个问题，而是讲情怀问题。同学们觉得读到研究生了，然后说：如果某些苦难根本与我们无关，我们又何以能为之感动？他们的潜台词是说：企图通过这样的作品来感动别人的人是多么的愚蠢！这应该是这个世界上最可怕的理念。我在跟其他国家的人接触中从来没有听到这样的状况。正因为是在这样的前提下，我提倡读一点人文的作品。如果大家喜欢写的话，那么请你就像我对我的学生说的：抬起头，放远目光。写作这一件事，不像小曲儿之于小女子的关系。小女子悲了也哼歌，婆婆给气受了也哼歌，高兴了也哼歌。写作和人的关系不是这样。写作说到底是把这些人的命运写给更多的人看。当我的命运和这些人同命运的时候，我要写这些人；当我的命运已经超高于这些人，已经从贫苦的层面上升起来的时候，我更有义务这样做。这才是写作和我们热爱写作热爱文学热爱文化的这些人之间的关系。但是，胡老师，我又发现这变得像我的课堂一样，你们因我的话感到了极度的压抑，是不是？

我给大家举个例子。上学期我是大发了一顿脾气。你们都知道毕业之前要写论文，本科生也罢，研究生也罢。当我和几位老师坐在那里，由我来主持毕业论文答辩的时候，都是谈关于什么什么作品中妓女形象的塑造的问题，什么什么作品中性爱的问题，什么什么作品中乱伦的问题。有同学还直接写到什么关于中年男子对于少女的变态性心理的问题。我就看我旁边的两位中年男子老师。我们的论文都是这样。看某作家的作品时仿佛看的就是，他写了那么多糜烂，多么美丽的糜烂啊！我看完之后，说再请某某老师去看，某某老师打电话告诉我，说："我看了之后，真想扇她！"我说我也有同感，而且还是女孩子。我们那么单纯地读了大学的女孩子，我们家长出了那么多学费来学的是中文。若把这样的论文寄给家长看，他们会作何感想？这不是我们教的啊！我没有这样教啊！因此，上学期我曾经说过，如果我不能扭转这样的状况，那我走人。这个学期我就开始着力于扭转它。

当然，我下面可以举例分析一些作品中很有意思的东西。比如说，我们看《十日谈》。对于这本书，为什么在文学史上说它具有人文色彩呢？那也不过写了一些风流逸事。如果我们弄不懂这部书在文学史上的价值，我们就几乎一点儿都没懂文学史。我在课上也讲过这个问题，如果有当代的作者说："凭什么你们就说《十日谈》是经典，凭什么我写了一点性，我还觉得我没写够呢，你们就大加挞伐？"我的学生也提出过这个问题，说是：你们都说歌德在十七岁的时候就写出了《少年维特之烦恼》，你们搞文学的大加吹捧，我们今天上了大学好不容易写一点烦恼，你就让我们抬起头来？我们不把人类的人文主义的过程来做梳理的话，不能解答这个问题。在三万五千年到五千年的这一时期，人类还处于一种蒙昧的状态。那时候连文明史都没有，只不过有一点文明的迹象。到五千年前的时候开始有城邦出现，这时我们叫作人类的原始文明时期。但是一直有文明，比如冶金业、制陶业、农业、渔业，到三千二三百年前的时候，才有了楔形文字的出现。那也不过是图形文字、象形文字，但是毕竟可以记录了。因此美国历史学家说人类历史从这里开始。到两千年前的时候，人类的历史最主要是神文化的历史。通过祭祀的历史，表达对神的尊崇、对神的屈服和恐惧。但是在距今两千几百年前的时候已经出现了伊索——希腊的奴隶。他虽为奴隶，却表达了对自由的强烈渴望。我们为什么说人文主义是自由、平等、博爱的呢？在两千二百年前的时候，有个奴隶叫伊索，他表达了这种愿望。他第一个提出了对于奴隶和奴隶主之间的关系的疑问，这是一个非同寻常的文化事件。我们在读历史的时候，当我们感受这一点的时候，从三万五千年一直到五千年，一直到两千二百年前伊索出现的时候，我们应该受到深深感动。然后到公元前九百年到公元前八百年的时候，已经出现了《伊利亚特》，已经出现了《荷马史诗》。我们不能只当《荷马史诗》是神话来看，那里有人文，应该看到在特洛伊战争的时候两军作战，一方把另一方的主将打死之后，将他的尸体在沙场上拖了一圈。你们应该看到这个片段，是吧？然后他的老父亲在夜里化装深入敌营，找到对方，说我以一个上了年纪的老父亲，以一个王的身份，放下了我的尊严，向你这个胜者乞求把我儿子的尸体还给我。对方还了，这是什么？这就是早期的人文啊、人道主义啊，我们人类的文明心理是这么一点点发育起来的。到了公元前四百年的时候，已经有了苏格拉底、柏拉图、亚里士多德，那时整个希腊的文化、艺术、建筑，已经那样的发达了，非常辉煌。而就是在那时的绘画和雕塑中，人类开始表现出自己不只是神的奴仆，在绘画时想到把自己，把自己的情人、朋友、父亲，把自己最亲爱者的形象画在天神们之中。人要争取和神平等的地位，小心谨慎地，不被察觉地。再后来，基督出现了。因此我们看西方文化，一直认为西方全部文化的支柱就是基督文化和它的科学，和它的人文哲学。我们习惯了都只不过把基督教看作宗教。我对自己的观点还不敢确定，因此我不失时机，直到昨天还和我的朋友、复旦大学的另一位教授探讨这个问题。我说我的观点对不对，因为第二天我要到清华大学来讲这个问题。基督教本身是人类相当重要的一次人文文化的体现。在此之前，天主教崇尚上帝，但是基督教之基督耶稣是人间母亲所生——基督还有个名字是“人之子”，因此天主教才要把基督教作为异教类来制止。我们看基督教里传达了一些什么。比如说，它提出了如果战争不可避免，获胜一方对于所俘虏的儿童和妇女有责任加以保护。这不是人文吗？获胜一方要以仁慈之心对待俘虏。人不要去虐杀幼兽和怀孕的动物。人要热爱自己所赖以生存的土地和自然环境。当然圣经教条里是另外的话语。这些不都是今天我们要做的吗？富人要关注穷人的生活状态，要帮助那些患麻风病的人。富人有责任让穷人的孩子也同自己的孩子一样读得起书。因为穷人更穷的话，富人的生活不会更加幸福。这不是人文吗？在公元以后那么长的时间里，宗教本身又走向它的极端，被王权所利用，因此才变成了另外的样子，这时才出现了《十日谈》，开始嘲讽被王权利用了的变质了的宗教。人类的文化一直在那么漫长的时期里一点点地积累，先是人文的迹象，接着是人文的祈求、思想，人文的思潮潜移默化地在一些绘画、诗歌、史籍中出现，然后经过文化知识分子的提升，变成了十八、十九世纪的人文主义——自由、平等、博爱。《悲惨世界》所要张扬的是这些思想，那以后又用了两百年的时间，来夯实它。如果我们对这些不了解，我们就无法判断，在大仲马和雨果之间，为什么我们今天一定要纪念雨果？在雨果的《巴黎圣母院》和大仲马的《三个火枪手》之间，为什么《巴黎圣母院》得到的殊荣更高一些？因为《三个火枪手》不过是传奇故事加历史故事，而《巴黎圣母院》张扬的是那么激情的批判精神。又为什么在大仲马的《基督山伯爵》和雨果的《悲惨世界》之间，我们对后者尤其另眼相看？乃因前者只不过表现了复仇心理，而后者表现的是人道主义信仰。因此我对我的学生说，其他系的学生我不管，你们是中文系的，你要知道这两本书的区别在哪里——《基督山伯爵》所张扬的是欲望，《悲惨世界》所张扬的是信仰。就是这个区别，你没看出来，就愧是中文系的学生。我觉得应该是这样：我不再想象自己是什么著名的作家，好像应该写出多么了不起的作品。我只是希望以我的笔，以我这样的年龄，以最朴素的方式，能够在传达朴素的人文文化方面，哪怕是一首小诗，一篇散文随笔，做一点事情。事实上我已经在做了，免得以后谈论起我们这代人时说“他们无作为”。

关于金钱与人生的话题

——答湘乡市树人中学的学生朋友们

金钱本身自然非是什么肮脏邪恶之物。即使在显微镜下观察，钞票上的细菌，并不比被公阅过的一张报上的细菌更多些。它只不过是交换商品的替代物。古时候人们也以贝壳、兽牙以及美丽的卵石为“币”——可见钱本身与那些东西没有什么不同的属性。

人类增加，资源有限，商品有限，所以钱才值钱起来。它是目前最方便的交换商品及购得物质的东西。消灭了它，我们将更加不方便。我的理解——要毁掉钞票的人，其实是想改变人类社会目前金钱分配方面的种种不合理现象。这想法本身无错，因不合理现象确实存在。但这又不是现实的想法，因为“毁掉钞票”并不能根除物质占有的不合理现象。

应该看到，人类多少个世纪以来，都在进行着怎样使金钱分配合理起来的努力，包括“革命”方式。并且，在许多国家，已经初见成效。“革命”的方式一般已被否定，因为人类的制度进步了，会找到比“革命”更好的方式。当然，分配合理也是相对的。

人类的发展，不应以消灭富人为社会道义平衡的尺度，而应致力于消除贫困、扶持穷人，最终使几乎一切人都享受到物质文明的成果。如果不求一律平均、完全平均，这个目标是可以实现的。

中国正在经济高速发展中。这个时期商业规划混乱，出现了暴发户及穷富悬殊的现象。这种现象被同学们看在眼里，故产生愤愤不平的情绪。这是完全可以理解的，也是不应受指责的。但又应看到，中国正在逐步实现法制化。有些人不是已说——如今发财不如前几年那么容易了吗？这就是社会进步了。

一个成熟的商业社会是这样的——有人想挣大笔大笔的钱并不容易，而大多数人要想挣足够花的钱，又不那么难。这是人类的一个理想阶段。同学们也许看到太多与之刚好相反的现象了。但这种现象，正在被想方设法地改变着。

富有阶层，在将来，也还是会存在着的。但如果大多数人都过上了较体面的中产水平生活，谁还成天巴望着当富豪呢？因为富豪在商业中保持其地位，也是需使出浑身解数的，也是很累的。并且，在一个成熟的商业社会中，富豪们的金钱不可能不汇入社会的商业大活动，成为变相的公有。比如中国香港巨富李嘉诚、霍英东们，他们拥有的金钱早已超出了他们个人的消费，起积极作用于香港全社会了。

世界上有许多大企业家，其个人生活是俭朴的。他们拥有的金钱，在社会各个方面发挥着积极的作用，自己却并不奢侈。他们是可敬的，是当代英雄。

只不过中国的某些暴发户，一旦暴发就穷奢极欲。这是丑恶。我们也要看到他们成为文明的资产者，这需要时间啊！我们只能一方面以社会伦理限制他们，另一方面耐心地给他们自己文明起来的时间……

至于每一个个体对金钱的态度，我认为——花天酒地其实是很没有意思的。试想，一个人那么生活一周，可以。那么生活一年呢？那么生活十年呢？在最好的年华那么生活十年呢？那真的是幸福吗？生命消耗于那么一种生活，真的值得吗？

这么一想，我们便有了自己对金钱的原则性态度：第一，我们看别人花天酒地，我们会厌恶。在我们自己清贫时，由于我们能本能地厌恶花天酒地的生活，则我们会珍惜我们挣得的每一分钱——那是我们自己挣的金钱。再者，因我们拒奢糜堕落，我们不但保持了良好的人生精神状态，还能渐渐有点儿积蓄。我们积蓄多了，用于有限度地改善生活，赡养好老人，抚养好子女，使钱在我们身上体现最美好的价值。最后，我们应明白，我们只需使我们生活无忧无虑的钱就够了——不要太贪多，太羡多。单从个人消费而言，给一个中国人，一个已养成俭朴生活习惯的人一千万元，他又去干什么呢？去花天酒地吗？我在前边已说了，那是顶没意思的活法……

既生为百姓（我也是百姓一员），就要热爱百姓生活！

问题是，几乎仅仅是——现在，中国许许多多的百姓生活还比较穷。穷则思变，一方面要靠百姓自己的勤劳，另一方面，甚至主要方面得靠国家。给祖国一点儿时间，要相信会慢慢解决好的。

如果一个丰衣足食、生活无忧无虑了的中国人还那么不择手段地追求金钱，则就是拜金主义者了！……

我看我们这一代

Chapter 3

平凡并不可怕

知道了

许许多多别人命运的

大跌宕、大苦难、大绝望、大抗争，

我常想，

若将不顺遂也当成“逆境”去谈，

只怕是活得太矫情了呢

我的少年时代

怎么的，自己就成了一个四十多岁的人了呢?

仿佛站在人生的山头上。五十岁的年龄已正在向我招手。如俗话常说的——“转眼间的事儿”。我还看见六十岁的年龄拉着五十岁的手。我知道再接着我该从人生的山头上往下走了。如太阳已经过了中午。不管我情愿不情愿，我必须接受这样一个现实……

于是茫然地，不免频频回首追寻消失在岁月里的童年和少年时代。

我是一个穷人家的孩子。父亲是建筑工人，新中国的第一代建筑工人。我六岁的时候他到大西北去了。以后我每隔几年才能见到他一面。在十年“文革”中我只见过他三次。我三十三岁那一年他退休了。在我三十三岁至四十岁的七年间，父亲到北京来，和我住过一年多。一九八八年五月他再次来北京，彼时他已是七十七岁的老人了。也就是这一年的十月，他病逝在北京。

父亲靠体力劳动者的低微工资养活我和弟弟妹妹们长大。我常觉得我欠父亲很多很多。我总想回报父亲，但其实没能回报。如今这一愿望再也不可能实现。

母亲也是七十多岁的老人了。在我的印象中，母亲就没穿过新衣服。我是扯着母亲的破衣襟长大的。如今母亲是很有几件新衣服了，但她不穿。她说，都老太婆了，还分什么新的旧的。年轻时没穿过体面的，老了，更没那种要好的情绪了……

小胡同，大杂院，破住房，整日被穷困鞭笞得愁眉不展的母亲，窝窝头、野菜粥、补丁连补丁的衣服、露脚趾的鞋子……这一切构成我童年和少年时期关于物质的回忆。

那么精神的呢？想不起有什么精神的，却有过一些渴望——渴望有一个像样的铅笔盒，里面有几支新买的铅笔和一支书写流利的钢笔；渴望有一个像样的书包；渴望在过少先队日穿一身像样的队服；渴望某一天一觉醒来睁开眼睛，惊喜地发现家住的破败的小泥土房变成了起码像个样子的房子——也就是起码门是门，窗是窗，棚顶是棚顶，四壁是四壁；而在某一隅，摆着一张小小的旧桌子，并且它是属于我的，我可以完全占据它写作业、学习……如果这些渴望都可以算是属于精神的，那么就是这些了。

小学三年级起我是“特困生”“免费生”。初中一年级起我享受助学金——每学期三元五角。现在回想起来似乎是不可思议的事情。每学期三元五角，每个月七角钱。为了这每个月七角钱的助学金，常使我不知如何自我表现，才能觉得自己是一个够资格享受助学金的学生。那是一种很大的精神负担和心理负担。用今天时髦的说法，“活得累”。对于童年和少年时期的我，由于穷困所逼，学校和家都是缺少亮色和欢乐的地方……

回忆不过就是回忆而已。写出来则似乎便有“忆苦”的意味儿。我更想说的其实是这样两种思想——我们国家毕竟在发展和发达着。咄咄逼人的穷困虽然仍在某些地方和地区存在着，但就大多数人而言，尤其在城市里，当年那一种穷困，毕竟是不普遍的了。如果恰恰读我这一篇短文的同学，亦是今天的一个贫家子弟，我希望他或她能产生这样的想法——梁晓声能从贫困的童年和少年度过到人生的中年，我为何不能？我的中年，将比他的中年，还将是更不负年龄的中年呢！

一个人的童年和少年，十分幸福，无忧无虑，被富裕的生活所宠爱着，固然是令人羡慕的，固然是一件幸事。我祝愿一切下一代人，都有这样的童年和少年。

但是，如果一个人的童年和少年不是这样，也不必看成是一件很不幸的事。不必以为，自己便是天下最不幸的人了，更不必耽于自哀自怜。我的童年和少年，教我较早地懂了许多别的孩子尚不太懂的东西——对父母的体恤，对兄弟姐妹的爱心，对一切被穷困所纠缠的人们的同情而不是歧视他们，对于生活负面施加给人的磨难的承受力，自己要求于自己的种种的责任感，以及对于生活里一切美好事物的本能的向往，和对人世间一切美好情感的珍重……

这些，对于一个人的一生，都是有益处的。也可以认为，是生活将穷困施加在某人身上，同时赏赐于某人的补偿吧。倘人不用心灵去吸取这些，那么穷困除了是丑恶，便什么对人生多少有点儿促进的作用都没有了……

愿人人都有幸福的童年和少年……

我如何面对逆境

小蕙：

你来信让我谈谈对人生“逆境”所持的态度，这就迫使我不得不回顾自己匆匆活到现在的半截儿人生。结果，我竟没把握判断，自己是否真的遭遇过什么所谓人生的“逆境”？

我曾不止一次被请到大学去，对大学生谈“人生”，仿佛我是一位相当有资格大谈此命题的专家。而我总是一再地推托，声明我的人生至今为止，实在是平淡得很，平常得很，既无浪漫，也无苦难，更无任何传奇色彩。对方却往往会说，你经历过“三年自然灾害”时期，经历过“文革”，经历过“上山下乡”，怎可说没什么谈的呢？其实这是几乎整整一代人的大致相同的人生经历。个体的我，摆放在总体中看，真是丝毫也不足为奇的。

比如我小的时候家里很穷，从懂事起至初中为止，没穿过几次新衣服。小学六年，年年是“免费生”。初中三年，每个学期都享受二级“助学金”。初三了，自尊心很强了，却常从收破烂的邻居的破烂筐里翻找鞋穿，哪怕颜色不同，样式不同，都是左脚鞋或都是右脚鞋，在买不起鞋穿的无奈情况下，也就只好胡乱穿了去上学……有时我自己回想起来，以为便是“逆境”了。后来我推翻了自己的以为，因在当年，我周围皆是一片贫困。

倘说贫困毫无疑问是一种人生“逆境”，那么我倒可以大言不惭地说，我对于贫困，自小便有一种积极主动的、努力使自己和家人在贫困之中也尽量生活得好一点儿的本能。我小学五六年级就开始粉刷房屋了。初中的我，已不仅是一个出色的粉刷工，而且是一个很棒的泥瓦工了。炉子、火墙、火炕，都是我率领着弟弟们每年拆了砌，砌了拆，越砌越好。没有砖，就推着小车到建筑工地去捡碎砖。我家住的是在“大跃进”年代由临时女工们几天内突击盖起来的房子，幸亏有我当年从里到外一年多次的维修，才一年年仍可住下去。我家几乎每年粉刷一次，甚至两次，而且要喷出花儿或图案，你知道一种水纹式的墙围图案如何产生么？说来简单——将石灰浆兑好了颜色，再将一条抹布拧成麻花状，沾了灰浆往墙上依序列滚动，这是我当年的发明。每次，双手被灰浆所烧，几个月后方能褪尽皮。在哈尔滨那一条当年极脏的小街上，在我们那个大杂院里，我家门上却常贴着“卫生红旗”。每年春节，同院儿的大人孩子，都羡慕我家屋子粉刷得那么白而且还有那么不可思议的图案。那不是欢乐是什么呢？不是幸福感又是什么呢？

下乡后，我从未产生跑回城里的念头。跑回城里又怎样呢？没工作，让父母和弟弟妹妹也替自己发愁么？自从我当上了小学教师，我曾想，如果我将来落户了，我家的小泥房是盖在村东头还是村西头呢？哪一个女知青愿意爱我这个全没了返城门路打算落户于北大荒的穷家小子呢？如果连不漂亮的女知青也没有肯做我妻子的，那么就让我去追求一个当地人的女儿吧！

面对所谓命运，我从少年时起，就是一个极冷静的现实主义者。我对人生的憧憬，目标从来定得很近很近、很低很低、很现实很现实。想象有时也是爱想象的，但那也只不过是一种早期的精神上的“创作活动”，一扭头就会面对现实，做好自己在现实中首先最该做好的事，哪怕是在别人看来最乏味最不值得认真对待的事。

后来我调到了团宣传股。那是我人生中的第一次“上升阶段”。再后来我又从团机关被“精简”了，实际上是一种惩罚，因为我对某些团首长缺乏敬意，还因为我同情一个在看病期间跑回城市探家的知青。于是我被贬到木材加工厂抬大木。

那是从“上升阶段”直接“沦落”，连原先的小学教师都当不成了，于是似乎真的体会到了身处“逆境”的滋味儿，于是也就只有咬紧牙关忍。如今想来，那似乎也不能算是“逆境”，因为在我之前，许多男知青，已然在木材厂抬着木头了，抬了好几年了。别的知青抬得，我为什么抬不得？为什么我抬了，就一定是“逆境”呢？

后来我被推荐上了大学。我的人生不但又“上升”了，而且“飞跃”了，成了几十万知青中的幸运者。

在大学我因议论“四人帮”，成为上了“另册”的学生。又因一张汇款单，遭几名同学合谋陷害，几乎被视为变相的贼。那些日子，当然也是谈不上“逆境”的，只不过不顺遂罢了。而我的态度是该硬就硬，毕不了业就毕不了业，回北大荒就回北大荒。一次，因我说了一句对“四人帮”不敬的话，一名同学指着我道：“你再重复一遍！”我就当众又重复了一遍，并将从兵团带去的一柄匕首往桌上一插，大声说：“你可以去汇报！不会判我死刑吧？只要我活着，我出狱那一天，你的不安定的日子就来了！无论你被分配到哪儿，我都会去找到你，杀了你！看清楚了，就用这把匕首！”

那事儿竟无人敢去汇报。

毕业时我的鉴定中多了一条别的同学所没有的——“与‘四人帮’作过斗争”。想想怪可笑的，也不过就是一名青年学生对“四人帮”的倒行逆施说了些激愤的话罢了。但当年我更主要的策略是逃，一有机会，就离开学校，暂时摆脱心理上的压迫，甚至在一个上海知青的姨妈家，在上海郊区一个叫朱家桥的小镇上，一住就是几个星期……

这些都是一个幸运者当年的不顺遂，尽管也埋伏着人生的凶险，但都非大凶险，可以凭了自己的策略对付的小凶险而已。

我的一名知青战友，一名高干子弟，曾将他当年的日记给我看，他下乡第二年就去参军了，在北戴河当后勤兵，喂猪。他的日记中，满是“逆境”中人如坠无边苦海的“磨难经”——而当年在别的同代人看来，成为一名光荣的解放军战士，又是何等幸运何等梦寐以求的事啊！

鲁迅先生当年曾经说过家道中落之人更能体会世态炎凉的话。我以为，于所谓的“逆境”而言，也似乎只有某些曾万般顺遂、仿佛前程锦绣之人，一朝突然跌落在厄运中，于懵懂后所深深体会的感受，以及所调整的人生态度，才更是经验吧？好比公子一旦落难，便有了戏有了书。而一个诞生于穷乡僻壤的人，于贫困之中呱呱坠地，直至于贫困之中死去，在他临死之前问他关于“逆境”的体会及思想，他倒极可能困惑不知所答呢！

至于我，回顾过去，的确仅有些人生路上的小小不顺遂而已，实在是不敢妄谈“逆境”。而如今对于人生的态度，是比青少年时期更现实主义了。若我患病，就会想，许多人都患病的，凭什么我例外？若我生癌，也会想，不少杰出的人都不幸生了癌，凭什么上帝非呵护于我？若我惨遭车祸，会想，车祸几乎是每天发生的。总之我以后的生命，无论这样或那样了，都不再会认为自己是多么的不幸了。知道了许许多多别人命运的大跌宕、大苦难、大绝望、大抗争，我常想，若将不顺遂也当成“逆境”去谈，只怕是活得太矫情了呢！……

晓声

也谈“四十不惑”

女人们，如果——你们的丈夫已接近四十岁或超过四十岁，那么——我劝你们，重新认识他们。

这是我对于你们善意的忠告。

否则，“他”也许不再是你当初认识所自以为永远了解的“那一个”男人了。

四十岁左右的男人，“内容”肯定发生变化。

“四十而不惑”，孔子的话。后来这句话几乎成了全体中国男人的“专利”。四十岁左右的男人，大抵都习惯自诩到了“不惑之年”。“不惑”的含义，指向颇多。功名利禄，乃一方面。“不惑”无非是看得淡泊了，想得透彻了。用庄子的话说——“人生天地之间，若白驹之过隙，忽然而已”。“不惑”，当然并不等于什么追求皆没有了，而是指追求开始趋向所谓“自我完善”的境界，在品行、德行、节操、人格等方面。

不是，绝不是，从来也不是一切的男人，到了四十岁左右，都是到了“不惑之年”。人家孔子的话，那是说的人家自己，原文，或者说原话是——“吾十有五而志于学，三十而立，四十而不惑，五十而知天命，六十而耳顺，七十而从心欲，不逾矩……”

吾——非是吾们。

“四十而不惑”，较符合孔子自己人生的阶段特点。人家孔子对自己的分析还是挺实事求是的。

“四十而不惑”，对于一切“三十而立”的男人，起码“而立”之后，权利欲功名欲不再继续膨胀的男人，和虽并未“而立”，但始终恪守靠正当的方式和坚持不懈的努力争取“而立”的男人，也具有较普遍的意义。

《礼记·曲礼上》篇中是这么概括人生的——“人生十年曰幼，学。二十曰弱，冠。三十曰壮，有室。四十曰强，而仕。五十曰艾，服官政。六十曰耆，指使。七十曰老，而传。八十、九十曰耄……”

上述古文，对人生阶段的划分（不消强调，是指的男人们的人生），与孔子的话就大相径庭了。孔子说自己“四十而不惑”。后者言“四十而仕”——到了理应当官的年龄了。孔子说自己“五十而知天命”，就是说对于自己的“人生价值”要有自知之明了。后者言：“五十而服官政”——到了理应掌握权柄的年龄了。孔子说自己“六十而耳顺”，就是说对于别人的话，善于分析了，凡有道理的善于接受了。后者言“六十而指使”——到了该有资格命令别人的年龄了……

一曰“四十而不惑”。

一曰“四十而仕”。

两种思想，两条人生哲学。

中国的许许多多的男人们，几千年来，听的是谁的？信奉的是什么呢？历史和现实告诉我们，其实听的信奉的并非孔子的话，而是《礼记·曲礼上》篇——四十岁当官，五十岁掌权，六十岁发号施令，七十岁以上考虑怎样为自己“而传”，考虑盖棺定论的问题……

如此看来，对于许多中国男人，“四十而不惑”，其实是四十而始“惑”——功名利禄，样样都要获得到，仿佛才不枉当一回男人。“不惑”是假，是口头禅，是让别人相信的。“惑”倒是真，是内心所想。梦寐以求的，是目标，是目的。

我不知《礼记·曲礼上》的著说者何许人。我想，倘他活到今天，倘看了我这篇短文，很可能会和我商榷，甚至展开辩论。他也许这么反问：孔子“三十而立”，四十当然“不惑”。更多的男人“三十有室”，刚成家，不过刚有老婆孩子，根本谈不到“立”不“立”的，怎么能做到“四十而不惑”呢？“立”不就是今天所谓“功成名就”么？

细思忖之，可不也有一定的道理么？

中国男人的人生阶段，就多数人而言，大致是这样的——十七八清华北大（指希望而言）、二十七八电大夜大、三十七八要啥没啥、四十七八等待提拔、五十七八准备回家……

十七八能进入大学“而志于学”的，不过“一小撮”。大多数没这机会，也没这幸运。谁有这机会就是幸运的。“三十而立”之后，还要啥没啥呢。五十七八，差二三年便该退休回家了。短暂的几十年，老百姓话，“一晃”就“晃”过去了，又怎么能达到“不惑”的境界呢？

所以，四十岁左右，差不多成了不论属什么的一切男人的“本命年”，一个“坎儿”。这个“坎儿”迈得顺了，则可能时来运转，一路“顺”将下去，而“仕”，而“服官政”，而当这当那而掌握权柄，而发号施令……于是地位有了，房子有了，车子有了，男人的“人生价值”似乎也体现出来了，很对得起老婆孩子了……

绝不能说中国的男人个顶个都是官迷。但说中国的男人到了三十七八、四十来岁起码都愿有房子住，工薪高一些，经济状况宽裕些，大概是根据充分的。怎么着才能实现能达到这一目的呢？当官几乎又是一条捷径。

非常值得注意的，是那些“而志于学”过，那些被认为或自认为“学而优”的，那些因此被社会所垂青，分配到或自己钻营到了权力场名利场上的男人，他们在三十七八、四十来岁“要啥没啥”的年龄，内心会发生大冲击、大动荡、大倾斜、大紊乱，甚至——大恶变。由于“要啥有啥”的现实生生动动富于诱惑富于刺激地摆在他们面前，于是他们有的人真正看透了，不屑于与那些坏思想坏作风同流合污，而另一些人却照样学样，毫不顾惜自己的品行、德行、节操、人格，运用为正派人所不齿的手段——见风使舵，溜须拍马，曲意奉迎，谄权媚势，落井下石，墙倒众人推，拉大旗作虎皮，弃节图利，等等，以求“而仕”“而服官政”，由被指使而“指使”。

女人们，如果你们的丈夫，不幸被我言中，正是那等学坏样的男人，难道你们还不认为你们应该重新认识他们吗？

也许某些四十来岁和四十多岁的男人会十分愤慨，会觉得我这篇短文近乎诽谤和污蔑，那便随他们愤慨罢，而我绝不是没有根据的。根据是现实生活提供给我的，在我周围，曾与我有过交往的四十来岁的和四十多岁的某些男人，他们的人格和心理的嬗变、裂变、蜕变、恶变，往往令我讶然，不得不重新认识他们。于是我同时想到了他们的妻子和某些女人们，常为她们感到可悲和忧虑。

女人们，重新认识你们的丈夫总之是必要的。不但要考察他们在你们面前的家庭中的表现如何，也要考察他们在别人眼中、在家庭以外究竟是怎样的，正在变成怎样的人。在他们学坏样还没到“舐糠及米”的程度时，也许还来得及扯他们一把，使他们不至于像熊舔掌似的，将自己作为男人的更为宝贵的东西都自行舔光了……

中年感怀

我越来越意识到，自己几乎每一天都在失去着一些东西。而所失去的东西，对任何人都是至可宝贵的。

首先是健康。

如果有人看到我于今写作时的样子，定会觉得古怪且滑稽——由于颈椎病，脖子上套着半尺宽的硬海绵颈圈，像一条挣断了链子的狗。由于腰椎病，后背扎着一尺宽的牛皮护腰带。由于颈和腰都不能弯曲，一弯曲头便晕，写作时必得保持从腰到颈的挺直姿势。仅仅靠了颈圈和护腰带，还是挺直不到头不晕的姿势，还得有夹得住稿纸的竖架相配合。小稿纸有小的竖架，大稿纸有大的竖架。大的竖架一立在桌上，占去半个桌面，不像是在写作，像是在制图。大小两个竖架，都是中国人民大学一位退了休的老师让人替她送给我的。竖架可以调换两个倾斜度。我已经使用一年多了，却还没和她见过面。颈圈、护腰带、竖架，自从写作时依赖于这三样东西，那么我在写作之前，所做的预备，就如工厂里的技工临上车床似的了。有几次那样子去为客人开门，着实将客人吓了一跳……

于是从此失去了以前写作时的良好状态。每每回想以前，常不免地心生惆怅。看见别人不必“武装”一番再写作，也不免地心生羡慕。

朋友们都劝——快用电脑哇！

是啊，迟早有一天，我也会迫不得已地用起电脑来的。我说“迫不得已”，乃因对“笔耕”这一种似乎已经很原始的写作方式，实在是情有独钟，舍不得告别呢！汲足一笔墨水儿，摆正一叠稿纸，用早已定形了的字体，工工整整地写下题目，标下页码“一”，想着要从这个“一”开始，一页页标下去，一直标到“一百”“五百”，乃至“一千”，那一份儿从容，那一份儿自信，那一份儿骑手跨上骏马时的感受，大概不是面对显示屏，手敲按键所能体验到的啊！

想想连这一份儿写作者的特殊体验也终将失去了，尽管早已将买电脑的钱存着了，还是一味地惆怅。

健康其实是人人都在失去着的。一年年的岁数增加着，反而一年比一年活得硬朗的人，毕竟是极少数。人也是一台车床，运转久了便磨损。不运转着生产什么，便似废物。宁磨损着而生产什么，不似废物般地还天天进行保养，这乃是绝大多数人的活法。人到四十多岁以后，感觉到自我磨损的严重程度了，感觉到自我运转的状况大不如前了，肯定都是要心生惆怅的。

也许惆怅乃是中年人的一种特权吧？这一特权常使中年人目光忧郁。既没了青年的朝气蓬勃，也达不到老者们活得泰然自若那一种睿智的境界。于是中年人体会到了中年的尴尬，体会到了这一种无奈的尴尬的中年人，目光又怎么能不是忧郁的呢？心情又怎么能不常常陷入惆怅呢？

我和我的中年朋友们相处时，无论他们是我的作家同行抑或不是我的作家同行，每次都能极其敏锐地感觉到他们的忧郁和他们的惆怅。也无论他们被认为是乐观的人抑或自认为是乐观的人，他们的忧郁和惆怅都是掩盖不了的，好比玻璃窗上的霜花，无论多么迷人毕竟是结在玻璃上的。太阳一出，霜花即化，玻璃就显露出来了，而那定是一块被风沙扑打得毛糙了的玻璃。他们开怀大笑时眸子深处隐藏着忧郁和惆怅；他们踌躇满志时眸子深处隐藏着忧郁和惆怅；他们作小青年状时眸子深处隐藏着忧郁和惆怅；他们装得什么都不在乎时眸子深处尤其隐藏着忧郁和惆怅。他们的眸子是我的心境。两个中年男人开怀大笑一阵之后或两个中年女人正亲亲热热地交谈着的时候，忽然间目光彼此凝视住，忽然都从对方眼里看到了那一种企图隐藏到自己的眸子后面而又没有办法做到的忧郁和惆怅，我觉得那一刻是生活中很感伤的情境之一种，比从对方头发中一眼发现了一缕苍发是更令中年人感伤的。

全世界的中年人本质上都是忧郁和惆怅的。成功者也罢，落魄者也罢，在这一点上所感受到的人生况味儿，其实是大体相同的。于是中年人几乎整代整代地被吸入了一个人类思想的永恒的黑洞——人生的意义究竟何在?

中年人比青年人更勤奋地工作，更忙碌地活着，大抵因为这乃是拒绝回答甚至回避思考的唯一选择。而比青年人疏懒了，比青年人活得散漫了，又大抵是因为开始怀疑着什么了。

中年人的忧郁和惆怅，对这世界是无害的，只不过构成着人类社会一道特殊的风景线罢了。而人类社会好比是一幅大油画，本就不可以没有几笔忧郁的色彩惆怅的色彩——没有，人类社会就是一个大幼儿园了。

中年人的忧郁和惆怅，衬托着少女们更加显得纯洁烂漫，衬托着少年们更加显得努力向上，衬托着青年男女们更加生动多情，衬托着老人们更加显得清心寡欲、悠然淡泊。少女们和少年们，青年们和老者们的自得其乐，归根结底是中年人用忧郁和惆怅换来的呀！中年人为了他们，将人生况味儿的种种苦涩，都默默地吞咽了，并且尽量关严“心灵的窗户”，不愿被他们窥视到。

中年人的忧郁和惆怅，归根结底也体现着社会的某种焦虑和不安。中年人替少男少女们，替青年们，替老者们，将社会的某种焦虑和不安，最大剂量地默默地默默地吞咽到肚子里去了。因为中年人大抵是做了父母的人，是身为长兄长姐的人，是仍身为长子长女的人，这是中年人们的一种本能，也是人类的一种本能。

中年人成熟了，又成熟又疲惫，咬紧牙关扛着社会的焦虑和不安，再吃力也只不过就是眸子里隐藏着忧郁和惆怅。

他们的忧郁和惆怅，一向都是社会的一道凝重的风景线。

谁叫他们，不，谁叫我们是中年人了呢！……

梁晓声买不到卧铺票

早熟是令人同情的、可怜的。过分的成熟是讨厌的、可怕的、不堪信任的。虔诚的根苗是天真。天真很可爱，故我们用“烂漫”加以形容。但天真绝对肤浅，故虔诚绝对地几乎必然地导向偏执。人呵，我们在虔诚与成熟之间选择，是多么的两难啊！你见过一个太成熟的人竟是虔诚的么？你见过一个拥抱虔诚的人竟能长久地拥抱下去么？但我可以肯定，你一定是见过被虔诚所误所欺所害之人的下场的……

到了一九八九年初，又有某几位热心的当年的“北大荒战友”，发起要出版一册《北大荒人名录》。于是我又被通知去参加一个聚会。

朋友们的目的似乎在于——因为是人名录，而非名人录，那么不论谁，只要愿意，都可以在其中占一条目，并注明工作单位、部门、家庭住址、电话号码、邮政编码。朋友们想得很谨慎，一律不填职务，以体现出一种平等意思或曰当年的知青群体的意识。

朋友们的愿望似乎在于——拿了这一册《北大荒人名录》的任何一个人，在凡有北大荒人存在的地方，举目无亲亦可以找到亲人。好比二十世纪，一唱起《国际歌》，工人阶级便寻找到了自己的阶级队伍似的。但这样做，没有住处的可以有了住处？饿肚子的可以吃饱饭？兜里没钱的不愁无处借？病倒有他乡的人照料？一方有难八方支援？……

这愿望美好是美好。但我很怀疑它实际上有什么意义。我断定它绝对地不会像旧社会青洪帮的“帖子”或现今关系网中人物们的“条子”更管用。也许，那些对它怀有良好愿望的人还没瞭望到这一愿望的影子，另外的一些人就已经把它铸造为利欲的构件了。

西欧人倡导“俱乐部”精神，日本人鼓吹“社团”精神，但那首先不过是精神的依托，甚至纯粹是兴趣和心理方面的依托而已。西欧人大抵不靠加入什么“俱乐部”实现自我。日本人也大抵不靠加入什么“社团”满足自我。现今热衷于发起“同窗会”“校友会”“家乡会”“知青会”的我们中国人，似乎更是希冀有这个“会”或那个“会”向自己伸出一只“提携”的手？需要或想要获得什么的人太多太多了，肯于或甘于付出什么的人太少太少了。故现今中国人之任何社会形式，皆涂着极端功利的色彩。故现今中国人之任何会社，都不能持久，也都必将使得抱着一份儿虔诚加入的人最终落个大的失望。我甚至怀疑连教会在今天中国的土地上都难以免俗。

故我在那一次商讨出版发行“北大荒人名录”的聚会上，作了如下的发言：一、朋友们的愿望无疑是好的；二、倘坚信这一愿望的高尚，必无私地从自己实践做起，也就是说，一旦某一天，某一个自称北大荒知青的人（姑且排除冒充行骗的可能性，而这种事几乎不可避免地肯定会发生）出现在我们面前，手拿一册《北大荒人名录》，要求我们帮助买机票、车票，解决住宿问题，给予经济资助——这还是些微不足道的小小的帮助，我们皆应义不容辞，即使受骗了也毫无怨言，道理是那么简单亦那么明白——若我们自己都做不到这一点，我们又根据什么相信我们的初衷我们的愿望呢？

朋友们却纷纷回答——当然，当然，做到这一点是起码的。

起——码——？

我必须老老实实坦坦率率地在此言明——除了经济资助这一条，或借予或给予，全在于我一人的经济状况和慷慨程度；其他事于我都很难，甚至相当之难。因屡屡地帮助别人买机票、车票、解决住宿问题之类，几乎回回差点儿没把我为难死！几乎回回最终我是内疚得要命，抱歉得要命，沮丧得要命。而对方则失望之极？怀疑之极！怏怏之极！

梁晓声——在北京近十年，在北影近十年，说自己买不到一张卧铺票——谁信啊！面对一个或几个夜无归处的满怀希望来求助的人，面露难色地说自己一筹莫展——哄鬼吧！蹬着自行车出去了一趟，大概只不过是煞有介事地出去瞎兜了一圈吧——这不是太虚伪太可恶了么?

而若一个陌生人，即便是地地道道的当年的北大荒知青，绝非冒充行骗之徒，向我索求五百元以上的给予性的资助，我是会犹豫半天的。我之情况是，上有老，下有小，稿费低，物价涨，我所积蓄的那一笔小小存款，是以备补贴生活之用的。我并非腰缠万贯啊！给予，我是给予过的。周济，也是周济过的。但迄今为止，并未突破三百元“大关”。倘据此认定我是多么的不仁多么的不义多么的吝啬，我也只好认了。

倘叩开家门之人，向我说明，他从某省某市到北京来，专为买一样或几样平价的家用电器，诸如彩电、冰箱、录像机之类或专为兑换外币，则连我自己也想象不出我当时会是怎样一种表情。

我自己家里还没有一样电器是平价的呢！至今我也没有一分钱的外币。也不知在什么地方可用人民币兑换，怎样兑换。

就在我写这篇东西的前几天，我给十几个在京的当年的北大荒知青打电话——求买一张卧铺票，预定日期七天之后，线路是从北京至哈尔滨，而非至广州至上海——所获之回答差不多尽是——“哎呀，这我可没办法！毫无办法！”“老兄，你在北京，是应该知道买卧铺票该多么难的！”“你给 ×× 打个电话问问吧！”“我建议你天天到火车站去，等不着退票，也准能买到黑票，无非多花几十元钱呗！”……

这还是我在求。且所求之人，还是经过考虑，确信只要浪费他们一点儿时间，一点儿口舌，动用他们一次公的或私的关系，可以成全我之人。

而我，不过是一次试探而已。

这也许近乎无聊，但获得的“经验”，于他人是有益的。

归根结底，我自己是不必太为买一张卧铺票愁眉不展的——只要是公务。

而究竟有多少人，会像我一样，半夜蹬着自行车去到预售票处，为素昧平生者蹲上一夜，买一张卧铺票？仅仅因为他或她说出那么一句话是——“我当年也是北大荒知青”。

故我以十二分的虔诚和坦率和衷心告诫我的当年的北大荒知青们：记住自己当年曾是一个北大荒知青，记住几乎整整一代人当年都曾是各地的知青——仅仅记住这一点就够了。因为这表明你永远记住你自己是谁。那一经历毕竟是我们这一代每个人经历的一次洗礼。但是，不要寻找它——“北大荒知青”在今天在城市的群体形式。即使它存在着，也不要相信它。不要将你希望自己成为一个怎样的人和可能成为一个怎样的人之实践与它联系起来，更不要将它视为你的生活内容和生活意义的一部分。如果你有余暇，如果你有热忱，你可以和当年的知青伙伴聚会、游园、旅行。但你万勿和他们共图什么你认为的事业。你一定要时时刻刻提醒你自己——现在的他们，早已不再是过去的他们。现在的你，早已不再是过去的你。过去的那一些、那一批、那一代、那一切，包括你自己，在本质上与今天已大不相同。我们都是经过了城市再消化再处理再设计再生产的我们。知青群体意识绝对不可能成为一种信仰，更不可能成为一种宗教。在它对你或对别人居然似乎信仰似乎宗教之时，乃是它最不真实最少虔诚可言最蒙蔽人之时。不！坚决地不要将你的真实你的虔诚奉献于它，坚决地不要幻想从它那儿获得真实获得虔诚。你的真实你的虔诚仅只属于你自己。如果那确是真实确是虔诚，自有真实之人虔诚之人与你互奉。你要付诸努力的事仅只是你自己的事，好比你带着你最宝贵的东西和一些似曾相识的人共同驾舟出海，你越相信他们就是你童时的伙伴，你越对他们涌起童时的信任感，则你的失落感便越大，甚至可能不仅是失落，而是惨遭图财害命。

蛇用身体行走。花用开谢行走。石头用坚损行走。东西用新旧行走。生用死行走。热用冷行走。冷用冰行走。有用无行走。动用静行走。阴用阳行走。火用燃烧行走。星球用引力行走。历史用过去行走。

而人，唯有人，用双脚行走。

除了你自己，没有第二个人能将你拉得很高——因为你会抓不牢绳索。

人们，包括不在乎时间的人们，不要为“同窗会”“校友会”“家乡会”等各种“会”浪费时间，甚至也不要再为各种名目的“沙龙”浪费时间。中国特色的“沙龙”和中国特色的一切一样，一旦打上中国特色的印记，便绝不再是原本意义上的任何“沙龙”。而在今天，在中国，中国特色意味着些什么，现实回答得比我们每个人都回答得更清楚。

当年的知青朋友们，不要再陷入“知青情结”的怪状纠缠不清。

我说——够了！让我们每个人都靠自己的双脚走出自己的路罢！如果我们每个人，不论自己前面是一条怎样的路，都能走得很踏实，很从容，很自信，那么历史一定会评价说——这是极特殊的一代。在你身前有人跌倒，你扶起他。在你身后有人跌倒，你拉起他。但是，不要挽起手臂，不要排成行列。不要齐唱着一首什么四分之二拍的歌曲！只要这行列之中有几个没出息的、变态的、心地不良的，就都会对他人造成危险乃至危害！

除了军事操练，除了运动会仪式，除了参加庆典或者参加游行，排成行列最不该是男人证明自己的方式——男人在产生这一念头之时，便已经是一个弱者了。男人纠缠于这一种心理之时，起码可见是被弱者的心理所纠缠。

几个春节一段人生

倘你是少年，你肯定已度过了十几个春节；倘你是青年，你肯定已度过了二十几个春节；倘你是中年，你肯定已度过了四五十个春节；倘你是老年，你肯定已度过了六七十个乃至更多个春节……

其实，我想说的是——你究竟能清楚地记得几次春节的情形呢？你能将你度过的每一次春节的欢乐抑或伤感，都记忆犹新地一一道来么？

我断定你不能。许许多多个春节，哦，我不应该用许许多多这四个字。因为实际上，能度过一百个以上春节的人，真是太少太少了！

我们的记忆竟是这么地对不起我们！它使我们忘记我们在每一年最特殊的日子里所体会的那些欢乐，以及那些因欢乐的不可求而产生的感伤，如同小学生忘记老师的每一次课堂提问一样……

难道春节对于我们每一个人来说，不是每年中最特殊的日子么？此外，对于我们中国人来说还有什么比春节更特殊的日子呢？生日？——生日是世界性的，不是“中国特色”的；而且，一家人一般不会是同一个生日啊。春节仿佛是家庭的生日。一个人过春节，是没法儿体会全家团聚其乐融融那一种亲情交织的温馨，也没法儿体会那一种棉花糖般膨化了的生活的甜。

中国人盼望春节，欢庆春节，是因为春节放假时日最长，除了能吃到平时没精力下厨烹做的美食，除了能喝到平时舍不得花钱买的美酒，最主要的更是在期盼平时难以体会得到的那一种温馨，以及那一种生活中难忘的甜呀！

那温馨，那甜，虽因贫富而有区别，却也因贫富而各得其乐。于是我们理解了为什么杨白劳在大年三十夜仅仅为喜儿买了一截红头绳，喜儿就高兴得跳起来，唱起来……

大年三十夜使红头绳仿佛不再是红头绳，而是童话里的一大笔财富似的！

人家的姑娘有花戴，
我爹钱少不能买。
扯上了二尺红头绳，
给我扎起来……

《白毛女》中的这段歌，即使在今天，那甜中有苦、苦中有甜的欢悦，也是多么的令人怆然啊！

浪迹他乡异地的游子，春节前，但凡能够，谁不匆匆地动身往家里赶？

有家的人们，不管是一个多么穷多么破的家，谁不尽量将家收拾得像个样子？起码，在大年三十夜，即便别的都做不到，也要预先备下点儿柴，将炉火烧得旺一些……

我对小时候过的春节，早已全然没了印象。只记得四五岁时，母亲刚刚生过四弟不久的一个春节，全家围着小炕桌在大年三十晚上吃饺子，我一不小心，将满满一碗饺子汤洒在床上了，床上铺的是新换的床单儿。父亲生气之下，举起了巴掌，母亲急说："大过年的，别打孩子呀！"

于是父亲的巴掌没落在我头上——我沾了春节的光。

新棉衣被别的孩子扔的鞭炮炸破了，我不敢回家，躲在邻居家哭——这是我头脑中保留的一个少年时的春节的记忆。这记忆作为小情节，被用在《年轮》里了。

也还记得上初二时的一个春节——节前哥哥将家中的一对旧木箱拉到黑市上卖了二十元钱。母亲说："今年春节有这二十元钱，该可以过个像样的春节了。"时逢做店员的邻家大婶儿通告，来了一批猪肉，很便宜，才四角八分一斤。那是在国库里冻了十来年的储备肉，再不卖给百姓，就变质了。所以便宜，所以不要票。我极力动员母亲，将那二十元钱都买肉。既是我的主张，那么我当然自告奋勇去买。在寒冷的晚上，我走了十几里路，前往那郊区的小店。我排了整整一夜，第二天早上买到了大半扇猪肉，用绳子系在身后，背着走回了家。四十来斤大半扇猪肉，去了皮和骨，只不过收拾出二十来斤肉。那猪肉瘦得没法儿形容……

一九六八年，大约是大年初二或初三，既上不了学又找不到工作的我，去老师家里倾述苦闷。夜晚回家的路上，遇着两个男人架着一个醉汉。他们见我和他们同路，就将那醉汉交付给我了，说只要搀他走过两站路就行了。我犹豫未决之间，他们已拔腿而去。怎么办呢？醉汉软得如一摊泥。我不管他，他躺倒于地，岂不是会冻死么？我搀他走过两站路，又走过两站路，直走到郊区的一片破房子前。亏他还认得自家门。我一直将他搀进屋。至今记得，他叫周翔，是汽车修理工，妻子死了，有四个孩子。他一到家就吐了，吐罢清醒了。清醒了的他，对我很是感激，问明我是耽误于“文革”没有着落的学生，发誓说他一定能为我找到份儿工作。以后几天，一直到正月十五，我几乎天天去他家，而他几乎天天不在家。我就替他收拾屋子，照顾儿子，做饭、洗衣，当起佣人来。终于我明白，他天天白日不在家，无非是找地方去借酒浇愁。而他借酒浇愁，是因为他自己刚刚失去了工作！……我真傻，竟希望这样的人为我找工作……

半年后，一九六八年六月，我义无反顾地下乡了。周翔和那一年的春节，彻底结束了我的少年时代。我一直觉得，是那一年的春节和周翔其人使我开始成熟了，而不是“上山下乡”运动……

兵团生活的六年中，我于春节前探过一次家。和许多知青一样，半夜出火车站，背着几十斤面，一路上急急往家赶，心里则已在想着，如果母亲看见我，和她这个儿子将要交给她的一百多元钱，该多高兴呀——全家又可美美地过一次春节了，虽然远在四川的父亲不能回家有点儿遗憾……

那么，另外五个春节呢？

当然全是在北大荒过的。

可究竟怎么过的呢？努力回忆也回忆不起来了。我曾是班长、教师、团报道员、抬木工。从连队到机关再被贬到另一个连队，命运沉浮，过春节的情形，则没什么不同——无非看一场电影，一场团或连宣传队的演出，吃一顿饺子几样炒菜，蒙头大睡——当知青时，过春节的第一大享受对于我来说，不是别的，是可以足足地补几天觉……

上大学的第一个春节是在上海市虹桥医院的肝炎隔离病房度过的……

第二个第三个春节都没探家，全班只剩我一个学生在校……

在北影工作十年，只记住一个春节——带三四岁的儿子绕到宿舍楼后去放烟花。儿子曾对我说，那是他最温馨的回忆，所以那也是我关于春节的最温馨的回忆之一……

在儿童电影制片厂十余年，我头脑中没保留下什么关于春节的特殊印象。只记得头几年的大年三十晚上，和老厂长于蓝同志相约了，带上水果、糖、瓜子、花生之类，去看门卫战士们——当年的他们，都调离了。如今老厂长于蓝已退休，我也不再担任什么职务，好传统也就没继承下来……

怎么的？大半截人生啊！整整五十年啊！五十个春节，头脑中就保留下了一点点支离破碎的记忆么？

是的。真的！就保留下了这么一点点支离破碎的记忆。

虽然是支离破碎的记忆，但除了一九六八年的春节以外，却又似乎每忆起来，都是那么的温馨。那一年的春节，我实际上等于初二或初三后就没在自己家，在周翔家当佣人来着……

如今我们中国人过春节的内容更丰富了。利用春节假期进行旅游，以至于“游”到国外去，早已不是什么新潮流了。亲朋好友的相互拜年迎来送往，也差不多基本上被电话祝福所代替了。人们越来越希望，能在节假日期间留给自己和家庭更多的“自控时段”，以享受家庭生活的温馨。改革开放使一部分中国人富了起来，使大部分中国人的生活水平居住水平明显提高，春节之内容的物质质量也空前提高——吃饺子已不再是春节传统的“经典内容”。如果统计一下定会发现，在城市，春节期间包饺子的人比从前少多了。而在二十世纪九十年代以前，谁家春节没包饺子，那可能是因为发生了冲淡节日心情的不幸。而现在则是因为——几乎每一个小店平日都有速冻饺子卖，吃饺子像吃方便面一样是寻常事了。尽管有不少“下岗”者，但祥林嫂那种在春节无家可归冻死街头的悲剧，毕竟是少有所闻了……

我们中国人过春节的内容和方式，分明正变化着。在乡村，传统的习俗仍被加以珍惜，可以说在不同程度上被保留着。在城市，春节的传统习俗，正受到日新月异的现代生活方式和生活质量的冲击，甚至已经发生了彻底的变化……

依我想来，我们中国人大可不必为春节传统内容的瓦解而感伤，从某种角度看，不妨也认为是生活观念的解放……

只要春节还放一年中最长的节假，春节就永远是我们中国人“总把新桃换旧符”的春节。毕竟，亲情是春节最高质量的标志。亲情是在我们内心里的，不是写在日历上的。

一个人，只要是中国人，无论他或她多么了不起、多么有作为，一旦到了晚年，一旦陷入对往事的回忆，春节必定会伴着流逝的心情带给自己某些欲说还休的惆怅。因为春节是温馨的，是欢悦的。那惆怅即使绵绵，亦必包含着温馨，包含着欢悦啊！……

哪怕仅仅为了我们以后回忆的滋味是美好的，让我们过好每一次春节吧！

我以为，事实上若我们能对春节保持一份“平平淡淡才是真”的好心情，那么，我们中国人的每一次春节，便都会是自己人生中难忘的回忆。

我和橘皮的往事

多少年过去了，那张清瘦而严厉的、戴六百度黑边近视眼镜的女人的脸，仍时时浮现在我眼前，她就是我小学四年级的班主任老师。想起她，也就使我想起了一些关于橘皮的往事……

其实，校办工厂并非是今天的新事物。当年我的小学母校就有校办工厂，不过规模很小罢了——专从民间收集橘皮，烘干了，碾成粉，送到药厂去，所得加工费，用以补充学校的教学经费。

有一天，轮到我和我们班的几名同学，去那小厂房里义务劳动。一名同学问指派我们干活的师傅，橘皮究竟可以治哪几种病？师傅就告诉我们，可以治什么病，还告诉我们橘皮尤其对平喘和减缓支气管炎有良效。

我听了暗暗记在心里。我的母亲，每年冬季都为支气管炎所苦，经常喘作一团，憋红了脸，透不过气来。可是家里穷，母亲舍不得花钱买药，就那么一冬季又一冬季地忍受着，一冬季比一冬季气喘得厉害。看着母亲喘作一团，憋红了脸而又透不过气来的痛苦样子，我和弟弟妹妹每每心里难受得想哭。我暗想，一麻袋又一麻袋，这么多橘皮，我何不替母亲带回家一点儿呢？……

当天，我往兜里偷偷揣了几片干橘皮。

以后，每次义务劳动，我都往兜里偷偷揣几片干橘皮。

母亲喝了一阵子干橘皮泡的水，剧烈喘息的时候，分明地减少了，起码我觉着是那样。我内心里的高兴，真是没法儿形容。母亲自然问过我——从哪儿弄的干橘皮？我撒谎，骗母亲，说是校办工厂的师傅送的。母亲就抚摸我的头，用微笑表达她对一个儿子的孝心所感受到的那一份儿欣慰。那乃是穷孩子的母亲最由衷的也是最大的欣慰啊！……

不料想，由于一名同学的告发，我成了一个小偷，一个贼。先是在全班同学眼里成了一个小偷，一个贼，后来是在全校同学眼里成了一个小偷，一个贼。

那是特殊的年代。哪怕小到一块橡皮，半截铅笔，只要一旦和“偷”字连起来，也足以构成一个孩子从此无法刷洗掉的耻辱，也足以使一个孩子从此永无自尊可言。每每地，在大人们互相攻讦之时，你会听到这样的话——“你自小就是贼！”——那贼的罪名，却往往仅由于一块橡皮，半截铅笔。那贼的罪名，甚至足以使一个人背负终生。即使往后别人忘了，不再提起了，在他或她内心里，也是铭刻下了。这一种刻痕，往往扭曲了一个人的一生，改变了一个人的一生，毁灭了一个人的一生……

在学校的操场上，我被迫当众承认自己偷了几次橘皮，当众承认自己是贼。当众，便是当着全校同学的面啊！……

于是我在班级里，不再是任何一个同学的同学，而是一个贼。于是我在学校里，仿佛已经不再是一名学生；而仅仅是，无可争议的是一个贼，一个小偷了。

我觉得，连我上课举手回答问题，老师似乎都佯装不见，目光故意从我身上一扫而过。我不再有学友了。我处于可怕的孤立之中。我不敢对母亲讲我在学校的遭遇和处境，怕母亲为我而悲伤……当时我的班主任老师，也就是那一位清瘦而严厉的、戴六百度黑边近视眼镜的中年女教师，正休产假。之后在她重新给我们上第一堂课的时候，就觉察出了我的异常处境。放学后她把我叫到了僻静处，而不是教员室里，问我究竟做了什么不光彩的事。我“哇”的一声哭了……第二天，她在上课之前说：“首先我要讲讲梁绍生（我当年的本名）和橘皮的事。他不是小偷，不是贼。是我嘱咐他在义务劳动时，别忘了为老师带一点儿橘皮。老师需要橘皮掺进别的中药治病。你们再认为他是小偷、是贼，那么也把老师看成是小偷、是贼吧！……”

第三天，当全校同学做课间操时，大喇叭里传出了她的声音，说的是她在课堂上所说的那番话……从此我又是同学的同学，学校的学生，而不再是小偷不再是贼了。从此我不想死了……我的班主任老师，她以前对我从不曾偏爱过，以后也不曾。在她眼里，以前和以后，我都只不过是她的四十几名学生中的一个，最普通的最寻常的一个……

但是，从此，在我心目中，她不再是一位普通的老师了，尽管依然像以前那么严厉，依然戴六百度黑边近视眼镜……

在“文革”中，那时我已是中学生了，没给任何一位老师贴过大字报。我常想，这也许和我永远忘不了我的这位小学班主任老师有某种关系。没有她，我不太可能成为作家。也许我的人生轨迹将彻底地被扭曲、改变，也许我真的会变成一个贼，以我的堕落报复社会。也许，我早已自杀了……

以后我受过许多险恶的伤害，但她使我永远相信，生活中不只有坏人，像她那样的好人是确实存在的……因此我应永远保持对生活的真诚热爱！

真话的尴尬处境

人生下来，渐渐地学会了说话，渐渐地也学会了说假话。之所以说假话，乃因说真话往往会弄得自己很尴尬，弄得对方也很尴尬，甚至会弄得对方很恼怒，于是也就弄得自己很被动，很不幸……

相传，清朝光绪年间，有一抚台大人微服私访，在路上碰到一个卖油条的孩子，便问："你们抚台大人好不好？"孩子说："他是瘟官！"抚台大人一听极怒，却克制着，不动声色。回府后，命衙役把孩子捉去，痛打了几十板子……

后来这孩子长大了，按俗常的眼光看还颇有出息（他能颇有出息，实在得感激说真话的那一次深刻教训）。某次大臣找他谈话——大臣："你看这篇文章写得怎么样？"他说："我认为是好的。"大臣摇了摇头。"我是说，从某种意义上讲是好的。"大臣摇头。

"我说的'从某种意义上讲'，是针对……"

大臣摇头。

"确切地说这篇文章有些逻辑混乱。"

大臣摇头。

"总而言之，这是一篇表面读起来是好的，而本质上很糟糕，简直可以说是很坏的文章！"他以权威的口吻作出了最后的权威性结论。其实大臣摇头是因为感到衣领很别扭，然而大臣对他的意见十分满意，于是大臣在国王面前说了他不少好话。一天国王将他召去，对他说："读一读这首诗，告诉我，你过去是否读到过这样文理不通的歪诗？"

他读后对国王说："陛下，你判断任何事物都独具慧眼，这诗确是我所见过的诗中最拙劣最可笑的。"

国王问："这首诗的作者自命不凡，对不对？"

他说："尊敬的陛下，没有比这更恰当的评语了！"

国王说："但这首诗是我写的……"

"是么？……"

他心头掠过一阵大的不安，随即勉强镇定下来，双手装模作样地浑身上下摸了个遍，虔诚地又说："尊敬的陛下，您有所不知，我的眼睛高度近视，刚才看您的诗时又没戴眼镜。能否允许我戴上眼镜重读一遍？"

国王矜持地点了点头……

他戴上眼镜重读后，以一种崇拜之至的口吻说："噢，尊敬的陛下，如果这样的诗还不是天才写的，那么怎样的诗才算天才写的呢？……"

国王笑了，望着他说："以后，你得出正确的结论之前，不要忘了戴上眼镜！"

我将这三个故事"剪辑"或曰拼凑到一起，绝不怀有半点暗讽什么的企图，只不过想指出——说假话的技巧一旦被某些人当成经验，真话的意义便死亡了。真话像一切有生命的东西一样，是需要适合的"生存环境"的。倘没有这一"生存环境"为前提，说真话的人则显得愚不可及，而说假话则必显得聪明可爱了。如此的话，即使社会的良知和文明一再呼吁、要求、鼓励说真话，真话也会像埋入深土不能发芽的种子一样沉默着，而假话却能处处招摇过市畅行无阻。

深圳随想

有“野心”的深圳人

我虽没有长住过深圳，却也接触了不少深圳人，感觉他们大多都是有点“野心”的。

我将“野心”这个词用引号括上，意在强调含有赞赏，不带贬斥。

“野心”这个词，按照《现代汉语词典》的权威性解释，是指——对领土、权力或名利的巨大而非分的欲望。

但是，细细一想，不会有哪个人是为了占有一片领土而成为深圳人的。中华人民共和国土地法早已宣告得清清楚楚，祖国每一平方米土地，其归属权都是归国家和集体所有的。即便你是亿万富翁，你也只能在二三十年内，最长六七十年内，用金钱买下一小片土地的使用权。所以，可肯定地说，怀着占有领土的“巨大而非分的欲望”成为深圳人的人，不是疯子，就是傻瓜。“炒土地”者们的本质动机和最终目的，并非是企图占有它，而只不过是企图在“炒”它的过程中赚取金钱。

为了权力成为深圳人的人，我想也不是太多。因为仅就权力舞台而言，深圳毕竟太小了。太小的深圳的权力舞台，怎能满足对它怀有“巨大而非分的欲望”之人的心理呢？除非是在别的权力大舞台上失意又落魄，才会转移向一个权力小舞台寻求安慰。何况，深圳从一开始便确定了向商业城市（包括高科技与市场经济接轨的战略方针）发展的蓝图。而商业城市的特征之一，便是政治权力保障并服务于商业的规律。在一个商业时代典型的商业城市，第一位的骄子是成功的经商者，第二位才是从政者。一个对于政治权力怀有“巨大而非分的欲望”之人，在深圳怕是找不到什么良好感觉的了！

为了名到深圳去的人大概也是不多的。想来想去，除了歌星们，还会有谁呢？他或她，也不过是将深圳当成较理想的演习场或集训营。积累了经验，提高了素质，便会从深圳这块跳板纵身一跳，跳往北京的……

更多更多的人，之所以从全国各地奔赴深圳，主要是为了一个“利”字吧？

古人云：“天下熙熙，皆为利来；天下攘攘，皆为利往。”

这个“利”字，我强调的，并非它的商业内涵的一面，而是它社会学内涵的一面。

人既然生活在社会中，那么谁都是一个社会人。一个社会人，不可能不考虑自身利益。它包括——保障一种相对体面的物质生活的收入，选择能发挥自己某项专长或才智的职业的充分自由，参与公平竞争的激情和冲动，便于实现自我价值的社会环境……

我想，肯定的，更多更多的人，是被这样的一个社会学内涵方面的“利”字而驱动而吸引，才由别处的人毅然决然地“变”成为深圳人的吧？

如果，这样的一个社会学内涵方面的“利”字，是可以不太确切地用“野心”这个词来谈论的话，那么具有这一种“野心”，对当代中国人而言，实在是值得欣喜的事呢。尤其是对于当代青年人而言，倘连这么一点儿起码的“野心”都没有，那又实在不是一个国家一个民族一个时代的幸事。对一个国家一个民族一个时代而言，如果它的大多数人，尤其它的大多数青年人，皆能有相对实现以上那么一种“野心”，它将必是安定昌盛、高速发展的，前途也将是美好光明的。

在我看来，深圳是中国第一座典型的“移民城”。也许，它还是全国青年人最多的城市和知识结构最高的城市。尤其后两点，和深圳的年轻，和深圳的现代观念为主体观念，是很匹配的，可以说相得益彰。无论是他们选择了深圳，还是深圳选择了他们。

二十世纪八十年代初，我的一位大学同学，在宁夏颇有名气的一位作家，曾打算调往深圳。后来由于种种愿望以外的因素，至今没有去成，什么时候谈起来什么时候遗憾得不行……

我的另一位大学同学，贵州人民出版社的编辑部副主任，也曾因打算调往深圳，来寻求我帮助，后来也是由于种种愿望以外的因素没去成，却至今“贼心不死”……

而我自己，一九八八年底从北影调到童影后，伴随着住房窘况大大改观，才最终灭了由北京人变成深圳人的念头。否则，尽管我觉得我与深圳缺少缘分，但也可以划归为“贼心不死”者中去。可见，曾想要去深圳成为深圳人的人，比已经去了深圳成为深圳人的人，少不了许多吧？

我曾应邀到渤海油田讲过文学创作课，结识了那个地方的一批男女青年文学爱好者。某天我收到一封从深圳寄来的信，困惑地打开一看，是其中一位女孩写来的，告诉我她已经调往深圳了。而且，是因为陪她父亲旅游到深圳，一下子就被深圳吸引住了。用她的话说，是因为在深圳“我找到了某种感觉，某种缘分”，于是坐地就成了深圳人。去时是父女俩，回渤海是她父亲一个人。她老父亲也特理解她，支持她，“自告奋勇”承担了回原单位替她办理辞职手续的义务。她那封信，字里行间，充满了洋洋自得的人生信心，仿佛待嫁闺中的女孩，忽一日红鸾星惊，相中了一位“白马王子”或被“白马王子”相中似的……

一位包头的文学青年，某天也出我意外地从深圳打来电话，说已受聘于深圳某一公司矣，也说找到了“某种感觉”“某种缘分”。先是，他的一位同学去了深圳，受公司委派，回包头办子公司，将他从单位硬“挖”了出来。后来深圳方面派员去包头考察，发现他那位同学志大才疏，不善经营管理，将他那位同学“炒”了鱿鱼，宣布解体了子公司。同时在与他的几次接触中，发现他倒挺有能力，问他愿不愿到深圳谋求自身“发展”。他自是喜出望外，于是跟随到了深圳……

我问：“干得顺心么？”

答曰：“我已经从那一家公司‘跳槽’，换了一家公司干了。”

我替他忧患地说：“那么，是在第一家公司干得并不太顺心了？”

他在电话里笑了，说：“你别替我操心。我在第一家公司干得也很不错，但第二家公司的待遇更高些。人往高处走嘛！在深圳工作变动是寻常事儿！”

有一年，我在南京签名售书，遇到了我的一位“兵团战友”。他竟也装模作样排队买我的书。

他说他已不是哈尔滨人了。我问：调到南京了？

他说：调到深圳了。我一怔，忙问他“感觉”如何？他对我莫测高深地一笑，说：“人挪活，树挪死。起码我觉得——我挪活了！”

签名售书活动的第二站是西安，又遇到了我的一位中学老师排队买我的书。二十多年不见，她白了头发。我毕恭毕敬地站起，问老师近况怎样？老师说她已退休了，已调到深圳了，受聘于女儿和女婿的单位，当一名老业务员。我奇怪，问老师：“深圳也欢迎您这般年纪的人么？”老师一笑，说：“深圳那地方，不以年龄和资格论人，看重的是实际工作能力。我也没承想我自己教了一辈子书，一朝下海，居然还能扑腾几下子！”

一不留神，你生活的周围，总会有一两个你熟悉的人，说变就变成深圳人了。一旦他们变成了深圳人，给我的印象是，仿佛都年轻了几岁，都对人生增添了几分自信和乐观，都自我感觉好起来了似的……

许多中国人碰到一起，总不免首先抱怨一通自己的工作单位，接着抱怨自己生活的那座城市，那个省份，进而抱怨整个中国。那么多人倍感自己怀才不遇，倍感自己的才智和能力受到压抑，倍感活得窝囊活得委屈……

据我想来，他们的抱怨，也许不无各自的理由和根据。

然而，深圳人一般却不这样。他们很少抱怨深圳。也许是因为他们自己当初乐于去的吧？可又分明不完全是，分明还是一种“深圳人”共有的大家都恪守的什么原则似的……

我不信去了深圳的人，没有人仍觉得怀才不遇。没有人仍觉得才智和能力受到了限制和压抑。没有人仍觉得与他人比起来活得窝囊活得委屈活得累……但真的，我所接触的深圳人，一般都不抱怨。在今天，与普通的中国人比较，这一点尤其显得难能可贵。他们的不抱怨，似乎都在向人表明着他们自己的另一种自尊和自信……仿佛，深圳像一种学校，它教育出着另一种当代中国人……

很远的深圳

有些朋友知道，我曾去过深圳一次。目前为止，仅仅一次。

这些朋友却不知道，我曾很想调往深圳。最终彻底打消念头，原因之一是——深圳对我这个北方人来说，似乎太远了，远到不止是南方，简直就像是“国”外，就像我们的香港或澳门；原因之二——恰恰是，由于我到过深圳一次。

先说第一个原因。我出生在哈尔滨——直至下乡前，没离开过它。如今，我的老母亲和两个弟弟一个妹妹，都在哈尔滨。弟弟妹妹都已成家，老母亲轮流和他们生活在一起。哈尔滨还有我诸多的同学和“兵团战友”。亲情加上友情，据我想来，便该是所谓家乡观念或曰家乡情结的最主要内涵了吧？无论世人对此如何评说，我们这一代人的一个“代”的特征，正是家乡观念或曰家乡情结的依重难以解脱。我甚至进一步认为，这是贫穷在我和我的大多数同代人心理上和情感林圃中投下的阴影。父母辈在贫穷年代为我们付出的实在太多了，可谓含辛茹苦。我们总希望生活在他们周围，起码是生活在离他们不算太远的地方，以图能够更经常地尽我们作儿女的义务和拳拳孝心。

一九七七年，我从复旦大学毕业之际，有三个分配选择——哈尔滨、北京、上海。我毫不犹豫地填了去哈尔滨的志愿。我坚决表示不同意留在上海。一些阴错阳差的因素，使我成了北京人。这在当时对我而言，是离家乡离父母和弟弟妹妹，离亲情和友情最近的选择了。说来人们也许不信，尽管北京到哈尔滨，只需坐十七八个小时火车，可十四五年内，我不过只回去了七八次。几乎两年才回去一次。足见对一个太依重家乡观念的人，远或近，有时似乎更是一种心理距离……

我是在一九八六年去深圳的。当时到广州花城出版社改稿。改毕，编辑部主任陈大姐和我的责编——一位典型的广州姑娘陪我去深圳。到深圳时已是下午，在市内转了转，第二天去了沙头角，天黑才回到深圳，第三天一早便离开了。所以在我的印象中，仿佛去的更是沙头角，只不过途经了深圳似的。

我只用了一个小时就在沙头角走了个来回，与陈大姐她们走散了。在沙头角买了三个芒果吃，再什么也没买。我既不觉得那条小街的东西真的有多么便宜，也不觉得有什么东西格外吸引我、能勾起我买的冲动，甚至竟有点儿后悔——对于一个极其缺乏购买热忱和欲望的人，要在那么一条小街上消磨掉整整一个下午的时间，仅仅靠闲适的心情是不够的。于是我在那条小街中方这一侧的一个电影院——唯一的一个电影院，看了两场电影。第一场是《金镖黄天霸》，第二场还是《金镖黄天霸》，都是我们北京电影制片厂拍的（当时我仍在北影）……

在深圳短短的时间里，我抽空儿拜访了一位从家乡调到深圳美术馆的画家。在哈尔滨，他一家四口住两间阁楼。而在深圳，他住四室一厅。住址环境相当优美，附近有集市，买什么都相当方便——尤其海味和副食、蔬菜，在我看来，丰富极了。价格也并不比北京贵多少。当然，最令我心向往之的，是友人的居住面积，大约近一百平米——对他而言，在哈尔滨是不可企及的，恐怕只能是幻想；对我而言，在北京也是不可企及的，恐怕也只能是幻想——当时我在北影，只住十三平米的一间筒子楼。

我非常坦率地承认，我几次萌发调往深圳的念头，主要是幻想能住上宽敞的房子。我是一个从小在低矮的泥土房中长大的人。宽敞的房子，对我来说，直至一九八六年，一直是个美丽的梦。

深圳给我留下的印象很新、很现代，也很深刻。它新得好像没有一条老街陋巷，没有像门牙缺洞一样的胡同，没有南方所谓“棚户区”或北京所谓“危房区”。这大概也是令许许多多人心向往之的吧？对我而言，它现代，是指在那么有限的还不如北京半个区大的范围内，耸立着那么多高楼大厦，而且外观又都那么新颖。北京就当年可能也还没有盖起那么多。盖起了的也很分散……

但是，我觉得，深圳当年新得还谈不上有任何意义的历史，也还没有形成起码的文化氛围。单讲文娱吧，仿佛除了电影、刚刚出现的录像厅，就再谈不上其他了……

当年我竟没找到一家书店，只偶然地见到了一个书摊。书摊上只有花花绿绿的刊物，而没有一册文学刊物，没有一本文学书……哦，对了，也不能说没有一本文学书，有从香港贩入的《金瓶梅》，也是洁本。还有几种字典，包括英汉字典……

我当时想，看来深圳不适合我。尽管我丝毫也不怀疑，如果我投入它的怀抱，它肯定也会回赠我较好的居住条件。

我常反省，作家是些古怪的人或曰是些很有毛病的人。作家所选择的生存地，历史太悠久了，不见得是好事。悠久的历史会将作家的思想压扁，压得变形。但完全没有历史似乎也不行，会使作家感到思想和观念仿佛一只无锚的船，轻飘无所定位。文化氛围太浓厚了不好，那样子文学就将被大文化淹没了。而完全没有文化氛围似乎也不行，因为那样子作家会感到寂寞，感到窒息。作家的创作激情，有时是要靠文学的氛围去激励和鞭策的……

当年我主要的患得患失的思想，便是这些。

我离开深圳时，心里默默对自己、也是对它说——别了深圳，看来我们没有缘分……

我内心里竟不免地有几分感伤——好比离开的是一位姑娘，她有令我动心之处，但是，她似乎不适合做我的终生伴侣，我们结不成婚——一往情深，凭着一股冲动结婚，我看不到我人生乐观的前景……

有文化的深圳人

令我惊讶的是——深圳的文化和深圳的经济，几乎是在以同一种速度同步发展的。如果说它十几年前是一个海边小村的时候，并没有什么所谓文化环境可言，那么伴随着它的经济发展，它的文化的骨骼也已经开始形成，这与许多经济高速发展的地区和国家的情况恰恰相反，几乎可以认为这一事实带有某种奇迹性。我想，这可能主要是因为——深圳拥有相当一大批有文化的深圳人吧？

真的，我所结识的深圳人中，十之八九是受过高等教育的，有些甚至是毕业于名牌大学的硕士或博士。

一九八六年我到深圳之前，那时全国掀起了一股仅次于“出国热”的“闯深圳热”。那时对于一批中青年知识分子而言，深圳还是一个令他们望而却步的地方——尽管它已经变得相当“热闹”，但那一种“热闹”，似乎更是另外一批人营造的。

哪些人呢？——雄心勃勃的个体户，“打一枪换一个地方”的时代淘金者，在社会竞争中被挤没了位置的落魄者，生活遭际中的受挫者、失意者……

“在深圳开饭馆，比在全国任何一座城市开饭馆的税收都低！只有白痴在那儿开饭馆才会赔……”

“在深圳，连农村女孩儿都可以找到一份工作，每月也能挣不少钱，何况我们，膀大力不亏的！……”

“是我妻子的女人我不爱她，我爱的女人又和我结不成婚，感情疲软了，只能远远地离开我生活的那座城市……”

“孩子没考上大学，沮丧得要命。一时心血来潮，非要到深圳去撞撞运气。去就去吧，也许有什么好运气正在那儿向他招手呐……”

有许多人曾到我家里跟我商议过，希望倾听我的坦率的看法，希望我支持他们的决定和选择。驱使他们作出决定的动机往往那么简单，简单得常常令我为难，不知究竟是该支持他们还是该劝阻他们……

不管我支持或劝阻，他们当年是都去了。但有的人很快又回来了，既没在深圳实现什么个人愿望，也没在深圳获得什么心理安慰。有的后来在深圳奇迹般地发了大财，摇身一变成了大款。有的后来在深圳亏了血本，前功尽弃，从此变成一蹶不振……

而最近几年，情形则大不相同了。到我家来跟我商议他们的决定的人，更多的是大学毕业生，或者大学毕业已经工作了多年的。他们不再是一些落魄者和失意者。他们中相当一部分人，甚至有着令别人羡慕的成就或职业。他们宁愿放弃已经谋取到的人生利益而义无反顾地去深圳……

这是一批有文化有更高层次的人生追求的人。我想说，正是他们，使深圳这一座城市，在短短的时间就形成了它的文化的骨骼。

有知识分子的地方，便有知识的需求，便有文化的需求。世人往往将“文化”和“娱乐”这两个概念根本不同甚至可以说截然相反的词，连在一起说成“文化娱乐”。此中其实包含着一种荒唐。须知没有知识分子的地方，便可能只有娱乐，没有文化。知识分子极少的地方，极有限的文化需求，便可能被大面积的娱乐需求所覆盖、所吞没。只有在知识分子从数量上占有了不可忽视的存在的时候，文化才会同时有了立足之地。

一九八六年我去过深圳那次以后，凡有深圳人到我家，我总是问：“深圳现在有了书店没有？”

如今深圳电视台已经推出了几部在全国反应较好的电视剧或专题片……

如今深圳影业公司已被列为全国十六家有独立拍片资格的电影厂家之一……

如今深圳有了它的刊物和报纸，它们正在进一步向全国报刊业证明着它们的存在……

至于书店，据深圳的朋友们告诉我，不但已经有了，而且售书环境还不错，书的品种还不少。又据说——在内地某些城市行情不那么看好的科技书，纯业务性质的书，在深圳似乎尤受欢迎……

我想说，深圳的文化骨骼的形成，将在以后的若干年中，更加验证这样一个事实，那就是——深圳正处在它的主人们的更替阶段，并将以很“现代”的时间概念，加速这一过渡阶段的完成。

我不知道前几批到深圳的人们，我指的是他们中某些文化素质先天不足，仅仅靠当初的冒险的勇气，或者靠金钱投机的运气和手段发了横财，成了“大款”的人们是否开始意识到了这样一种威胁？——深圳未来的主人，最终将不可能是他们中的大多数，而是后来者中的大多数。深圳未来的主人，将最终从总体上属于有文化的深圳人，属于在不断扩大的深圳知识分子队伍。原始积累的时期，在短短的十年内，已经宣告差不多该结束了。它以后的历史，该由科学加文化的大笔来书写了。单有文化的历史，而没有经济发展的腾飞伴舞，无论对一个国家一个民族乃至一座城市而言，其实是可悲的。单有经济发展的腾飞，而没有文化的陪衬，无论对一个国家一个民族乃至一座城市而言，也同样是可悲的。“大款”们的钱不能自行地变成文化，这是他们自身的悲哀。如果金钱使当代人的生活变成了极其简单的两种内容——占有它和消费它，尤其是以贪婪的方式占有它并以穷奢极欲的方式挥霍它的时候，连“大款”们自己都会对现实生活产生沮丧和厌倦的。有文化的深圳人接下来对深圳的历史使命，毫无疑问地，也包括着将“大款”们从他们迟早会感到厌倦的生活态势中拖出来，并将影响他们，教会他们如何更文明地支配他们的金钱，做对深圳的将来有益也对改变他们自身生活态势有益的事。如果他们拒绝，那么，他们只不过会变成深圳原始积累时期遗存下来的一小批活化石而已，等待他们的只有一个结局——在消费他们的金钱的日子里自生自灭……

时至今日，到我家里来的形形色色的人们，仍常常和我谈他们的念头——“我想到深圳去！……”对于他们，支持抑或劝阻，我比以前明确多了。文化层次较高，有专业专长者，我往往热忱地支持他们去，甚至为他们尽一些联系和介绍的义务……文化层次较低，又没有什么专业专长者，我往往劝阻他们去，甚至不惜时间讲清我的道理……因为，深圳已经不再是十年前的深圳，已不再是某些人们想象的那样——是一个经济原始积累时期的大市场……它仿佛已在向世人发出它的忠告——文化和才能，你拥有什么？请思考好了再来。如果你二者一无所有，那么你将难以长久成为一个有为的深圳人……

进一步深化改革，人们眼盯着深圳，期待深圳拿出什么称得上是“新思路大手笔”的举措……反腐败，人们眼盯着深圳，期待深圳给中国人一个无话可说的说法……整顿金融秩序，整顿房地产市场，整顿开发区投资环境，人们眼盯着深圳，有人巴望从深圳曝光什么大丑闻或大黑幕，没有发生便怀疑这世界太不真实；有人暗暗担忧深圳能不能经受得住一次又一次“洗礼”，担忧这面世人瞩目的改革开放的南方旗帜，还能不能继续飘扬招展下去？还能举多久？举多高？……

打开电视，几乎每一天都有为深圳各行各业制作的广告和关于深圳的新闻或专题报道……翻开报纸，几乎每一天都有关于深圳的内容……深圳，在它形成一座城市不久，便似乎命中注定它是一座大有争议的城市了——现在依然是；将来一个时期内，我看也必然是。争议已从官方蔓延至老百姓的心里了。我经常听到类似这样的对话——“为什么不能像深圳那样……”“像深圳那样？！……”即使我自己，观念也由深圳的影响变得相当的矛盾，相当的分裂。有时我主张或赞同什么，往往会说：“深圳便是那样的！”有时我抵触或反对什么，也往往会说：“能像深圳那样么？！”

深圳的种种信息种种举措种种现象使许多国人忧患，也使许多国人鼓舞；使许多国人迷惘困惑，也使许多国人心潮亢奋；使许多国人仿佛看到了中国的沮丧的明天，也使许多国人仿佛看到了中国的乐观的前景……

深圳，这座有争议的城市，就是这样子，耸立在大多数的中国人的视野内了。它传播着种种关于它的信息。这些信息经常地，有时甚至是很猛烈地影响着许多国人的观念，冲击着许多国人的观念，改变着许多国人的观念，更新着许多国人的观念。深圳似乎毫不在乎国人对它的争议，似乎还因此而自豪，如同一首流行歌曲所唱——“不管别人怎么说，我要做出自己的选择”。非但如此，并且它依然故我，经常制造出某些别出心裁的、惹得传媒界追踪报道的“热门话题”，比如在一九九三年十月份内很是热了一阵的“文稿竞价”活动。

说来最初我还是这次活动的“监事”呐。我允诺作“监事”，是很虔诚的。我想，这是一次典型的“深圳式”的做法。这做法未必不值得尝试。成功了，也给书刊市场提供了一条有益的经验，而中国各方面的事情，需要的便是可贵的经验，缺少的便是可贵的经验。

后来我和几位作家又辞去了“监事”的角色。决定辞去之前我也是很认真地想了一下的。这次活动是可以那样“操作”的么？我困惑了，觉得它变了，和我预先想象的初衷偏离了……

其实呢，也许并没变。也许一开始举办者的初衷便是那样的。也许一开始我预先想象的初衷，便是太典型太传统的“北京文人”的思维方式的产物……

典型的“北京文人”的思维，与典型的“深圳式”的活动当然合不上拍了。

我很“传统”么？古今中外，许多文人活着时拍卖过自己的文稿。要不怎么叫文人是“卖文为生”之人呢？证明我并不代表着“传统”。

典型的“深圳式”的活动太“现代”了么？精神产品之版权的拍卖，似乎也不是一件谈得上“现代”到哪儿去的事啊……

这是我个人之观念和所谓“深圳”观念的第一次直接碰撞，也导致了我自己已然变化了的那一部分观念和仍固守着的那一部分观念的碰撞……

是的，正是观念这种东西，它跨越了空间，使我觉得深圳变得离我由远而近了。观念，这是最能够在同一空间里并置的东西，也是最足以消解所谓“历史感”的东西。在今后的时代里，它的存在方式，可能也是最“后现代主义”的存在方式吧？

而深圳的今天已然有了自己的历史。如果不算它的“史前史”，它已然有了十年多一点儿的历史。正是从这十年多一点儿的历史中，派生出种种典型的“深圳”观念。这有时是意会胜于言传的，好比我们说一个上海人“太上海人”了，就能领悟许多言语之外的含意一样。当然，这里我绝没有暗讽“深圳”观念的意思，也没有对上海人不敬的意思，仅只是举个例子罢了……

对于一座城市，十年多一点儿的时间，就可称之为“历史”了么？

又使我想起了毛泽东的著名诗句——“多少事，从来急，天地转，光阴迫，一万年太久，只争朝夕！”

是的，也许“历史”这个词，对我们的后代人而言，将是一个大大压缩了的时间概念吧？细想想，我们每个人或许只能活上七八十年，我们干嘛要臣服于悠久的历史呢？日新月异，十年一史，这对我们现代人分明只有好处，绝无坏处。

深圳又是以它大大压缩了的历史，使它离我和许多世人变得近了，更近了，近得仿佛它是一个人，我们感觉到它的呼吸，嗅到它的体味儿，不管你是否像我一样，只去过一次，抑或根本还没有去过……

我看我们这一代

Chapter 4

阅读一颗心

我深深地感动于一颗作家的心，

对人道原则终生不变地恪守。

我的感动，

使我不因雨果在这一点上

有时过分不遗余力的理想主义激情而臧否于他。

我与文学

我对文学的理解，以及我的写作，当然和许多人一样，曾受古今中外不少作品和作家的影响，影响确乎发生在我少年、青年和中年各个阶段——或持久，或短暂，却没有古今中外任何一位作家的文学理念和他们的作品一直影响着我。而我自己的文学观也在不断变化……

一

童年时期主要是母亲以讲故事的方式，向我灌输了某些戏剧化的大众文学内容，如《钓金龟》《铡美案》《乌盆记》《窦娥冤》《柳毅传书》《赵氏孤儿》《一捧雪》等……

那些故事的主题，无非体现着民间的善恶观点和“孝”“义”之诠释而已。母亲当年讲那些故事，目的绝然不是培养我们的文学爱好。她只不过是怕我们将来不孝，使她伤心；并怕我们将来被民间舆论斥为不义小人，使她蒙耻。民间舆论的方式，亦即现今所谓之口碑。东北人家，十之八九为外省流民落户扎根。哪里有流民生态，哪里便有“义”的崇尚。流民靠“义”字相互凝聚，也靠“义”字提升自己的品格地位。倘某某男人一旦被民间舆论斥为不义小人，那么他在品格上几乎就万古不复了。我童年时期，深感民间舆论对人的品格，尤其是对男人们的品格所进行的审判，是那么的权威，其公正性又似乎那么的不容置疑。故我小时候对“义”也是特别崇尚的。但流民文化所崇尚的“义”，其实只不过是“义气”，是水泊梁山和瓦岗寨兄弟般那一种

“义”，与正义往往有着质的区别，更非仁义。然而母亲所讲的那些故事，毕竟述自于传统戏剧，内容都是经过一代代戏剧家锤炼的，所传达的精神影响，也就多多少少地高于民间原则，比较地具有着文学美学的意义了。对于我，等于是母乳以外的另一种营养。

这就是为什么，我早期小说中的男人，尤其是那些男知青人物，大抵都是孝子，又大抵都特别义气的原因。我承认，在以上两点，我有按照我的标准美化我笔下人物的创作倾向。

在日常生活中，“义”字常使我临尴尬事，成尴尬人。比如我一中学同学，是哈市几乎家喻户晓的房地产老板。因涉嫌走私，忽一日遭通缉——夜里一点多，用手机在童影厂门外往我家里打电话。白天我已受到种种忠告，电话一响，便知是他打来的。

我至今困惑迷惘，不知一个头脑比我清醒的人，遇此事该取怎样的态度才是正确的态度？倘中学时代的亲密同学于落难之境急求一见而不见，结果虚惊一场，日后案情推翻（这种情况是常有的），我将有何面目复见斯人，复见斯人老母，复见斯人之兄弟姐妹？那中学时代深厚友情的质量，不是一下子就显出了它的脆薄性么？这难道不是日后注定会使我们双方沮丧之事么？

但，如果执行缉捕公务的对方不由分说，先关押我三个月五个月，甚或一年半载，甚至更长时间（我是为一个“义”字充分做好了这种心理准备的），我自身又会落入何境？

有了诸如此类的经历后，我对文学、戏剧、电影有了新的认识。那就是：凡在虚构中张扬的，便是在现实中缺失的，起码是使现实人尴尬的。此点古今中外皆然。因在现实中缺失而在虚构中张扬的，只不过是借文学、戏剧、电影等方式安慰人心的写法。这一功能是传统的功能，也是一般的功能。严格地讲，是非现实主义的，归为理想主义的写法或更正确，而且是那种照顾大众接受意向的浅显境界的理想主义写法。揭示那种种使现实人面临尴尬的社会制度的、文化背景的，以及人性困惑的真相的写法，才是现实主义的写法。回顾我早期的写作，虽自诩一直奉行现实主义，其实是在理想主义和现实主义之间左顾右盼，每每顾此失彼，像徘徊于两岸两片草地之间的那一头寓言中的驴。就中国文学史上呈现的状态而言，我认为，近代的现实主义文学，其暧昧性大于古代；现代大于近代；当代大于现代。原因不唯在当代主流文学理念的禁束，也由于我及我以上几代写作者根本就是在相当不真实的文化背景的影响之下成长起来的。它最良好开明时的状态也不过就是暧昧。故我们先天的写作基因是潜伏着暧昧的成分。即使我们产生了叛逆主流文学理念禁束的冲动，我们也难以有改变我们先天基因的能力。

自幼所接受的关于"义"的原则，在现实之中又逢困惑和尴尬。对于写作者，这是多么不良的滋扰。倘写作者对此类事是不敏感的，置于脑后便是了。偏偏我又是对此类事极为敏感的写作者。这一种有话要说不吐不快的冲动，于是每每变成难以抗拒的写作的冲动。而后一种冲动下快速产生的内容，自然不可能是什么文学，只不过是文字方式的社会发言而已……

我非是那类小时候便立志要当作家才成为作家的人。在我仅仅是一个爱听故事的孩子的年龄，我对作家这一种职业的理解是那么的单纯——用笔讲故事，并通过故事吸引别人感动别人的人。如果说这一种理解水平很低，那么我后来自认为对作家这一种职业似乎多了"成熟"的理解，实际上比我小时候的这种理解距离文学还要远些。因为讲故事的能力在新闻评论充分自由的国家和时代，可能使人成为好记者。反之，对于以文学写作为职业的人，也许是一种精力的浪费吧？如果我在二十余年的写作时间里，在千余万字的写作实践中，一直游弋于文学的海域，而不每每地被文字方式的社会发言的冲动所左右，我的文学意义上的收获，是否会比现在更值得自慰呢？

然而我并不特别地责怪自己。因为我明白，我之所以曾那样，即使大错特错了，也不完全是我的错。从事某些职业的人，在时代因素的影响下，往往会变得不太像从事那些职业的人。于今的我回顾自己走过的文学路，经常替自己感到遗憾和惋惜，甚至感到忧伤……

比较起来我还是更喜欢那个爱听故事的孩子年龄的我。作家对文学的理解也许确乎越单纯越好。单纯的理解才更能导我走上纯粹的路。而对于艺术范畴的一切职业，纯粹的路上才出纯粹的成果。

少年时期从小学四五年级起，我开始接触文学。不，那只能说是接近。

此处所言之文学，也只不过是文学的胚胎。家居的街区内，有三四处小人书铺。我在那些小人书铺里度过了许多惬意的时光，无论什么时候回忆起来都觉得幸福的时光。今人一般认为，所谓文学的摇篮，起码是高校的中文系，或文学系。但对我而言，当年那些小人书铺即是。小人书文字简洁明快，且可欣赏到有水平的甚至堪称一流的绘画。由于字数限制所难以传达的细致的文学成分，在小人书的情节性连贯绘画中，大抵会得以形象地表现。而这一点又往往胜过文学的描写。对于儿童和少年，小人书的美学营养是双重的。

小人书是我能咀嚼文学之前的“代乳品”。但凡是一家小人书铺，至少有五六百本小人书。对于少年，那也几乎可以说是古今中外包罗万象了。有些取材于当年翻译过来的外国当代作品，那样的一些小人书怕是以后的少年是根本看不到了。

比如《中锋在黎明前死去》——这是一本取材于美国当年的荒诞现实主义电影的小人书，讽刺资本对人性的霸道的侵略。它讲一名足球中锋，被一位资本家连同终生人身自由一次性买断，而“中锋”贱卖自己是为了给儿子治病。资本家还以同样的方式买断了一名美丽的芭蕾舞女演员，一头人猿，一位生物学家，以及另外一些他认为“特别”的具有“可持续性”商业价值的人。他企图通过生物学家的实验和研究，迫使所有那些被他买断了终生人身自由的“特别”人相互杂交，再杂交后代，“培植”出成批的他所希望看到的“另类”人，并推向世界市场。“中锋”与美丽的芭蕾舞女演员深深相爱了，而芭蕾舞女演员按照某项她当时不十分明白的合同条款，被资本家分配给人猿做“妻子”……

结局自然是悲惨的。美丽的芭蕾舞女演员被人猿撕碎；“中锋”掐死了资本家；生物学家疯了……

而“中锋”被判死刑。在黎明前，在一场世界锦标赛的海报业已贴得到处可见之后，“中锋”被推上了绞架……

这一部典型的美国好莱坞讽刺批判电影，是根据一部阿根廷五十年代的剧本改编的，其内容不但涉及资本膨胀的势力与在全世界都极为关注的“克隆”实验，在其内容中也有超前的想象。倘若滤去其内容中的社会立场所决定了的成分，仅从文学的一般规律性而言，我认为作者的虚构能力是出色的。这一本小人书给我留下极深的印象。

比如《前面是急转弯》——这是一部苏联时期的社会现实题材小说，问世后很快就被拍成了电影，并在中国放映过。但我没有机会看到它，我看到的是根据电影改编的小人书，讲述了这样一件事：踌躇满志事业有成的男人，连夜从外地驾车赶回莫斯科，渴望着与他漂亮的未婚妻度过甜蜜幸福的周末时光。途中他的车灯照见了一个卧在公路上的人。他下车看时，见那人全身浸在一片血泊中。那人被另一辆车撞了。撞那人的司机畏罪驾车逃遁了。那人还活着，还有救，哀求主人公将自己送到医院去。在公路的那一地点，已能望见莫斯科市区的灯光了。将不幸的人及时送到医院，只不过需要二十几分钟。主人公看着血泊中不幸的人却犹豫了。他暗想如果对方死在他的车上呢？那么他将受到司法机关的审问，那么他将不能与未婚妻共同度过甜蜜幸福的周末了。难道自己连夜从外地驾车赶回莫斯科，只不过是为了救眼前这个血泊中的人吗？他的车座椅套是才换的呀！那花了他不少的一笔钱呢！何况，没有第三者作证，如果他自己被怀疑是肇事司机呢？那么他的事业，他的地位，他的婚姻，他整个的人生……

在不幸的卧于血泊中的人苦苦的哀求之下，他一步步后退，跳上自己的车，绕开血泊加速开走了。

他确实与未婚妻度过了一个甜蜜幸福的周末。

他当然对谁都只字不提他在公路上遇到的事，包括他深深爱着的未婚妻。

然而他的车毕竟在公路上留下了车轮印，他还是被传讯并被收押了。

在审讯中，他力辩自己的清白无辜。为了证明他并没说谎，他如实“交代”了自己的真实想法……

当然，肇事司机最终还是被调查到了。

无罪的他获释了。

但他漂亮的未婚妻已不能再爱他。因为那姑娘根本无法接受这样一个事实——她不但爱而且尊敬的这个男人，竟会见死不救。非但见死不救，还在二十几分钟后与她饮着香槟谈笑风生、诙谐幽默，并紧接着和她亲热……

他的同事们也没法像以前那么对他友好了……

他无罪，但依然失去了许多……

这部电影据说在当年的苏联获得好评。在当年的中国，影院放映率却一点儿也不高。因为在当年的中国，救死扶伤的公德教育深入人心，可以说是蔚然成风。这部当年的苏联电影所反映的事件，似乎是当年的中国人很难理解的。正如许多中国人当年很难理解安娜·卡列尼娜为什么非离婚不可……

我承认，我还是挺欣赏苏联某些文学作品和电影中的道德影响力。

此刻，我伏案写到此处，头脑中一个大困惑忽然产生了——救死扶伤的公德教育（确切地说应该是人性和人道教育）在当年的中国确曾深入人心，确曾蔚然成风——但“文革”中灭绝人性和人道的残酷事件，不也是千般百种举不胜举么？为什么一个民族会从前一种事实一下子就转移到后一种事实了呢？

是前一种事实不真实吗？

我是从那个时代成长过来的。我感觉那个时代是真实的啊。

是后一种事实被夸张了吗？

我也是从后一个时代经历过来的。我感觉后一个时代确乎是可怕的时代啊。

我想，此转折中，我指的非是政治的而是人性的——肯定包含着某些规律性的至为深刻的原因。它究竟是什么，我以后要思考思考……

倘一名少年或少女手捧一本内容具有文学价值的小人书看着，无论他或她是在哪里看着，其情形都会立刻勾起我对自己少年时代看小人书度过的那些美好时光的回忆，并且，使我心中生出一片温馨的感动……

二

我至今保留着三十几本早年出版的小人书。

中学时代某些小人书里的故事深印在我头脑中，使我渴望看到那些故事在“大书”里是怎样的。我“不择手段”地满足自己对文学作品的阅读癖，也几乎是“不择手段”地积累自己的财富——书。

与我家一墙之隔的邻居姓卢。卢叔是个体收破烂的，经常收回旧书。我的财富往往来自他收破烂的手推车。我从中发现了《白蛇传》和《梁祝》的戏剧唱本，而且是新中国成立前的。一部破烂不堪的《聊斋志异》也曾使我欣喜若狂如获至宝。

《白蛇传》是我特别喜欢的文学故事。古今中外，美丽的、婉约的、缠绵于爱且为爱敢恨敢舍生忘死拔剑以拼的巨蛇只有一条，那就是白娘子白素贞。她为爱所受之苦难，使当时还是中学生的我那么地心疼她。我不怎么喜欢许仙。我觉得爱有时是值得超乎理性的。白娘子对许仙的爱便值得他超乎理性地守护。既可超乎理性，又怎忍歧视她为异类？当年我常想，我长大了，倘有一女子那般爱我，则不管她是蛇，是狮，是虎，是狼甚至是鬼怪，我都定当以同样程度同样质量的爱回报她。哪怕她哪一天恶性大发吃了我，我也并不后悔。正如今天流行歌曲唱的“何必天长地久，只求此际拥有”。

但是《白蛇传》又从另一方面影响了我的情爱观，那就是——我从少年时期起便本能地惧怕轰轰烈烈的、不顾生不顾死的那一种爱。我觉得我的生命肯定不能承受爱得如此之重。向往之，亦畏之。少年的我，对家庭已有了责任意识，而且是必须担当的责任意识，故常胡思乱想——设若将来果真被一个女子以白蛇那一种不顾生不顾死的方式爱着了，我可究竟该怎么办才好呢？我是明明不可以相陪着不顾生不顾死地爱的啊！倘我为爱陪死了，谁来孝敬母亲呢？谁来照顾患精神病的哥哥呢？进而又想，我若一孤儿，或干脆像孙悟空似的，是从石头里“生”出来的，那多好。那不是就可以无牵无挂地爱了吗？这么想，又立刻意识到对父母对家庭很罪过，于是内疚，自责……

《梁祝》的浪漫也是我极为欣赏的。我认为这一则文学故事的风格是完美的。以浪漫主义的“欢乐颂”式的喜悦情节开篇；以现实主义的正剧转悲剧的起承跌宕推进人物命运；又以更高境界的浪漫主义情调扫荡悲剧的压抑，达到想象力的至臻至美。它绮丽幽雅，飘逸隽永，“秾纤得衷，修短合度”。

我认为就一则爱情故事而言，其浪漫主义与现实主义相结合得出神入化，古今中外，无其上者。

据说，在某些大学中文系的课堂，《白蛇传》和《梁祝》的地位只不过列在“民间故事”的等级。而在我的欣赏视野内，它们是经典的，绝对一流的，正宗的雅文学作品。

梁斌的《红旗谱》及其下部《播火记》给我的阅读印象也很深。

《红旗谱》中有一贫苦农民是严志和，严志和有二子——长子运涛，次子江涛。江涛虽农家子，却仪表斯文，且考上了保定师专。师专有一位严教授，严教授有一独生女严萍，秀丽、聪慧、善良，具叛逆性格。她与江涛相爱。

中学时期的我，常想象自己是江涛，梦想班里似乎有像严萍的女生注意我的存在，并喜欢我。这一种从未告人的想象延续不灭，至青年，至中年，至于今。往往忘了年龄，觉得自己又是学生，相陪着一名叫严萍的女生逛集市。而那集市的时代背景，当然是《红旗谱》的年代。似乎只有在那样的年代，一串糖葫芦俩人你咬下一颗我咬下一颗地吃，才更能体会少年之恋的甜。在我这儿，一枝红玫瑰的感觉太正儿八经了；倘相陪着逛大商场，买了金项链什么的再去吃肥牛火锅，非我所愿，也不会觉得内心里多么的美气……

当然我还读了高尔基的“三部曲”；读了《牛虻》《钢铁是怎样炼成的》《红岩》《斯巴达克》等。

蒲松龄笔下那些美且善的花精狐妹，仙姬鬼女，皆我所爱。松龄先生的文采，是我百读不厌的。于今，偶游刹寺庙庵，每作如是遐想——倘年代复古，愿寄宿院中，深夜秉烛静读，一边留心侧耳，若闻有女子低吟“玄夜凄风却倒吹，流萤惹草复沾帏”，必答“幽情苦绪何人见，翠袖单寒月上时”，并敞门礼纳……

另有几篇小说不但对我的文学观，而且对我的心灵成长，对我的道德观和人生观产生影响。

首先是陀思妥耶夫斯基的《白夜》。

这是一个短篇。内容如下：一位美丽的少女与外祖母相依为命。外祖母视其为珠宝，唯恐被“盗”，于是做了一件连体双人衫。自己踏缝纫机时，与少女共同穿上，这样少女就离不开她了，只有端端地坐在她旁边看书。但要爱的心是管不住的。少女爱上了家中房客，一位一无所有的青年求学者，每夜与他幽会。后来他去彼得堡应考，泥牛入海，杳无音讯。少女感到被弃了，常以泪洗面。

在记忆中，此小说是以“我”讲述的。“我”租住在少女家阁楼上。“我”渐渐爱上了少女。少女的心在被弃的情况下是多么地需要抚慰啊！就在“我”似乎以同情赢得少女的心，就在“我”双手捧住少女的脸颊欲吻她时，少女猛地推开了“我”跑向前去——她爱的青年正在那时回来了……于是他们久久地拥抱在一起，久久地吻着……而“我”又失落又感动，心境亦苦亦甜，眼中不禁盈泪，缓缓转身离去。那一个夜晚月光如水。那是“我”记忆中最明亮的夜……

陀氏以第一人称写的小说极少。甚至，也许仅此一篇吧？此篇一反他一向作品的阴郁冷漠的风格，温馨圣洁。它告诉中学时期的我：爱不总是自私的。爱的失落也不必总是“心口永远的痛”……

马卡连柯的《教育诗》。它讲的是：担任苏维埃共和国初期孤儿院院长的马卡连柯，在孤儿院粮食短缺的情况下，将一笔巨款和一支枪、一匹马交给了孤儿中一个“劣迹”分明的青年，并言明自己交托的巨大信任，对孤儿院的全体孩子们意味着什么。那青年几乎什么也没表示便接钱、接枪上马走了。半个月过去，人们都开始谴责马卡连柯。但某天深夜，那青年终于疲惫不堪地引领着押粮队回来了，他路上还遇到了土匪，生命险些不保。他问马卡连柯：“院长，您是为了考验我吗？”马卡连柯诚实地回答：“是的。”“如果我利用了您的考验呢？”“当时的情况不允许我这样想。你知道的，只有你一个人能完成任务。”“那么，您胜利了。”“不，孩子，是你自己胜利了。”高尔基看了《教育诗》大为感动，邀见了马卡连柯院长，促膝长谈。它使中学时期的我相信：给似乎不值得信任的人一次值得信任的机会，未尝不是必要的。人心渴望被信任，正如植物不能长期缺水。但是后来我的种种经历亦从反面教育我——那确乎等于是在冒险。

托尔斯泰的《复活》。

这部小说使中学时期的我害怕：倘一个人导致了另一个人的悲剧，而自己不论以怎样的方式忏悔都不能获得原谅，那么他将拿自己怎么办？

法朗士的《衬衫》。

它讲的是：国王生病，病症是备感自己的不幸福。于是名医开方——找到一件幸福的人穿过的衬衫让国王穿，幸福的微粒就会被国王的皮肤吸收。于是国王到处寻找幸福的人。举国上下找了个遍，竟无人幸福。那些因权力、地位、财富、名望、容貌而被别人羡慕的人，其实都有种种的不幸福。最令人苦笑不禁的是，有人因自己的妻子是国王的情妇而不幸福；有人也因自己的妻子不是国王的情妇而不幸福。最后找到了一个在田间小憩的农夫，赤裸上身快乐吹笛。问其幸福否？答正幸福着。于是许以城池，仅求一衫。农夫叹曰：我穷得连一件衬衫都没有……

它使中学时期的我对大人们的人生极为困惑：难道幸福仅仅是一个词罢了？后来我的人生经历渐渐教育我明白：幸福只不过是人一事一时，或一个时期的体会。一生幸福的人，大约真的是没有的……

“文革”中我获得了一个绝好的机会——半个月内，昼夜看管学校图书室。有的夜晚我枕书睡在图书室。虽然只不过是一所中学的图书室，却也有两千多册图书。于是我如饥似渴地读雨果、霍桑、司汤达、狄更斯、哈代、卢梭、梅里美、莫泊桑、大仲马、小仲马、罗曼·罗兰等。

于是我的文学视野，由苏俄文学，而拓宽向十八九世纪西方大师们的作品……

拜伦的激情、雪莱的抒情、雨果的浪漫与恣肆磅礴、托尔斯泰的从容大气、哈代的忧郁、罗曼·罗兰的蕴藉深远以及契诃夫的敏感、巴尔扎克的笔触广泛，至今使我钦佩。

莎士比亚没怎么影响过我。

但我却对安徒生和格林兄弟的童话至今情有独钟。

西方名著中有一种营养对我是重要的。那就是善待和关怀人性的传统以及弘扬人道精神。

今天的某些评论者讽我写作中的“道义担当”之可笑。

而我想说：其实最高的道德非它，而乃人道。我从中学时代渐悟此点。我感激使我明白这一道理的那些书。因而，在“文革”中，我才是一个善良的红卫兵。因而，大约在一九八四年，我有幸参加过一次《政府工作报告草案》(以下简称《报告》)的党外讨论，力陈有必要写入“对青少年一代加强人性和人道教育”。后来,《报告》中写入了。但修饰为“社会主义的人性和革命的人道主义教育”。我甚至在一九七九年就写了一篇辩文《浅谈“共同人性”和“超阶级的人性”》。

以上，大致勾勒出了我这样一个作家的文学观形成的背景。我是在中外“古典”文学的影响之下决定写作人生的。这与受现代派文学影响的作家们是颇为不同的。我不想太现代，但也不会一味崇尚“古典”。因为中外“古典”文学中的许多人事，今天又重新在中国上演为现实。现实有时也大批“复制”文学人物及情节和事件。真正的现代的意义，在中国，依我想来，似应从这一种现实对文学的“复制”中窥见深刻。但这非是我有能力做到的。在中国古典白话长篇小说中，我尤其喜欢的名著依次如下:《三国演义》《西游记》《封神演义》《水浒传》《隋唐演义》《红楼梦》《老残游记》《聊斋志异》……我尤其喜欢《三国演义》的气势磅礴、场面恢宏、塑造人物独具匠心的情节和细节。

中外评论家在评到托尔斯泰的《安娜·卡列尼娜》时，总不忘对它的开卷之语溢美有加。正如我们都知道的，那句话是:“幸福的家庭是相似的，不幸的家庭各有各的不幸。”

据说，托翁写废了许多页稿纸，苦闷多日才确定了此开卷之语。

于是都知道此语是多么多么的好，此事亦成美谈。但我以为，若与《三国演义》的开卷之语相比，则似乎顿时失色。“话说天下大事，分久必合，合久必分。”我常觉得这是几乎只有创世纪的上帝才能说出来的话。当然，两部小说的内容根本不同，是不可以强拉硬扯地胡乱相比的。我明知而非要相比，实在是由于钦佩。

我一直认为《三国演义》是一部关于一个国家的一次形成的伟大小说。它所包含的政治的、军事的、“外”交的以及择才用人的思想，至今依然是熠熠闪光的。在惊天地泣鬼神的大战役的背景之下刻画人物，后来无其上者。《三国演义》是绝对当得起“高大”二字的小说。

我喜欢《西游记》的想象力。我觉得那是一个人的想象天才伴随着愉快所达到的空前绝后的程度。娱乐全球的美国电影《蝙蝠侠》《超人》《星球大战》，一比就都被比得小儿科了。《西游记》乃天才作家为我们后人留下的第一“好玩儿”的小说。《封神演义》的想象力不逊于《西游记》。它常使我联想到荷马的《伊利亚特》和《奥德修斯》。“雷震子”和“土行孙”两人物形象，证明着人类想象力所能达到的妙境。在全部西方诸神中，模样天真又顽皮的爱神丘比特，也证明着人类想象力所能达到的妙境。东西方人类的想象力在这一点上相映成趣。《封神演义》乃小说家将极富娱乐性的小说写得极庄严的一个范本。《西游记》的“气质”是喜剧的；《封神演义》的“精神”却是特别正剧的，而且处处呈现着悲剧的色彩。

我喜欢《水浒传》刻画人物方面的细节。几乎每一个主要人物的出场都是精彩的，而且在文学的意义上是经典的。少年时我对书中的“义”心领神会。青年以后则开始渐渐形成批判的态度了。梁山泊好汉中有我非常反感的两人：一是宋江，一是李逵。我并不从“造反”的不彻底性上反感宋江，因为那一点也可解释成人物心理的矛盾。我是从小说家塑造人物的“薄弱”方面反感他的。我从书中实在看不出他有什么当“第一把手”的特别的资格。而李逵，我认为在塑造人物方面是更加的失败了，觉得他只不过是一个符号。他一出场，情节就闹腾，破坏了我的阅读情绪。李逵这一人物简单得几乎概念化。关于他唯一好的情节，依我看来，便是下山接母。《水浒传》中最煞有介事也最有损“好汉”本色的情节，是石秀助杨雄成功地捉了后者妻子奸的那一回。那一回一箭双雕地使两个酷武男人变得像弄里流氓。杨雄的杀妻与武松的弑嫂是绝不能相提并论的。武松的对头西门庆是与官府过从甚密的势力人物；武松的弑嫂起码还符合着一命抵一命的常理。杨雄杀妻时，从旁幸灾乐祸着的石秀的样子，其实是相当猥琐的。他后来深入虎穴暗探祝家庄的“英雄行为”，也洗刷不尽他的这一污点……

《隋唐演义》自然不如《水浒传》那么著名，但比之于《水浒传》，它似乎将“义”的品质提升了层次。瓦岗兄弟的成分，似乎也不像梁山好汉那么芜杂。而且，前者们所反的，直接便是朝廷。他们的目标是明确的而不是暧昧的，他们是比宋江们更众志成城的，所以他们成功了。秦琼这个人物身上所体现的“义”，具有“仁义”的意义，是所有的梁山好汉们身上全都不曾体现出来的……

我不是多么喜欢《红楼梦》这一部小说。它脂粉气实在是太浓了，不合我阅读欣赏的“兴致”。

我想，男人写这样的一部书，不仅需要对女人体察入微的理解，自身恐怕也得先天有几分女人气。曹雪芹正是一位特别女人气的天才。但我依然五体投地那么地佩服他写平凡、写家长里短的非凡功力。我常思忖，这一种功力，也许是比写惊天动地的大事件更高级的功力。西方小说中，曾有“生活流”的活跃，主张原原本本地描写生活，就像用摄像机记录人们的日常生活那样。我是很看过几部“生活流”的样板电影的。那样的电影最大限度地淡化了情节，也根本不铺排所谓矛盾冲突。人物在那样的电影里“自然”得怪怪的，就像外星人来到地球上将人类视为动物而拍的“动物世界”。那样的电影的高明之处，是对细节别具慧眼的发现和别具匠心的表现。没了这一点，那样的电影就几乎没有任何欣赏的价值了。

我当然不认为《红楼梦》是什么“生活流”小说。事实上《红楼梦》对情节和人物命运的设计之讲究，几乎到了考究的程度。但同时，《红楼梦》中充满了对日常生活细节以及人物日常情绪变化的细致描写。那么细致需要特殊的自信，其自信非一般作家所能具有。

《红楼梦》是用文学的一枚枚细节的“羽毛”成功地“裱糊”了的一只天鹅标本。它的写作过程显然可评为“慢工出细活儿”的范例。我由衷地崇敬曹雪芹在孤独贫病的漫长日子里的写作精神。那该耐得住怎样的寂寞啊！曹雪芹是无比自信地描写细节的大师。《红楼梦》给我的启示是：细细地写生活，这一对小说的曾经的要求，也许现今仍不过时……

我喜欢《老残游记》，乃因它的文字比《二十年目睹之怪现状》《儒林外史》《官场现形记》都好些，结构也完整些；还因它对自然景色的优美感伤的描写。

《聊斋志异》不应算白话小说，而是后文言小说。我喜欢的是它的某些短篇。至于集中的不少奇闻逸事，现今的小报上也时有登载，没什么意思的。

我至今仍喜欢的外国小说是：《约翰·克里斯朵夫》《悲惨世界》《九三年》《大卫·科波菲尔》《安娜·卡列尼娜》《红与黑》《红字》《苔丝》《简·爱》，以及巴尔扎克和梅里美的某些中短篇代表作……

我不太喜欢《雾都孤儿》《呼啸山庄》那一类背景潮湿阴暗，仿佛各个角落都潜伏着计谋与罪恶，而人物心理或多或少有些变态的小说……

《堂·吉诃德》我也挺喜欢。有三位外国作家的作品是我一直不大喜欢得起来的：陀思妥耶夫斯基、左拉、劳伦斯。

一个事实是那么地令我困惑不解：资料显示，陀氏活着的时候，许多与他同时代的俄国人，甚至可以说大多数与他同时代的俄国人谈论起他和他的作品，总是态度暧昧地大摇其头。包括许多知识分子和他的作家同行们。他们的暧昧中当然有相当轻蔑的成分。一些人的轻蔑怀有几分同情；另一些人的轻蔑则彻底地表现为难容的恶意。陀氏几乎与他同时代的任何一位作家都没有什么密切的往来，更没有什么友好的交往。他远远地躲开着所谓文学的沙龙。那些场合也根本不欢迎他。他离群索居，在俄国文坛的边缘，默默地从事他那苦役般的写作。他曾被流放西伯利亚，患有癫痫病，最穷的日子里买不起蜡烛。他经常接待某些具有激进的革命情绪的男女青年。他们向他请教拯救俄国的有效途径，同时向他鼓吹他们的“革命思想”。而他正是因为头脑之中曾有与他们相一致的思想才被流放西伯利亚的，并且险些在流放前被枪毙。于是他以过来人的经验劝青年们忍受，热忱地向他们宣传他那种“内部革命”的思想。他相信并且强调，“一个”真的正直的人的榜样的力量是无穷的。他更加热忱地预言，只要这样的“一个”人确乎出现了，千万民众就会首先自己洗心革面地追随其后，于是一个风气洁净美好的新社会就自然而然地形成了。那“一个”人究竟应该是怎样的呢？便是他《白痴》中的梅什金公爵了。一个从精神病院出来的，和他自己一样患有癫痫病的没落贵族后裔。他按照自己的标准，将他用小说为人类树立的榜样塑造成一个单纯如弱智儿，集真善美品质于一身的理想人物。而对于大多数精神被社会严重污染与异化的人们，灵魂要达到那么高的高度显然不但是困难的，而且是痛苦的。他在《罪与罚》中成功地揭示了这一种痛苦，并试图指出灵魂自新的方式——他自信地指出了，那方式便是他“灵魂深处爆发革命”的主张。当然，他的“革命”说，非是针对社会的行为，而是每一个人改造自己灵魂的自觉意识……

综上所述，像他这样一位作家，在活着的时候，既受到思想激进者们的嘲讽，又引起思想保守者们的愤怒是肯定的。因为他的梅什金公爵，分明不是后者们所愿承认的什么榜样。他们认为他是在通过梅什金公爵这一文学形象影射他们的愚不可及。而他欣赏他的梅什金公爵又是那么地由衷，那么地真诚，那么地实心实意。

陀氏在他所处的时代是尴尬的，遭受误解最多的作家。他的众多作品带给他的与其说是荣耀和敬意，还莫如说是声誉方面的伤痕。

但也有资料显示，在他死后，“俄国的有识之士全都发来了唁电”。

那些有识之士是哪些人？资料没有详列。

是因为他死了，“有识之士”忽然明白，将那么多的误解和嘲讽加在他身上是不仁的，所以全都表示哀悼？还是后来研究他的人，认为与他同时代的“有识之士”对他的态度是可耻的，企图掩盖历史的真相？

我的困惑正在此点。

我是由于少年时感动于他的《白夜》才对他发生兴趣的。到中学毕业前，我已读了大部分他的小说中文译本。以后，便特别留意关于他的评述了。

我知道托尔斯泰说过嫌恶陀氏的话，而陀氏年长他七岁，成名早于他十几年，是他的上一代作家。

高尔基甚至这么评价他：“陀思妥耶夫斯基无可争辩，毫无疑问的是天才。但这是我们的一个凶恶的天才。”

车尔尼雪夫斯基更是曾几乎与他势不两立。

苏维埃成立以后，似乎列宁和斯大林都以批判性的话语谈论过他。

于是陀氏在当年的苏联文学史上的地位一再低落。

而相应的现象是，西方世界的文学评论，将他推崇为俄国第一伟大的作家，地位远在屠格涅夫、托尔斯泰之上。这有西方新兴文学流派推波助澜的作用，也有意识形态冷战的因素。

我不太喜欢他，仅仅是不太喜欢他而已，并不反感他。我的不太喜欢，也完全是个人独立的欣赏感受，不受任何方面的评价的影响。我觉得在陀氏的小说中，不少人物身上都有神经质的倾向。在现实生活中我非常难以忍受神经质的人在我眼前晃来晃去，读同样文学状态的小说我亦会产生心烦意乱的生理反应。我一直承认并相信文学对于人的所谓灵魂有某种影响力，但是企图探讨并诠释灵魂问题的小说却是使我望而生畏的。陀氏的小说中有太浓的宗教意味儿，而且远不如宗教理念那么明朗健康。最后一点，在对一切艺术的接受习惯上，“病态美学”是我至今没法儿亲和的。而陀氏的作品，是我所读过的外国小说中病态迹象呈现得显著的……

我觉得高尔基评说陀氏是“一个凶恶的天才”，用词太狠了，绝对的不公正。我认为陀氏是“一个病态的天才”。首先是天才，其次有些病态。因其病态而使作品每每营造出紧张压抑、阴幻异迷的气氛，而这正是许多别的作家们纵然蓄意也难以为之的风格。陀氏的作品凭此风格独树一帜。但那的确非是我所喜欢的小说的风格。他常使我联想到梵·高。梵·高是一个心灵多么单纯的大儿童啊！西方的评论也认为陀氏是一个心灵单纯的大儿童。我却不这么认为。我觉得恰恰相反。身为作家，也许陀氏的心灵常常处在内容太繁杂太紊乱的状态了。因为儿童是从来不想人的灵魂问题的。成年人难免总要想想的，但若深入地去想，是极糟糕的事。梵·高以他的对光线和色彩特别敏感的眼观察大自然，因而留给我们的是美；陀氏却以他的对人心特别敏感的、神经质的眼观察罪恶在人心里的起源，因而他难免写出一些使人看了不舒服的东西。这乃是作家与画家相比，作家注定了容易遭到误解与攻讦的前提。除了陀氏的《白夜》，我还喜欢他的《穷人》。我对他这两篇作品的喜欢，和对他某些作品的不喜欢，只怕这辈子是难以改变的了……

在二十世纪八十年代以前，对于我这样一个由喜欢看小人书而接触文学的少年，爱弥尔·左拉差不多是一位陌生的法国作家的名字。倒是曾经与他非常友好，后来又用化名在报上攻击他的都德，给我留下极深的记忆。这是因为都德的短篇《最后一课》收入过初中一年级的语文课本里，也被改编成小人书；而且，在收音机里反复以广播小说的形式播讲过。

在我少年时代的小人书铺里，我没发现过由左拉的小说改编的小人书，肯定是由于左拉的小说不适合改编成小人书供少年们看。在我是知青的年龄，曾极短暂地拥有过一部左拉的《娜娜》。

那时我已是“兵团”的文学创作员。每年有一次机会到“兵团”总司令部佳木斯市去接受培训。我的表哥居佳木斯市。我自然会利用每次接受培训的机会去看他。有次他不在家，我几乎将他珍藏的外国小说“洗劫”一空，塞了满满一大手提包带回了我所在的一团宣传股，其中就包括左拉的《娜娜》。手提包里的外国小说其实我都看过，唯《娜娜》闻所未闻。我几次想从提包里翻出来在列车上看，但是不敢。因为当年，一名青年在列车上看一部外国小说有那么几分冒天下之大不韪。倘书名还是《娜娜》这么容易使人产生猜想的外国小说，很可能会引起“革命”目光的关注。我认识的几名知青曾在探家所乘的列车上传看过《黑面包干》这么一部苏联小说，受到周围“革命”乘客的批评而不以为然，结果“革命”乘客们找来了列车长和乘警。列车长和乘警以“有义务爱护青年们的思想”为由收缴《黑面包干》。那几位知青据理力争，振振有词，说《黑面包干》怀着敬爱之情在小说中写到列宁，是一部好小说。对方说，有些书表面看起来是好的，却在字里行间贩卖修正主义的观点，于是强行收缴了去，使那几名知青一路被周围乘客以看待问题青年的眼光备受关注，言行自然不得……他们的教训告诉我，还是在列车上不看《娜娜》的好。而这就使我失去了一次当年领略左拉小说的机会。因为，我回到一团团部，将手提包放在宣传股的桌上，去上厕所的当儿，书已被瓜分一空，急赤白脸地要都没人还回一本。《娜娜》自然也不翼而飞。

在复旦大学中文系的内部阅览室，我借阅过左拉的《小酒店》。序言评价那部小说“无情地揭露了资本主义社会制度”。它写的是一名工人和他的妻子从精神到肉体堕落及毁灭的过程。我觉得左拉式的现实主义“真实”得使人周身发冷，使人绝望——对社会制度作用下的底层人群的集体命运感到绝望。在《小酒店》中，底层人物的形象粗俗、卑贱，几乎完全丧失人的自尊意识，并且似乎从来也没感到过对它的需要。他们和她们生存在潮湿、肮脏，到处充满着污秽气味和犯罪企图的环境里，就像狄更斯《雾都孤儿》里那些被上帝抛弃了的、破衣烂衫的、早晨一睁开双眼便开始寻思到哪儿去偷点儿什么东西的孩子。我们在读《雾都孤儿》时，内心里会情不自禁地涌起一阵阵同情。但是在《小酒店》里，我们的同情被左拉那支笔戳得千疮百孔。因为儿童还拥有将来，留给我们为他们命运的改变做祈祷和想象的前提。而《小酒店》里的成年男女已没有将来。他们的将来被社会也被他们自己扔在劣质酒缸里泡尽了生命的血色……

我是自少年起读另一类现实主义小说长大的，它们被冠以“革命现实主义”。在“革命现实主义”小说里，底层人物的命运虽然穷困无助甚或凄惨，但至少还有一种有希望的东西——那就是赖以自尊和改变命运的品质资本。还有他们和她们那一种往往被描写得美好而又始终不渝，令人羡慕的经得起破坏的爱情。这两种“革命现实主义”小说几乎必不可少的因素，在左拉的批判现实主义小说里是少见的。与许多批判现实主义小说尤其不同的是，左拉的批判现实主义小说的笔触极冷，使人联想到“零度感情”状态之下那一种写作。

我后来对于法国历史有了一点了解，开始承认左拉自称“自然主义”的那一种现实主义可能更真实地逼近着他所处的法国的时代现实的某一面。

而我曾扪心自问，我对左拉式的现实主义保持阅读距离，当然不是左拉的错，而是由于我自己即使作为读者，也一直缺少阅读另类现实主义小说的心理准备。进一步说，我这样的一个自诩坚持现实主义创作的中国作家，也许是不太有勇气目光逼近地面对更真实太真实的现实。

毕竟，我在我的阅读范围伴随之下的成长，决定了我是一个温和的现实主义作家——与左拉的写作相比较而言。

在对现实主义的理念方面，我更倾向于巴尔扎克。巴尔扎克对现实的批判态度体现得更睿智一些，因而他将他的系列小说统称为《人间喜剧》。左拉对现实的批判态度却体现得更“狠”一些……

我在大学里也读了左拉的《娜娜》。那部小说讲述富有且地位显赫的男人们，怎么样用金钱深埋一个风尘女子于声色犬马的享乐的泥沼里；而她怎么样游刃有余地利用她的美貌玩弄他们于股掌之上。结局是她患了一种无药可医的病，像一堆腐肉一样烂死在床上。

娜娜式的人生，确切地说是女人的人生，在中国的现今举不胜举，但大多数活得比娜娜幸运。倘我们不对幸福二字做太过理想主义的理解，那么也可以认为她们的人生不但是幸福的，而且是时兴的。她们中绝少有人患娜娜那一种病，也绝少有人的命运落到娜娜那种可怕的下场。她们生病了，一般总是会在宠养她们的男人们的安排之下，享受比高干还周到的医疗待遇。左拉将他笔下的娜娜的命运下场设计得那么丑秽，证明了左拉的现实主义的确是相当“狠”的一种，比死亡还“狠”。

先我读过《娜娜》的同学悄悄而又神秘地告诉我：“那绝对是值得一读的小说，我刚还，你快去借……”我借到手了。两天内就读完了。读过哈代的《苔丝》，小仲马的《茶花女》，再读左拉的《娜娜》，只怕是没法儿不失望的。我想，我的同学说它“绝对是值得一读的”，也许另有含义。

《卢贡家族的命运》和《萌芽》才是左拉的代表作。可惜在那之后我就远离左拉的小说了，至今没读过。

既然没读过左拉的代表作，当然对左拉小说的看法也就肯定是不够全面客观的。比如在以上两部小说中，文学研究资料告诉我，左拉对底层人物形象，确切地说是对法国工人的描写，就由“零度感情”而变得极其真诚热烈了。

好在我写到左拉其实非是要对左拉进行评论，而主要是分析我自己对现实主义的矛盾心理和暧昧理念。我利用过我与之一向保持距离的左拉的名义一次。那就是在连我自己现在也感到羞耻的小说《恐惧》的写作过程中以及出版以后。

我决定写《恐惧》的初衷是由外部生活现实的“刺激”而产生的。某日接近中午，我从童影厂回家，腋下夹些报刊。五月的阳光暖洋洋的。顺着厂门前人行道刚一拐弯，但见五六十米远处，亦即“清水大澡塘”门前有着行状怪异的三个人——一人伏在地上，双手扳着人行道沿儿；另外两人各自拽他左右腿……

“清水大澡塘”的前身是“土城饭店”。我们童影的宿舍楼邻它仅十米左右。后来“土城饭店”经过一番门面翻修，变成了“金色朝代”——有卡拉OK包间的那一种地方。于是每至夜里十点，小车泊来；拂晓，幽然而去。一天深夜，几乎全楼居民都被枪声惊醒；又一天傍晚，散步的人们都见从“金色朝代”内冲出手持双筒猎枪的魁汉，追赶两名校官，将其中一名用枪托击倒跪于地，而且朝其头上空放了一枪……那一件事发生后，它停业了一个时期，其后变成了“清水大澡塘”……

当我走到距那三人十米远处，才看到地上有血迹。起初我以为只不过是三个喝醉了的男人在胡闹罢了。不由站住，一时难以判断究竟怎么回事。而那个伏在地上的人，就朝我扭头求救：“兄弟，救我一命，兄弟，救我一命……”其声奄奄，目光绝望。我却呆愣着，不知该怎么救他。那时拽他腿的一个人，就放了他的腿，用皮鞋踩他扳住人行道沿儿的双手。他手一松，自然就被拖着双腿拖向“清水大澡塘”了……

于是他用不堪入耳的话骂我这见死不救的北京人，并惊恐地喃喃自语着：“我完了，我死定了……”

他被拖上台阶时，下巴被几级台阶磕出了血。

这时我才从呆愣的状况中反应过来。第一个想法是我得跟进去——企图杀人者不至于当着别人的面杀人吧？

我紧走几步，踏上台阶，进了门——顿时一股血腥扑鼻，满地鲜血，墙上溅的也是血。一个人仰面倒在地上，看去似乎已死；一个人靠墙歪坐，颈上有很长很深的伤口，随着喘气一股一股往外涌血……

我又惊呆，生平第一次目睹此观场，心咚咚跳，壮着胆子喝道：“不许杀人！杀人要偿命！……”

两个穿黑皮夹克的人中的一个，瞪着我，将一只手探到了怀里……

而那个被拖进来的人却说：“他俩都有枪……”

我不知他为什么说这句话，但结果是我退出了门。我想我得报警，但那就只能回厂。我跑回厂里，让一名警卫战士报警。让两名警卫战士跟我去制止杀人。他们不很情愿地跟我匆匆走着。忽然我心冷静——那个断了两条腿的外地男人，就肯定是好人吗？两名警卫战士还太年轻，且是农村孩子，万一他们遭到什么不测，我将如何向他们的父母交代？于是我又命他们回厂去。他们反倒为我的安危担心起来，偏跟着我。最后我还是生气地将他们赶了回去……

当我再来到“清水大澡塘”台阶前，那两个穿黑皮夹克的男人恰从门内出来，自我面前踏下台阶，扬长而去。我想到那个双腿断了的外地男人，推开门看时，见他居然没被弄死。他说：“幸亏你刚才跟进来了，他们慌了，只顾到二楼去拿钱，才留下我一命……我们是被绑架的，他们是被雇的杀手。”我也不知他说的“我们”，是否即指那一死一伤二人。此时门外才出现人。真正报上了案的是我们童影厂的老厂长于蓝同志……那一天以后，我觉得，某些原本离我很远的事，其实渐渐地离我很近了。“恐惧”二字，总是在头脑中盘桓，挥之而不能去。与另外一些积淀心间的人事相融合，遂产生了写一部小说的冲动。

起初我想将“清水大澡塘”当成中国二十世纪九十年代的《小酒店》来写。其中形形色色的人物当然非是底层人们。底层的人们不去那样的地方“洗澡”。

在写前，我想到了左拉那句名言：“无情地揭示社会丑恶的溃疡。”左拉那句话当时确乎唤起了我的一种作家责任感。我发誓我也要“揭示”得“狠”一点儿。

但进入写作状态不久，我的勇气便自行地渐渐减少了。那时我受到一些恐吓威胁。其文学意味和话语中的杀机，完全是黑社会那一套。我想我的写作不能再图痛快而给我自己家庭带来不安全的阴影了。结果《恐惧》就改变了初衷，放弃了实践一次左拉那种现实主义的打算。

第一种打算放弃了，第二种打算却渗入了头脑。那就是对印数的追求。进一步明确地说，是对稿费收获的追求。当时我因自己的种种个人义务和责任，迫切地需要一笔为数不少的钱。第二种打算一旦渗入头脑，写作的冲动和过程就变质了。所谓“媚俗”成为不可避免之事。我在左拉式的批判现实主义与媚俗以迎合市场的打算之间挣扎，却几乎不可救药地越来越滑向后一方面。

那一时期我不失时机地谈左拉“无情地揭示社会丑恶的溃疡”的主张，实则是在替自己写作目的之卑下进行预先的辩护。

《恐惧》出版以后，我常被当众诘问写作动机。于是我只有侃侃地大谈我并不太喜欢的左拉和他的小说。我祭起左拉的文学主张当作自己的盾。虽振振有词，但自己最清楚自己内心里是多么的虚弱。

有一次我又进行很令我头疼的签名售书。有两名中学女生买了《恐惧》。我扣下了她们买的书，让售书员找来了我的另两本书代替之。那一件事后，《恐惧》真的成了我“心口的疼”。尽管它给我带来了比我任何一部书都多的稿酬。我一直暗自发誓要重写它，但一直苦于没有精力。不过这一件事我肯定是要做的。我之利用左拉分明是很卑劣的。我以后的写作实践中再也不会出现那样的“失足”了。由此我常想另一个问题——那就是一部好书的标准究竟是什么？对于这样的问题肯定有各种各样的回答。而且，肯定有争议。但我更希望自己写的书，初中的男孩子女孩子也都是可以看的。家长们不会因他们和她们看我的书而斥责：“怎么看这样的书！”——我自己也不会因而有所不安。

我认为《红与黑》《红字》《简·爱》《复活》《安娜·卡列尼娜》《茶花女》《德伯家的苔丝》《巴黎圣母院》《红楼梦》《聊斋志异》等都是初中的男孩子女孩子皆可看的书。只要不影响学业，家长们若加以斥责，老师们若反对，那便是家长和老师们的褊狭了。

至于另外一些书，虽然一向也有极高的定评，比如《金瓶梅》或类似的书，我想，我还是不必去实践着写吧。

写了二十余年我渐渐悟到了这么一点——文学的某些古典主义的原理，在现代还远远没被证明已完全过时。也许正是那些原理，维系着人与文学类的书的古老亲情，使人读文学类的书的时光，成为美好的时光；也使人对文学类的书的接受心理，能处在一种优雅的状态。

我想我要从古典主义的原理中，再多发现和取来一些对我有益的东西，而根本不考虑结果自己会否迅速落伍……

最后我想说，我特别特别钦佩左拉在“德雷福斯”案件中的勇敢立场。

他为他的立场付出了全部积蓄，再度一贫如洗，同时牺牲了健康、名誉，还被判了刑，失去了朋友，成了整个法兰西的“敌人”，并且被逐出国。

然而他竟没有屈服。

十二年以后他的立场才被证明是正确的。

我认为那件事是左拉人生的“绝唱”。

是的，我特别特别钦佩他此点。因为，即使在我是血气方刚的青年时都没勇气像左拉那样；现在，则更没勇气了……

劳伦斯这位英国作家是从二十世纪八十年代中期才渐入我头脑的。那当然是由于他的《查泰莱夫人的情人》中译本的出版。

一九七四年至一九七七年，我在复旦大学中文系的“内部图书阅览室”也没发现过这一部书和劳氏的别的书。因而，《查泰莱夫人的情人》中译本出版前，我惭愧地承认，对我这个自认为已读过了不少外国小说的“共和国的同龄人”，劳伦斯是一个完全陌生的名字。

读过《查泰莱夫人的情人》的中译本以后，我看到了同名的电影录像。并且，自己拥有了一盘翻录的。书在当年出版不久便遭禁，虽已是“改革开放”年代，虽我属电影从业人员，但看那样一盘录像，似乎也还是有点儿犯忌。知道我有那样一盘录像的人，曾三四五人神秘兮兮地要求到我家去“艺术观摩”。而我几乎每次都将他们反锁在家里。

好多家出版社当年出版了这一部小说。

不同的出版说明和不同的序，皆将那一部小说推崇为“杰作”，皆称劳氏为“天才”的或“鼎鼎大名”的小说家，同时将“大胆的”“赤裸裸的”“惊世骇俗”的性爱描写“提示”给读者。当然，也必谈到英国政府禁了它将近四十年。

我读这一部小说没有被性描写的内容“震撼”。因为我那时已读过《金瓶梅》，还在北影文学部的资料室读到过几册明清年代的艳情小说。《金瓶梅》的“赤裸裸”性爱描写自不必说。明清年代那些所谓艳情小说中的性爱描写，比《金瓶梅》有过之而无不及。在中国各朝各代非“主流”文学中，那类小说俯拾皆是。当然，除了“大胆的”“赤裸裸的”性爱描写这一共同点，那些东西是不能与《查泰莱夫人的情人》相提并论的。

有比较才有鉴别。读后比较的结果是——使劳氏鼎鼎大名的他的那一部小说，在性爱描写方面，反而显得挺含蓄，挺文雅，甚而显得有几分羞涩似的了。总之我认为，劳氏毕竟还是在以相当文学化的态度在他那部小说中描写性爱的。我进一步认为，毫不含蓄地描写性爱的小说，在很久以前的中国，倒可能是世界上最多的。那些东西几乎无任何文学性可言。

我非卫道士。但是我一向认为，一部小说或别的什么书，主要以“大胆的”“赤裸裸的”性爱描写而闻名，其价值总是打了折扣的。不管由此点引起多么大的沸扬和风波，终究不太能直接证明其文学的意义。

故我难免会按照我这一代人读小说的很传统的习惯，咀嚼《查泰莱夫人的情人》的思想内容。我认为它是一部具有无可争议的思想内容的小说。

那思想内容一言以蔽之就是——对英国贵族人氏表示了令他们难以沉默的轻蔑。因为劳氏描写了他们的性无能，以及企图遮掩自己性无能真相的虚伪，当然也就弘扬了享受性爱的正当权利。

我想，这才是它在英国遭禁的根本缘由。因为贵族精神是英国之国家精神的一方面，贵族形象是英国民族形象历来引以为豪的一方面。在此点上，劳氏的那一部书，似又可列为投枪与匕首式的批判小说。

但英国是小说王国之一。英国的大师级小说家几个世纪以来层出不穷，一位位彪炳文史，名著之多也是举世公认的。与他们的作品相比，劳氏的小说实在没什么独特的艺术造诣。就论对贵族人士及阶层生活形态的批判吧，劳氏的小说也不比那些大师们的作品更深刻更有力度。

但使得劳氏鼎鼎大名起来的，分明不是他的小说所达到的艺术高度，而是他的《儿子与情人》当时及以后所造成的新闻。

我想，也许我错了，于是借来了他的《儿子与情人》认真地看了一遍。

我没从他的后一部小说中看出优秀来。

由劳氏我想到了两点：第一点，我们每一个人作为读者，是多么容易受到宣传和炒作的影响。正如触目皆是的广告对我们每一个人的消费意识必产生影响一样。这其实不应感到害羞，也谈不上是什么弱点。但如果不能从人云亦云中摆脱出来，那则有点儿可悲了。第二点，我敢断言，中外一切主要因对性的描写程度“不当”而遭禁的书，那禁令都必然是一时的，有朝一日的解禁都是注定了的。虽禁之未必是作者的什么耻辱，但解禁也同样未必便是一部书的荣耀。人类文明到今天，对性事的禁忌观念已解放得够彻底，评判一部小说的价值，当高出于论性的是是非非。倘在性以外的内容所留的评判空间庸常，那么“大胆”也不过便是“大胆”，“赤裸裸”也不过便是“赤裸裸”……

我这一种极端个人化的读后杂感，仅作一厢情愿的自言自语式的记录而已，不想与谁争辩的。

随提一笔，根据《查泰莱夫人的情人》改编的电影，抹淡了原著对英国贵族人士的轻蔑，裸爱镜头不少，但拍得并不猥秽。尽管算不上一部多么好的电影，却还是可归于文艺片之列的。

我也基本上同意这样的评论：就劳伦斯本人而言，他对性爱描写的态度，显然是诚实的、激情的和健康的。

我不太喜欢他和他的小说，纯粹由于艺术性方面的阅读感觉。

三

现在，我要回过头来再谈我自己写作实践中的得失。

首先我要提的是《一个红卫兵的自白》。这一本书，对于在“文革”中刚刚出生和“文革”以后出生的很年轻的一代，比较感性地认识“文革”，有一点点解惑的意义。写时的动机正在于此。但也就是一点点的解惑意义而已。因我所经历的“文革”，其具体背景，只不过是一座城市一个省份。而且，只不过是以一名普通中学生的见闻、思想和行为来经历的，自身认识的局限是显然的。虽则“大串联”使我能够写入书中的内容丰富了些，却仍只不过是见闻和一己感受而已。

我更想说的是，也许，此书曾给中国的“新时期”文学，亦即粉碎“四人帮”以后的文学，带了一个很坏的头。它是当年第一部写“文革”中的红卫兵心路的长篇小说。按我的初衷，自然是作为小说来写的。本身曾是红卫兵，自然以第一人称来写。既以第一人称来写，也索性便将自己的真实姓名写入书中了。刊物的编辑收到稿件后来电话说：这部小说很怪呀，你看专辟一个栏目，将它定为“纪实小说”行不行？我说：行呀。有什么不行呢？那大约是一九八五年。我被社会承认是作家才三年多。对于小说以外的文学名堂还所知甚少，也是第一次听到“纪实小说”这一提法。它当年只发表了一半，另一半刊物不敢发表了。似乎正是从此以后，“纪实小说”很流行了一阵子。接二连三，在文学界招惹了不少是是非非，连我自己也曾受此文学谬种的严重伤害。

因为“纪实”而又“小说”的结果是明摆着的——利用小说形式影射攻击的事例，古今中外，举不胜举。此本伤人阴技，倘再冠以“纪实”，被攻击的人哪有不“体无完肤”的呢？若被文痞们驾轻就熟地惯以用之，喷泄私愤，好人遭殃。

故我对“纪实小说”这一文学种类已无好感。《从复旦到北影》《京华见闻录》两篇，继《一个红卫兵的自白》之后不久发表。

在复旦我既获得过老师们的关怀爱护，也受到过一些委屈。那些委屈在今天看来是微不足道的，与上一代人的人生磨砺相比更是不值言说的。但我当年才二十五六岁，心理承受能力毕竟脆弱。自以为承受能力强大，其实是脆弱的。何况，从童年至少年至青年，虽然成长于贫穷之境，却一向不乏友爱。难免娇气。又一向被视为好儿童好少年好青年，当知青班长代理排长连队教师，人格方面特别地自尊。偏那委屈又是冲着人格方面压迫来的，于是耿耿心头，不吐不快。

故《从复旦到北影》中，有积怨之气，牢骚之词，也有借题发挥、情节演绎的成分。它写于十五六年前，证明当年的我，对自己笔下的文字责任感意识不强，要求不高。

倘如今年，心头委屈积怨全释，平和宽厚回望当年人事纷纭，情理梳析，摒弃演绎，娓娓道来，于山雨穴风的政治背景下，翔实客观地反映“工农兵学员”的大学体会和感受，必将是另一面貌，也会有更大的认识价值。那多好呢！

《京华见闻录》中所录的纪实成分多了，演绎成分少了。就我这样一个具体的中国人的观念而言，就我这样一个当年被视为有“异端思想”的作家而言，却又“正统”多了些，思想拘泥呆板了些。文字的放纵，是弥补不了这一点的。写作当年我才三十四五岁。刚入中国作家协会一年多。自以为责人颇宽，克己颇严，其实今天文坛上某些年轻人的轻狂浅薄、刚愎自用、躁行戾气，我身上都是存在过的。

以上两篇，虽能从中看到我的一些真实经历、真实性情、真实心路、真实思想；虽能从中看到一些当年的时代特色、社会状态、人生杂相；虽读起来或挺有意思——但毕竟，因先天不足，乏大器而呈小器，乏冷静而显浮躁，乏庄重而露轻佻，乏深刻而贩浅薄……

《泯灭》这一部小说，现在看来，前半部较后半部要写得好一点。因为前半部有着自己童年和少年时期的生活为底蕴，可取从容平实、娓娓道来的写法。虽然平实，但情节、细节都是很个人化的，便有独特性，非别人的作品里所司空见惯的。后半部转入了虚构。虚构乃是小说家必备的能力，也是起码的能力。但此小说的后半部，实际上是按一个先行的既定的“主题”轨路虚构下去的——对金钱的贪婪使人性扭曲，使人生虽有沉浮荣辱，最终却依然归于毁败。这样的人物以及由其身上生发出来的这样的主题，当然并没什么不对。翟子卿式的人物在二十世纪八十年代以后的中国现实生活中也并不少，有些典型意义。但此“主题”却太古老陈旧了。近几个世纪以来，尤其西方资本主义时期以来，无数作品都反映过这个“主题”。可以说，二十世纪八十年代以来的第一桩中国经济案中，也都通过真人真事包含了这个主题。而在现实主义小说中，主题对作品有魂的意义。泛化的主题尽管不失为主题，却必然决定了作品的魂方面的简浅常见。

在我的友情关系和亲情关系中，很有一些和我一样的底层人家的儿子，中年命达，或为官掌权，或从商暴富。但近十年间，却接二连三地纷纷变为阶下囚，往日的踌躇满志化作南柯一梦。他们所犯之案，或省级大要案，或列入全国大要案。这使我特别痛心，也叹息不已。由于友情和亲情毕竟存在过，法理立场上就难以做到特别的鲜明。这一种沉郁暧昧的心理，需要以一种方式去消解。而写一部小说消解之于我来说是自然而然的方式。直奔一个简浅常见的主题而去，又成了最快捷的方式——我在写作中竟未能从此心理因素的纠缠中明智而自觉地摆脱，全受心理因素的惯力所推，小说便未能在“主题”方面再深掘一层，此一憾也……

喜读引我走上了写作的不归人生路。然读之于我，在绝大多数情况之下并不是为了促进写。读只不过是少年时养成的习惯。是美好时光的享受而已。我的读又是那么的不系统，索性也便不求系统了。我从读中确乎受益匪浅。书对我的影响，少年时大于青年时，青年时大于现在。现在我对社会及人生已形成了自己的看法，非是读几本什么书所能匡正或改变的。尽管如此，以后我不写了，仍会是一个习惯了闲读的人。读带给我的一种清醒乃是——明白自己往往写得多么平庸……

读的烙印

真的不知该给正开始写的这一篇文章取怎样的题。

我自幼喜读，因某些书中的人或事，记住了那些书名，甚至还会终生记住它们的作者。然而也有这种情况，书名和作者是彻底地忘记了，无论怎么想也想不起来了。但书中人或事，却长久地印在头脑中了。仿佛头脑是简，书中人或事是刻在大脑这种简上的。仿佛即使我死了，肉体完全地腐烂掉了，物质的大脑混入泥土了，依然会有什么异乎寻常的东西存在于泥土中，雨水一冲，便会显现出来似的。又仿佛，即使我的尸体按照现今常规的方式火化掉，在我的颅骨的白森森的骸片上，定有类似几行文字的深深的刻痕清晰可见。告诉别人在我这个死者的大脑中，确乎曾至死还保留过某种难以被岁月铲平的、与记忆有关的密码……

其实呢，那些自书中复刻入大脑的人和事，并不多么的惊心动魄，也根本没有什么曲折的因而特别引人入胜的情节。它们简单的像小学课文一样，普通的像自来水；并且，都是我少年时的记忆。

这记忆啊，它怎么一直纠缠不休呢？怎么像初恋似的难忘呢？我曾企图思考出一种能自己对自己说得通的解释。然而我的思考从未有过使自己满意的结果。正如初恋之始终是理性分析不清的。所以呢，我想，还是让我用我的文字将它们写出来吧！我更愿我火化后的颅骨的骸片像白陶皿的碎片一样，而不愿它有使人觉得奇怪的痕迹……

一

在乡村的医院里，有一位父亲要死了。但他顽强地坚持着不死，其坚持好比夕阳之不甘坠落。在自然界它体现在一小时内，相对于那位父亲，它将延长至十余小时。

生命在那一种情况下执拗又脆弱。护士明白这一点。医生更明白这一点。那位父亲死不瞑目的原因不是由于身后的财产——他是果农，除了自家屋后院子里刚刚结了青果的几十棵果树，他再无任何财产。除了他的儿子，他在这个世界上也再无任何亲人。他坚持着不死是希望临死前再见一眼他的儿子。他也没什么重要之事叮嘱他的儿子。他只不过就是希望临死前再见一眼他的儿子，再握一握儿子的手……事实上他当时已不能说出话来。他一会儿清醒，一会儿昏迷。两阵昏迷之间的清醒时刻越来越短……但他的儿子远在美国俄亥俄州。医院已经替他发出了电报——打长途电话未寻找到那儿子，电报就一定会及时送达那儿子的手中吗？即使及时送达了，估计他也只能买到第二天的机票了。下了飞机后，他要再乘四个多小时的长途汽车才能来到他父亲身旁……

而他的父亲真的竟能坚持那么久吗？濒死的生命坚持不死的现象，令人肃然也令人怜悯。而且，那么的令人无奈……

夕阳是终于放弃它的坚持了，坠落不见了。令人联想到晏殊的诗句——“一向年光有限身”“夕阳西下几时回”。但是那位父亲仍在顽强地与死亡对峙着。那一种对峙注定了绝无获胜的机会，因而没有本能以外的任何意义……黄昏的余晖映入病房，像橘色的纱，罩在病床上，罩在那位父亲的身上、脸上……病房里静悄悄的，最适合人咽最后一口气的那一种寂静……那位父亲只剩下几口气了。他喉间呼呼作喘，胸脯高起深伏，极其舍不得地运用他的每一口气。每一口气对他都是无比宝贵的。呼吸已仅仅是呼出着生命之气。那是看了令人非常难过的“节省”。分明，他已处在弥留之际。他闭着眼睛，徒劳地做最后的坚持。他看去昏迷着，实则特别清醒，那清醒是生命在大脑领域的回光返照。门轻轻地开了。有人走入了病房。脚步声一直走到了他的病床边。那是他在绝望中一直不肯稍微放松的企盼。除了儿子，还会是谁呢？这时脆弱的生命做出了奇迹般的反应——他突然伸出一只手向床边抓去。而且，那么的巧，他抓住了中年男医生的手……“儿子！……”他竟说出了话，那是他留在人世的最后一句话。一滴老泪从他眼角挤了出来……他已无力睁开双眼最后看他的“儿子”一眼了……他的手将医生的手抓得那么紧，那么紧……年轻的女护士是和医生一道进入病房的。濒死者始料不及的反应使她呆愣住，而她自己紧接着做出的反应是——跨前一步，打算拨开濒死者的手，使医生的手获得“解放”，但医生以目光及时制止了她。

医生缓缓俯下身，在那位父亲的额上吻了一下，接着又将嘴凑向那位父亲的耳，低声说：“亲爱的父亲，是的，是我，您的儿子。”医生直起腰，又以目光示意护士替他搬过去一把椅子。在年轻女护士的注视之下，医生坐在椅子上了。那样，濒死者的手和医生的手，就可以放在床边了。医生又将自己的另一只手，轻轻捂在当他是“儿子”的那位父亲的手上。他示意护士离去。

三十几年后，当护士回忆这件事时，她写的一段话是：“我觉得我不是走出病房的，而是像空气一样飘出去的，唯恐哪怕是最轻微的脚步声，也会使那位临死的老人突然睁开双眼。我觉得仿佛是上帝将我的身体托离了地面……”

至今这段话仍印在我的颅骨内面，像释迦牟尼入禅的身影印在山洞的石壁上。夜晚从病房里收回了黄昏橘色的余晖。年轻的女护士从病房外望见医生的坐姿那么的端正，一动不动。她知道，那一天是医生结婚十周年纪念日，他亲爱的妻子正等待着他回家共同庆贺一番。黎明了——医生还坐在病床边……旭日的阳光普照入病房了——医生仍坐在病床边……因为他觉得握住他手的那只手，并没变冷变硬……到了下午，那只手才变冷变硬，而医生几乎坐了二十个小时……他的手臂早已麻木了，他的双腿早已僵了，他已不能从椅子上站起来了，是被别人搀扶起来的……院长感动地说：“我认为你是很虔诚的基督徒。”而医生平淡地回答：“我不是基督徒，不是上帝要求我的。是我自己要求我的。”

三十几年以后，那位年轻的护士变成了一位老护士，在她退休那一天，人们用“天使般的心”赞美她那颗充满着爱的护士的心时，她讲了以上这件使她终生难忘的事……

最后她也以平淡的语调说：“我也不是基督徒。有时我们自己的心要求我们做的，比上帝用他的信条要求我们做的更情愿。仁爱是人间的事，而我们有幸是人。所以我们比上帝更需要仁爱，也应比上帝更肯给予。”

没有掌声。因为人们都在思考她讲的事，和她说的话，忘了鼓掌……在我们人间，使我们忘了鼓掌的事已少了；而我们大鼓其掌时真的都是那么由衷的吗？

二

接下来我所讲述的这件事发生在国外一座大城市的一家小首饰店里。

冬季的傍晚，店外雪花飘舞。三名售货员都是女性。确切地说，是三位年轻的姑娘，其中最年轻的一位才十八九岁。已经到可以下班的时间了，另外两位姑娘与最年轻的姑娘打过招呼后，一起离开了小首饰店。现在，小首饰店里，只剩下最年轻的那位姑娘一人了。

正是西方诸国经济大萧条的灰色时代，失业的人比以往任何一年都多，到处可见忧郁的沮丧的面孔。银行门可罗雀。超市冷清。领取救济金的人们却从夜里就开始排队了。不管哪里，只要一贴出招聘广告，即使仅招聘一人，也会形成聚众不散的局面。

姑娘是在几天前获得这一份工作。她感到无比的幸运，甚至可以说感到幸福，虽然工资是那么的低微。她轻轻哼着歌，不时望一眼墙上的钟。再过半小时，老板就会来。她向老板汇报完一天的营业情况，也可以下班了。

姑娘很勤快，不想无所事事地等着。于是她扫地、擦柜台，这不见得会受到店主的夸奖。她也不指望受到夸奖。她勤快是由于她心情好。心情好是由于感到幸运和幸福。

忽然，门“吱呀”一声开了，迈进来一个中年男人。他一肩雪花。头上没戴帽子。雪花在他头上形成了一顶白帽子。姑娘立刻热情地说："先生您好！"男人点了一下头。姑娘犹豫刹那，掏出手绢，替他抚去头上的、肩上的雪花。接着她走到柜台后边，准备为这一位顾客服务。其实她可以对他说："先生，已过下班时间了，请明天来吧。"但她没这么说。经济萧条的时代，光临首饰店的人太少了。生意惨淡。她希望能替老板多卖出一件首饰。虽然才上了几天班，她却养成了一种职业习惯，那就是判断一个人的身份，然后估计顾客可能对什么价格的首饰感兴趣。

她发现男人竖起着的大衣领的领边磨损得已暴露出呢纹了。而且，她看出那件大衣是一件过时货。当然，她也看出那男人的脸刚刮过，两颊泛青。

他的表情多么的阴沉啊！他企图靠斯文的举止掩饰他糟糕的心境，然而他分明的不是现实生活中的好演员。姑娘判断他是一个钱夹里没有多少钱的人。于是她引他凑向陈列着廉价首饰的柜台，向他一一介绍价格，可配怎样的衣着。而他似乎对那些首饰不屑一顾。他转向了陈列着价格较贵的首饰的柜台，要求姑娘不停地拿给他看。有一会儿他同时比较着两件首饰，仿佛很快就会做出最后的选择。他几乎将那一柜台里的首饰全看遍了，却说一件都不买了。姑娘自然是很失望的。男人斯文而又抱歉地说："小姐，麻烦了您这么半天，实在对不起。"

姑娘微笑着说："先生，没什么。有机会为您服务我是很高兴的。"当那男人转身向外走时，姑娘漫不经心地瞥了一眼柜台。漫不经心的一瞥使她顿时大惊失色——价格最贵的一枚戒指不见了！那是一家小首饰店，当然也不可能有贵到价值几千几万的戒指。然而姑娘还是呆住了，仿佛被冻僵了一样。那一刻她脸色苍白，心跳似乎停止了，血液也似乎不流通了……而男人已经推开了店门，一只脚已迈到了门外……"先生！……"姑娘听出了她自己的声音有多么颤抖。男人的另一只脚，就没向门外迈。男人也仿佛被冻僵在那儿了。姑娘又说："先生，我能请求您先别离开吗？"男人已迈出店门的脚竟收回来了……他缓缓地，缓缓地转过了身……他低声说："小姐，我还有很急迫的事等着我去办。"分明地，他随时准备扬长而去……姑娘绕出柜台，走到门口，有意无意地将他挡在了门口……男人的目光冷森起来……姑娘说："先生，我只请求您听我几句话……”男人点了点头。姑娘说：“先生，您也许会知道我找到这一份工作有多么的不容易！我的父亲失业了。我的哥哥也失业了。因为家里没钱养两个大男人，我的母亲带着我生病的弟弟回乡下去了。我的工资虽然低微，但我的父亲我的哥哥和我自己，正是靠了我的工资才每天能吃上几小块面包。如果我失去了这份工作，那么我们就完了。除非我做妓女……”

姑娘说的每一句话都是实话。姑娘说不下去了。流泪了。无声地哭了……男人低声说：“小姐，我不明白您的话。”姑娘又说：“先生，刚才给您看过的一枚戒指现在不见了。如果找不到它，我不但将失去工作，还肯定会被传到法院去的。而如果我不能向法官解释明白，我不是要坐牢的吗？先生，我现在绝望极了，害怕极了。我请求您帮着我找！我相信在您的帮助之下，我才会找到它……”姑娘说的每一句话都是由衷的话。男人的目光不再冷森。他犹豫片刻，又点了点头。于是他从门口退开，帮着姑娘找。两个人分头这儿找那儿找，没找到。男人说：“小姐，我真的不能再帮您找了。我必须离开了。小姐您瞧，柜台前的这道地板缝多宽呀！我敢断定那枚戒指一定是掉在地板缝里了。您独自再找找吧！听我的话，千万不要失去信心！……”男人一说完就冲出门外去了……姑娘愣了一会儿，走到地板缝前俯身细瞧——戒指卡在地板缝间……而男人走前蹲在那儿系过鞋带……

第二天，人们相互传告——夜里有一名中年男子抢银行未遂……几天后，当罪犯被押往监狱时，他的目光在道边围观的人群中望见了那姑娘……她走上前对他说：“先生，我要告诉您我找到那枚戒指了，因而我是多么地感激您啊！……”并且，她送给了罪犯一个小面包圈儿。她又说：“我只能送得起这么小的一个小面包圈儿。”罪犯流泪了。当囚车继续向前行驶。姑娘追随着囚车，真诚地说：“先生，听我的话，千万不要失去信心！……”那是他对姑娘说过的话。他——罪犯，点了点头……

三

这是秋季的一个雨夜。雨时大时小，从天黑下来后一直未停，想必整夜不会停的了。在城市某一个区的消防队值班室里，一名年老的消防队员和一名年轻的消防队员正下棋。棋盘旁边是电话机，是二人各自的咖啡杯。他们的值班任务是——有火灾报警电话打来，立即拉响报警器。年老的消防队员再过些日子就要退休了；年轻的消防队员才参加工作没多久。这是他们第一次共同值班。年老的消防队员举起一枚棋子犹豫不决之际，电话铃骤响……年轻的消防队员反应迅速地一把抓起了电话“救救我……我的头磕在壁炉角上了，流着很多血……我快死了，救救我……”话筒那端传来一位老女人微弱的声音。那是一台扩音电话。年轻的消防队员愣了愣，爱莫能助地回答：“可是夫人，您不该拨这个电话号码。这里是消防队值班室……”话筒那一端却再也没有任何声音传来。年轻的消防队员一脸不安，缓缓地，缓缓地放下了电话。他们的目光刚一重新落在棋盘上，便不约而同地又望向电话机了。接着他们的目光注视在一起了……年老的消防队员说：“如果我没听错，她告诉我们她流着很多血……”年轻的消防队员点了一下头：“是的。”“她还告诉我们，她快死了。”

“是的。”

“她在向我们求救。”

“是的。”

“可我们……在下棋……”

“不……我怎么还会有心思下棋呢？”

“我们总该做点儿什么应该做的事，对不对？”

“对……可我，真的不知道该做什么……”

年老的消防队员嘟囔：“总该做点儿什么的……”

他们就都不说话了。

都在想究竟该做点儿什么。

他们首先给急救中心打了电话，但因为不清楚确切的住址，急救中心的回答非常令他们遗憾……他们也给警方打了电话，同样的原因，警方的回答也非常令他们失望……该做的事已经做了，连年老的消防队员也不知道该继续做什么了……他说：“我们为救一个人的命已经做了两件事，但并不意味着我们救了一个向我们求救过的人。”年轻的消防队员说：“我也这么想。”“她肯定还在流血不止。”“肯定的。”“如果没有人实际上去救她，她真的会死的。”“真的会死的……”年轻的消防队员说完，忽然拍了一下自己的前额：“嘿，我们干嘛不查问一下电话局？那样，我们至少可以知道她住在哪一条街区！……”年老的消防队员赶紧抓起了电话……一分钟后，他们知道求救者住在哪一条街了……两分钟后，他们从地图上找到了那一条街。它在另一市区。他们又将弄清的情况通告急救中心或警方……但是一方暂无急救车可以前往，一方的线路占线，连拨不通……

年老的消防队员灵机一动，向另一市区的消防队值班室拨去了电话，希望派出消防车救一位老女人的命……他遭到了拒绝。拒绝的理由简单又正当：派消防车救人？荒唐之事！在没有火灾也未经特批的情况下出动消防车，不但严重违反消防队的纪律条例，也严重违反城市管理法啊！他们一筹莫展了……年老的消防队员发呆地望了一会儿挂在墙上的地图，主意已定地说：“那么，为了救一个人的命，就让我来违反纪律和违法吧！……”

他起身拉响了报警器。年轻的消防队员说：“不能让你在退休前受什么处罚。报警器是我拉响的，一切后果由我来承担。”年老的消防队员说：“你还是一名见习队员，怎么能牵连你呢？报警器明明是我拉响的嘛！”而院子里已经嘈杂起来，一些留宿待命的消防队员匆匆地穿着消防服……当年老的消防队员说明拉报警器的原因后，院子里一片肃静。年老的消防队员说：“认为我们不是在胡闹的人，就请跟我们去吧！……”他说完走向一辆消防车，年轻的消防队员紧随其后。没有谁返身回到宿舍去，也没有谁说什么问什么，都分头踏上了两辆消防车……雨又下大了。马路上的车辆皆缓慢行驶……两辆消防车一路鸣笛，争分夺秒地从本市区开往另一市区……它们很快就驶在那一条街道上了。那是一条很长的街道。正是周末，人们睡得晚。几乎家家户户的窗子都明亮着。求救者究竟倒在哪一幢楼的哪一间屋子里呢？断定本街上并没有火灾发生的市民，因消防车的到来滋扰了这里的宁静而愤怒。有人推开窗子大骂消防队员们……年轻的消防队员站立在消防车的踏板上，手持话筒做着必要的解释。

许多大人和孩子从自家的窗子后面，观望到了大雨浇着他和别的消防队员们的情形……“市民们，请你们配合我们，关上你们各家所有房间的电灯！……”年轻的消防队员反复要求着……一扇明亮的窗子黑了……又一扇明亮的窗子黑了……再也无人大骂了……在这一座城市，在这一条街道，在这一个夜晚，在瓢泼大雨中，两辆消防车如夜海上的巡逻舰，缓缓地一左一右地并驶着……迎头的各种车辆纷纷倒退……除了司机，每一名消防队员都站立在消防车两旁的踏板上，目光密切地关注着街道两侧的楼房，包括那位年老的消防队员……雨，下得更大了……街道两旁的楼房的窗全都黑了，只有两行路灯亮着了……那条街道那一时刻那么的寂静……“看！……”一名消防队员激动地大叫起来……他们终于发现了唯一一户人家亮着的窗……一位七十余岁的老妇人被消防车送往了医院……医生说，再晚十分钟，她的生命就会因失血过多不保了。两名消防队员自然没受处罚。市长亲自向他们颁发了荣誉证书，称赞他们是本市“最可爱的市民”，其他消防队员也受到了市长的表扬。那位老妇人后来成为该市年龄最大也最积极的慈善活动志愿者……

大约是在上初一时，我从隔壁邻居卢叔收的废报刊堆里翻到了一册港版的《读者文摘》，其中的这一篇纪实文章令我的心一阵阵感动。但是当年我不敢向任何人说出我所受的感动——因为事情发生在美国。

当年我少年的心又感动又困惑——因为美国大兵正在越南用现代武器杀人放火。人性如泉，流在干净的地方带走不干净的东西；流在不干净的地方它自身也污浊。后来我更多次地联想到这一则故事……

四

以下一则“故事”是以第一人称叙述的，那么让我也尊重“原版”，以第一人称叙述：

“我”是一位已毕业两年的文科女大学生，两年内几十次应聘，仅几次被试用过，更多次应聘谈话未结束就遭到了干脆的或客气的拒绝。即使是那几次被试用，也很快被以各种理由打发走了……

这使“我”产生了巨大的人生挫败感。刚刚踏入社会啊！“我”甚至产生过自杀的念头。“我”找不到工作的主要原因不是有什么品行劣迹，也不是能力天生很差，而是大学毕业前夕“我”被车刮倒过一次，留下了难以治愈的后遗症——心情一紧张，两耳便失聪。“我”是一个诚实的人。每次应聘，“我”都声明这一点。而结果往往是，招聘主管者们欣赏“我”的诚实，但却不肯降格以用。“我”虽然对此充分理解，可却无法减轻人生忧愁。“我”仍不改初衷，每次应聘，还是一如既往地声明在先，也就一如既往地一次次希望落空……在“我”沮丧至极的日子里，很令“我”喜出望外的是，“我”被一家报馆试用了！

是的，那是因为她的诚实起了作用。也因为她诚实不改且不悔的经历引起了同情和尊敬。

与“我”面谈的是一位部门主任。他对“我”说：“你是受过高等教育的，社会应该留给你这么诚实的人一份适合你的工作，否则，就谁也没有资格要求你热爱社会了。”部门主任的话也令“我”大为感动。“我”的具体工作是资料管理。这一份工作获得不易，“我”异常珍惜，而且，也渐渐喜欢上这一份工作。“我”的心情从没有过的好，每天笑口常开。当然，双耳失聪的后遗症现象一次也没发生过……同事们不但接受了“我”这一名资料管理员，甚至开始称赞“我”良好的工作表现了。试用期一天天地过去着，不久，“我”将被正式签约录用了。这是“我”梦寐以求的呀！“我”不再觉得自己是一个不幸的人，反而觉得自己是一个十分幸运的人了。

某一天，那是试用期满的前三天——报馆同事上下忙碌，为争取对一新闻事件的最先报道，人人放弃了午休。到资料馆查询相关资料的人接二连三……

受紧张气氛影响，“我”最担心之事发生了，“我”双耳失聪了！这使我陷于不知所措之境，也使同事们陷于不知所措之境。笔谈代替了话语。时间对于新闻意味着什么不言自明，何况有多家媒体在与该报抢发同一条新闻！……结果该报在这次新闻战中败北了。对于该报，这差不多好比一支足球队在一次稳操胜券的比赛中惨遭淘汰……客观地说，如此结果，并非完全是由“我”一人造成的，但“我”确实难逃干系啊！“我”觉得多么地对不起报社对不起同事们呀！

“我”内疚极了。

同时，“我”又是多么地害怕三天后被冷淡地打发走呢！“我”向所有当天到过资料室的人表示真诚的歉意；“我”向部门主任当面承认“错误”，尽管她不认为是因为“我”的工作态度而失职……一切人似乎都谅解了“我”。在“我”看来，这只是似乎而已。“我”敏感异常地觉得，人们谅解自己是假的，是装模作样的。总之是表面的。仅仅为了证明自己的宽宏大量罢了……“我”猜想，其实报社上上下下，都巴不得自己三天后没脸再来上班……但，那“我”不是又失业了吗？“我”还能幸运地再找到一份工作吗？第二次幸运的机会究竟在哪儿呀？“我”已根本不相信它的存在了。……奇怪的是，三天后并没谁找“我”谈话，通知“我”被解聘了；当然也没谁来让“我”签订正式录用的合同。“我”太珍惜这份获得不易的工作了！“我”决定放弃自尊，照常上班。一切人见了“我”，依旧和“我”友好地点头，或打招呼。但“我”觉得人们的友好已经变质了，微笑着的点头已是虚伪的了。分明地，人们对“我”的态度，与以前是那么的不一样了，变得极不自然了，仿佛竭力要将自己的虚伪成功地掩饰起来似的……以前，每到周末，人们都会热情地邀请“我”参加报社一向的“派对”娱乐活动。现在，两个周末过去了，“我”都没受到邀请——如果这还不是歧视，那什么才算歧视呢？

“我”由内疚由难过而生气了——倒莫如干脆打发“我”走！为什么要以如此虚伪的方式逼“我”自己离开呢？这不是既想达到目的又企图得到善待试用者的美名吗？

“我”对当时决定试用自己的那一位部门主任，以及自己曾特别尊敬的报社同事们暗生嫌恶了。

都言虚伪是当代人之人性的通病，“我”算是深有体会了！

第三个周末，下班后，人们又都匆匆地结伴走了。

“派对”娱乐活动室就在顶层，人们当然是去尽情娱乐了呀！

只有“我”独自一人留在资料室发呆，继而落泪。

回家吗？

明天还照常来上班吗?

或者明天自己主动要求结清工资，然后将报社上上下下骂一通，扬长而去?“我”做出了最后的决定。一经决定，“我”又想，干嘛还要等到明天呢?干嘛不今天晚上就到顶层去，突然出现，趁人们皆愣之际，大骂人们的虚伪。然后再趁人们被骂得呆若木鸡，转身便走，这样有何不可?难道虚伪是不该被骂的吗?!不就是三个星期的工资吗?为了替自己出一口气，不要就是了呀!于是“我”抹去泪，霍然站起，直奔电梯……“我”一脚将娱乐活动室的门踢开了——人们对“我”的出现备感意外，确实地，都呆若木鸡;而“我”对眼前的情形也同样地备感意外，也同样地一时呆若木鸡……“我”看到一位哑语教师，在教全报社的人哑语，包括主编和社长也在内……

部门主任走上前以温和的语调说:“大家都明白你目前这一份工作对你是多么的重要。每个人都愿帮你保住你的工作。三个周末以来都是这样。我曾经对你说过——社会应该留给你这么诚实的人一份适合你的工作。我的话当时也是代表报社代表大家的。对你，我们大家都没有改变态度……”

“我”环视同事们，大家都对“我”友善地微笑着……还是那些熟悉了的面孔，还是那些见惯了的微笑……却不再使“我”产生虚伪之感了。还是那种关怀的目光，从年老的和年轻的眼中望着“我”，似乎竟都饱含着歉意，似乎每个人都在以目光默默地对“我”说:“原谅我们以前未想到用这样的方式帮助你……”

曾使“我”感到幸运和幸福的一切内容，原来都没有变质。非但都没有变质，而且美好地温馨地连成一片令“我”感动不已的、看不见却真真实实地存在着的事实了……

“我”的泪水顿时夺眶而出。

“我”站在门口，低着头，双手捂脸，像孩子似的哭着哭着……

眼泪因被关怀而流……

也因对同事们的误解而流……

那一时刻“我”又感动又羞愧，于是人们渐渐聚向“我”的身旁……

五

还是冬季，还是雪花漫舞的傍晚，还是在人口不多的小城，事情还是与一家小小的首饰店有关……

它是比前边讲到的那家首饰店更小了。前边讲的那家首饰店，在经济大萧条的时代，起码还雇得起三位姑娘。这一家小首饰店的主人，却是谁都雇不起……

他是一名三十二三岁的青年，未婚青年。他的家只剩他一个人了，父母早已过世了，姐姐远嫁到外地去了。小首饰店是父母传给他继承的。它算不上是一宗值得守护的财富，但是对他很重要，他靠它维生。

经济大萧条继续着。他的小首饰店是越来越冷清了，他的经营是越来越惨淡了。那是圣诞节的傍晚。他寂寞地坐在柜台后看书，巴望有人光临他的小首饰店。已经五六天没人迈入他的小首饰店了。他既巴望着，也不多么地期待。在圣诞节的傍晚，他坐在他的小首饰店里，纯粹是由于习惯——反正回到家里也是他一个人，也是一样的孤独和寂寞。几年以来的圣诞节或别的什么节日，他都是在他的小首饰店里度过……

万一有人……他只不过心存着一点点侥幸罢了。如果不是经济大萧条的时代，节日里尤其是圣诞节，光临他的小首饰店的人还是不少的，因为他店里的首饰大部分是特别廉价的，是适合底层的人们选择作为礼物的。

经济大萧条的时代是注定要剥夺人们某种资格的。首先剥夺的是底层人在节日里相互赠礼的资格。对于底层人，这一资格在经济大萧条的时代成了奢侈之事……

青年的目光，不时离开书页望向窗外，并长长地忧郁地叹上一口气……

居然有人光临他的小首饰店了！光临者是一位少女，看上去只有十一二岁。一条旧的灰色的长围巾，严严实实地围住了她的头，只露出正面的小脸儿。少女的脸儿冻得通红。手也是。只有老太婆才围她那种灰色的围巾。肯定地，在她临出家门时，疼爱她的母亲或祖母将自己的围巾给她围上了——青年这么想。他放下书，起身说："小姐，圣诞快乐！希望我能使你满意，您也能使我满意。"青年是高个子。少女仰起脸望着他，庄重地回答："先生，也祝您圣诞快乐！我想，我们一定都会满意的。"她穿一件打了多处补丁的旧大衣。她回答时，一只手朝她一边的大衣兜拍了一下。仿佛她是阔佬，那只大衣兜里揣着满满一袋金币似的。青年的目光隔着柜台端详她，看见她穿一双靴腰很高的毡靴。毡靴也是旧的，显然比她的脚要大得多。而大衣原先分明很长，是大姑娘们穿的无疑。谁替她将大衣的下摆剪去了，并且按照她的身材改缝过了吗？也是她的母亲或祖母吗？

他得出了结论——少女来自一个贫寒家庭。她使他联想到了《卖火柴的小女孩》。而他刚才捧读的，正是一本安徒生的童话集。

青年忽然觉得自己对这少女特别地怜爱起来，觉得她脸上的表情那会儿纯洁得近乎圣洁。他决定，如果她想买的只不过是一只耳环，那么他将送给她。或仅象征性地收几枚小币……

少女为了看得仔细，上身伏于柜台，脸几乎贴着玻璃了——她近视。

青年猜到了这一点，一边用抹布擦柜台的玻璃，一边温情地瞧着少女。其实柜台的玻璃很干净，可以说一尘不染。他还要擦，是因为觉得自己总该为小女孩做些什么才对。

"先生，请把这串项链取出来。"

少女终于抬起头指着说。

"怎么……"

他不禁犹豫。

"我要买下它。"

少女的语气那么自信，仿佛她大衣兜里的钱，足以买下他店里的任何一件首饰。

"可是……"

青年一时不知自己想说的话究竟该如何说才好。

"可是这串项链很贵？"

少女的目光盯在他脸上。

他点了点头。

那串项链是他小首饰店里最贵的，是他的镇店之宝。另外所有首饰的价格加起来，也抵不上那一串项链的价格。当然，富人们对它肯定是不屑一顾的，而穷人们却只有欣赏而已，所以它陈列在柜台里多年也没卖出去。有它，青年才觉得自己毕竟是一家小首饰店的店主。他经常这么想——倘若哪一天他要结婚了，它还没卖出去，那么他就不卖它了。他要在婚礼上亲手将它戴在自己新娘的颈上……

现在，他对自己说，他必须认真地对待面前的小女孩了。

她感兴趣的可是他的镇店之宝呀！不料少女说："我买得起它。"少女说罢，从大衣兜里费劲地掏出一只小布袋儿。小布袋儿看去沉甸甸的，仿佛装的真是一袋金币。

少女解开小布袋儿，往柜台上兜底儿一倒，于是柜台上出现了一堆硬币。但不是金灿灿的金币，而是一堆收入低微的工人们在小酒馆里喝酒时表示大方当小费的小币……

有几枚小币从柜台上滚落到了地上，少女弯腰一一捡起它们。由于她穿着高腰的毡靴，弯下腰很不容易。姿势像表演杂技似的。还有几枚小币滚到了柜台底下，她干脆趴在地上，将手臂伸到柜台底下去捡……

她重新站在他面前时，脸涨得通红。她将捡起的那几枚小币也放在柜台上，一双大眼睛默默地庄严地望着青年，仿佛在问："我用这么多钱还买不下你的项链吗？"

青年的脸也涨得通红，他不由得躲闪她的目光。他想说的话更不知该如何说才好了。全部小币，不足以买下那串项链的一颗，不，半颗珠子。他沉吟了半天才吞吞吐吐地说："小姐，其实这串项链并不怎么好。我……我愿向您推荐一只别致的耳环……"少女摇头道："不。我不要买什么耳环，我要买这串项链……""小姐，您的年龄，其实还没到非戴项链不可的年龄……""先生，这我明白。我是要买了它当作圣诞礼物送给我的姐姐，给她一个惊喜……""可是小姐，一般是姐姐送妹妹圣诞礼物的……""可是先生，您不知道我有多爱我的姐姐啊！我可爱她了！我无论送给她多么贵重的礼物，都不能表达我对她的爱……”于是少女娓娓地讲述起她的姐姐来……她很小的时候，父母就去世了，是她的姐姐将她抚养大的。她从三四岁起就体弱多病，如果没有姐姐像慈母照顾自己心爱的孩子一样照顾她，她也许早就死了。姐姐为了她一直未嫁。姐姐为了抚养她，什么受人歧视的下等工作都做过了，就差没当侍酒女郎了。但为了给她治病，已卖过两次血了……青年的表情渐渐变得肃穆。女孩儿的话使他想起了他的姐姐。然而他的姐姐对他却一点儿都不好。出嫁后还回来与他争夺这小首饰店的继承权。那一年他才十九岁呀！他的姐姐伤透了他的心……

“先生，您明白我的想法了吗？”女孩儿噙着泪问。他低声回答：“小姐，我完全理解。”“那么，请数一下我的钱吧。我相信您会把多余的钱如数退给我的……”青年望着那堆小币愣了良久，竟默默地、郑重其事地开始数……“小姐，这是您多余的钱，请收好。”他居然还退给了少女几枚小币，连自己也不知自己在干什么。他又默默地、郑重其事地将项链放入它的盒子里，认认真真地包装好。“小姐，现在，它归你了。”“先生，谢谢。”“尊敬的小姐，外面路滑，请走好。”他绕出柜台，替她开门，仿佛她是慷慨的贵妇，已使他大赚了一笔似的。望着少女的背影在夜幕中走出很远，他才关上他的店门。失去了镇店之宝，他顿觉他的小店变得空空荡荡不存一物似的。他散漫的目光落在书上，不禁地在心里这么说：“安徒生先生啊，都是由于你的童话我才变得如此的傻。可我已经是大人了呀！……”那一时刻，圣诞之夜的第一遍钟声响了……第二天，小首饰店关门。青年到外地打工去了，带着他爱读的《安徒生童话集》……三年后，他又回到了小城。圣诞夜，他又坐在他的小首饰店里，静静地读另一本安徒生的童话集……

教堂敲响了入夜的第一遍钟声时，店门开了——进来的是三年前那一位少女，和她的姐姐，一位容貌端秀的二十四五岁的女郎……女郎说：“先生，三年来我和妹妹经常盼着您回到这座小城，像盼我们的亲人一样。现在，我们终于可以将项链还给您了……”长大了三岁的少女说：“先生，那我也还是要感谢您。因为您的项链使我的姐姐更加明白，她对我是像母亲一样重要的……”青年顿时热泪盈眶。他和那女郎如果不相爱，不是就很奇怪了吗？……

以上五则，皆真人真事，起码在我的记忆中是的。从少年至青年至中年时代，他们曾像维生素保健人的身体一样营养过我的心。第四则的阅读时间稍近些，大约在二十世纪七十年代末。那时我快三十岁了。那时“文革”结束才两三年，中国的伤痕一部分一部分地裸露给世人看了。它在最痛苦也在最普遍最令我们中国人羞耻的方面，乃是以许许多多同胞的命运的伤痕来体现的，也是我以少年的和青年的眼在“文革”中司空见惯的。“文革”即使没能彻底摧毁我对人性善的坚定不移的信仰，也使我在极大程度上开始怀疑人性善之合乎人作为人的法则。事实上经历了“文革”的我，竟有些感觉人性善之脆弱，之暧昧，之不怎么可靠了。我已经就快变成一个冷眼看世界的青年了，并且不得不准备硬了心肠体会我所生逢的中国时代了。

幸而“文革”结束了。否则我不敢自信我生而为人恪守的某些原则，无论在任何情况下都不会放弃；不敢自信我绝不会向那一时代妥协；甚至不敢自信我绝不会与那一时代沆瀣一气，同流合污……

具体对我而言，我常想，“文革”之结束，未必不也是对我之人性质量的及时拯救，在它随时有可能变质的阶段……所以，当我读到人性内容的记录那么朴素、那么温馨的文字时，我之感动尤深。我想，一个人可以从某一天开始一种新的人生，世间也是可以从某一年开始新的整合吧？于是我又重新祭起了对人性善的坚定不移的信仰；于是我又以特别理想主义的心去感受时代，以特别理想的眼去看社会了……

这一种状态一直延续了十余年。十余年内，我的写作基本上是理想主义色彩鲜明的。偶有愤世嫉俗性的文字发表，那也往往是由于我认为时代和社会的理想化程度不合我一己的好恶……

然而，步入中年以后，我坦率承认，我对以上几则“故事”的真实性越来越怀疑了。

可它们明明是真实的啊！

它们明明坚定过我对人性善的信仰啊！

它们明明滋养过我的心啊！

我知道，不但时代变了，我自己的理念架构也在浑然不觉间发生了重组。我清楚这一点。

我不再是一个理想主义者了。

并且，可能永远也不再会是了。

这使我经常暗自悲哀。

我的人生经验告诉我——人在少年和青年时期若不曾对人世特别的理想主义过，那么以后一辈子都将活得极为现实。

少年和青年时期理想主义过没什么不好，一辈子都活得极为现实的人生体会也不见得多么良好；反过来说也行，那就是——一辈子都活得极为现实的人生不算什么遗憾，少年和青年时期理想主义过也不见得是一件值得欣慰的事……

以上几则“故事”，依我想来，在当今中国之现实中，几乎都没有了“可操作”性。谁若在类似的情况下，像它们的当事人那么去思维去做，不知结果会怎样？恐怕会是自食恶果而且被人冷嘲曰自作自受的吧？

我也不会那么去思维那么去做的了。

故我将它们追述出来，绝无倡导的意思，只不过是一种摆脱记忆粘连的方式罢了。

再有什么动机，那就是提供朴素的、温馨的人性和人道内容的体会了。

体会体会反正也不损失我们什么……

爱读的人们

我曾以这样一句话为题写过一篇小文——“读，是一种幸福”。我曾为作家这一种职业作出过我自己所理想的定义——“为我们人类古老而良好的阅读习惯服务的人”。我也曾私下里对一位著名的小说评论家这样说过——“小说是培养人类阅读习惯的初级读本”。我还公开这样说过——“小说是平凡的”。现在，我仍觉得——读，对于我这样一个具体的、已养成了阅读习惯的人，确乎是一种幸福。而且，将是我一生的幸福。对于我，电视不能代替书，报纸不能代替书，上网不能代替阅读，所以我至今没有接触过电脑。

站在我们所处的当代，向历史转过身去，我们定会发现——读，这一种古老而良好的习惯，千百年来，曾给万亿之人带来过幸福的时光。万亿之人从阅读的习惯中受益匪浅。历史告诉我们，阅读这一件事，对于许许多多的人曾是一种很高级的幸福，是精神的奢侈。书架和书橱，非是一般人家所有的家具。书房，无论在西方还是东方，乃富有家庭的标志，尤其是西方贵族家庭的标志。

而读，无论对于男人或女人，无论对于从前的、现在的，抑或将来的人们，都是一种优雅的姿势，是地球上只有人类才有的姿势。一名在专心致志地读着的少女，无论她是坐着读还是站着读，无论她漂亮还是不漂亮，她那一时刻都会使别人感到美。保尔去冬妮娅家里看她，最羡慕的是她家的书房，和她个人的藏书。保尔第一次见到冬妮娅的母亲，那林务官的夫人便正在读书。而苏联拍摄的电影《保尔·柯察金》中有一个镜头——黄昏时分的阳光下，冬妮娅静静地坐在后花园的秋千上读着书……那样子的冬妮娅迷倒了当年中国的大多数青年。因为那是冬妮娅在全片中最动人的形象。

读有益于健康，这是不消说的。

一个读着的人，头脑中那时别无他念，心跳和血流是极其平缓的，这特别有助于人体脏器的休息，脑神经那一时刻也处于愉悦状态。

一教室或一阅览室的人都在静静地读着，情形是肃穆的。

有一种气质是人类最特殊的气质，那是所谓“书卷气”。这一种气质区别于出身、金钱和权力带给人的什么气质，但它是连阔佬和达官显贵们也暗生嫉妒心的气质。它体现于女人的脸上，体现于男人的举止，法律都无法剥夺。

但是如果我们背向历史面向当今，又不得不承认，仍然以读为一种幸福的男人和女人，在全世界都大大地减少了。印刷业发达了，书刊业成为“无烟工业”。保持着阅读习惯的人也许并没减少，然而闲适之时，他们手中往往只不过是一份报了。

我不认为读报比读书更加是一种幸福。

或者，一位老人饭后读着一份报，也沉浸在愉悦时光里。但印在报上的文字和印在书上的文字是不一样的。对于前者，文字只不过是新闻报道的工具；对于后者，文字本身即有魅力。

世界丰富多彩了，生活节奏快了，人们要求从每天里分割出更多种多样的愉悦时光。而这是人性合理的要求。

读，是一种幸福——这一人性感觉，分明地正在成为人类的一种从前感觉。

我说小说是培养人类阅读习惯的初级读本，并非自己写着小说而又非装模作样地贬低小说。我的意思是，一个人的阅读习惯往往是从读小说开始的。其后，他才去读史，读哲，读提供另外多种知识的书。

我说小说是平凡的，这句话欠客观，因为世界上有些小说无疑是不平凡的、伟大的。有些作家倾其毕生心血，留给后人一部《红楼梦》式的经典，或《人间喜剧》那样的皇皇巨著，这无论如何不应视为一件平凡的事情。这些丰腴的文学现象，也可以说是人类经典的文学现象，经典就经典在同时产生从前那样一些经典作家。但是站在今天看以后，世界上不太容易还产生那样一些经典作家了。诺贝尔文学奖的质量和获奖作家的分量每况愈下，间接地证明着此点。然而能写小说能出版自己书的人却空前地多了。也许从严格的意义上讲这些人不能算作家，只不过是写过小说的人。但小说这件事，却由此而摆脱神秘性，以俗常的现象走向了民间，走向了大众。于是小说的经典时代宣告瓦解，小说的平凡时代渐渐开始……

我这篇文章更想谈的，却并非以上内容。其实我最想谈的是——在当今，仍保持着阅读的习惯并喜欢阅读的人群有哪些？在哪里？这谁都能扳着手指说出一二三四来，但有一个地方，有那么一种人群，也许是除了我以外的别人们很难知道的。那就是——精神病院和精神病患者人群。当然，我指的是较稳定的那一种。

是的，在精神病院，在较稳定的精神病患者人群中，阅读的习惯不但被保持着，而且被痴迷着。是的，在那里，在那一人群中，阅读竟成为如饥似渴的事情，带给着他们接近幸福的时光和感觉。这一发现使我大为惊异，继而大为感慨，又继而大为感动。相比于当今精神正常的人们对阅读这一件事的不以为然、不屑一顾，我内心顿生困惑——为什么偏偏是在精神病院里？为什么偏偏是在精神病患者人群中？我百思不得其解。

我的哥哥患精神病三十余年。父母先后去世后，我将他接到北京，先雇人照顾了一年多，后住进了北京某区一家精神病托管医院。医护们对家兄很好，他的病友们对他也很好。我心怀感激，总想做些什么表达心情。

于是想到了书刊。我第一次带书刊到医院，引起一片惊呼。当时护士们正陪着患者们在院子里“自由活动”。“书！书！”“还有刊物！还有刊物！”……顷刻，我拎去的三大塑料袋书刊，被一抢而空。患者们如获至宝，护士们也当仁不让。

医院有电视，有报。看来，对于那些精神病患者们，日常仅仅有电视有报反而不够了。他们见了书见了刊眼睛都闪亮起来了。而在医院的外面，在我们许多正常人的生活中，恰恰的，似乎仅仅有电视有报就足矣了。而且，我们许多正常人的文化程度，普遍是比他们高的。他们中仅有一名硕士生。还有一名进了大学校门没一年就病了的——我的哥哥。

我当时呆愣在那儿了。因为决定带书刊去之前，我是犹豫再三的，怕怎么带去怎么带回来。精神病人还有阅读的愿望吗？事实证明他们不但有，而且竟那么强烈！后来我每次去探望哥哥，总要拎上些书刊。后来我每次离开时，哥哥总要叮嘱："下次再多带些来！"我问："不够传阅吗？"哥哥说："那哪够！一拿在自己手里，都舍不得再给别人看了。下次你一定要多带些来！"患者们，往往也会聚在窗口门口朝我喊："谢谢你！""下次多带些来！"那时我的眼眶总是会有些湿，因他们的阅读愿望，因书和刊在精神病院这一种地方的意义。

我带去的书刊，预先又是经过我反复筛选的。因为他们是精神病患者。内容往往会引起许多正常人兴趣的书刊，如渲染性的、色情的、暴力的、展览人性丑恶及扭曲程度的、误导人偏激看待人生和社会的，我绝不带去。

我带给那些精神病患者的，皆是连家长们都可以百分百放心地给少男少女们看的书和刊。而且，据我想来，连少男少女们也许都不太会有兴趣看。

正是这样的一些经过我这个正常的人严格筛选的书和刊，对于那些精神病患者，却成为高级的"精神食粮"。而这样的一切书和刊，尤其刊，一过期，送谁谁也不要。所以我从前每打了捆，送给传达室朱师傅去卖。

我这个正常之人在我们正常人的正常社会，曾因那些书和刊的下场感到多么的惋惜啊！现在，我终于为它们在精神病院这一种地方，安排了一种倍受欢迎的好命运。我又是多么的高兴啊！由精神病院，我进而联想到了监狱。或者在监狱，对于囚犯们，它们也会备受欢迎吧！书和刊以及其中的作品文章，在被阅读之时，也会带给囚犯们平静的时光，也会抚慰一下他们的心灵，陶冶一下他们的性情吧？谁能向我解释一下，精神病患者们竟比我们精神病院外的精神正常的人们，更加喜欢阅读这一件事情——因而证明他们当然是精神病患者，抑或证明他们的精神在这一点上与我们精神正常的人们差不多正常！

喜欢阅读的精神病患者们啊，我是多么地喜欢你们！也许，因为我反而与你们在精神上更相似着？……

我与唐诗宋词

我与唐诗宋词。

信笔写出以上一行字，我犹豫良久，打算改——因为我对于唐诗、宋词半点儿学识也没有，只是特别喜欢罢了。单看那一行字，倒像我是一位专门研究唐诗、宋词的专家学者似的。转而一想，不过就是一篇回忆性小文章的题目，而且，也比较地能概括内容，那么不改也罢。

当年我下乡的地方，属于黑龙江边陲的瑷珲县，是中苏边境地带。如果我们知青要回城市探家，必经一个叫“西岗子”的小镇。那镇真是小极了，仅百余户人家，散布在公路两侧，包括一家小旅店、一家小饭馆、一家小杂货铺和理发铺及邮局。“西岗子”设有边境地区检查站，过往行人车辆都须凭“边境通行证”，知青也不例外。

有一年我回家探亲回兵团，由于没搭上车，不得不在“西岗子”的旅店住了一夜。其实，说是旅店，哪儿像旅店呢！住客一间屋，大通铺；一门之隔就是店主一家，老少几口。据说那人家是新中国成立初剿匪烈士的家属，当地政府体恤和关爱他们，允许他们开小旅店谋生。按今天的说法，是“家庭旅店”。

天黑后，我正要睡下，但听门那边有个男人大声喊：“二 ××，瞎啦？你小弟又拉地上了，你没看见呀！快给他擦屁股，再把屎收拾了！……”

于是一个十二三岁的小女孩儿，跑到我们住客这边的屋里来，掀起一角炕席，抄起一本书转身跑回门那边去了……书使我的眼睛一亮。那个年代，对于爱看书的青年，书是珍稀之宝。

一会儿小女孩儿又回到门这边，掀起炕席欲将书放在原处。我问："什么书啊？"

她摇摇头说："不知道，我不认识字。"

我又问："你刚才拿书干什么去呢？"

她眨着眼说："我小弟拉屎了，我撕几页替他擦屁股呀！"她那模样，仿佛是在反问——书还能干什么用呢？我说："让我看看行吗？"她就默默地将书递给了我。我翻看了一下，见是一本《唐诗三百首》，前后已撕得少了十几页。那个年代中国有些造纸厂的质量不过关，书页极薄，似乎也挺适合擦小孩屁股的。我又是惋惜又是央求地说："这给我行不？"她立刻又摇头道："那可不行。"——见我舍不得还她，又说，"你当手纸用几页行。"我继续央求："我不当手纸用，我是要看的。给我吧！"她为难地说："这我不敢做主呀！我们这儿的小杂货店里经常断了手纸卖，要给了你，我们用什么当手纸呢？住客又用什么当手纸呢？……"

我猛地想到，我的背包里，有为一名知青伙伴从城市带回来的一捆成卷的手纸，便打开背包，取出一卷，商量地问："我用这一卷真正的手纸换行不了？"

她说："你包里那么多，你用两卷换吧！"于是我用两卷手纸换下了那一本残缺不全的《唐诗三百首》……第二天一早，我离开那小旅店时，小女孩儿在门外叫住了我。"叔叔，我昨天晚上占你便宜了吧？"——不待我开口说什么，她将伸在棉袄衣襟里的一只小手抽了出来，手里竟拿着另一本书。她接着说："这一本书还没撕过呢，也给你吧！这样交换就公平了。我们家人从不占住客的便宜。"

我接过一看，见是《宋词三百首》。封面也破旧了，但毕竟还有封面，依稀可见一行小字是"中国传统文化丛书"。我深深地感动于小女孩儿的待人之诚，当即掏出一元钱给她，摸了她的头一下，迎着风雪大步朝公路走去……

回到连队，我与知青伙伴发生了一番激烈的争执——他认为那一本完整的《宋词三百首》理应归他，因为是用他的两卷手纸换的；我说才不是呢，用他的两卷手纸换的，是那本残缺不全的《唐诗三百首》，而实际情况是，完整的

《宋词三百首》是我用一元钱买下的……

如今想来，当年的争执很可笑。究竟哪一本算是用两卷手纸换的，哪一本算是用一元钱买下的，又怎么争执得清呢？

然而一个事实是——那一本残缺不全的《唐诗三百首》和那一本完整的《宋词三百首》，伴我们度过了多少寂寞的日子，对我们曾很空虚过的心灵，起到了抚慰的作用……

当年，我竟也心血来潮写起古体诗词来：

轻风戏青草，
黄蜂觅黄花。
春水一潭静，
田蛙几声呱。

如今，《唐诗三百首》和《宋词三百首》已成我的枕边书，都是精装版本，内有优美插图。如今，捧读这两本书中的一本，就倏然地忆起西岗子，忆起那小女孩儿，忆起当年之事……

唐诗宋词的背面

衣裳有衬，履有其里，镜有其反，今概称之为“背面”。细细想来，世间万物，皆有“背面”，仅宇宙除外。因为谁也不曾到达过宇宙的尽头，便无法绕到它的背面看个究竟。

纵观中国文学史，唐诗宋词，成就粲然，可谓巍巍兮如高山，荡荡兮如江河。

那么，气象万千瑰如宝藏的唐诗宋词的背面又是什么呢?

以我的眼，多少看出了些男尊女卑。肯定还另外有别的什么不美好的东西，夹在它的华丽外表的褶皱间。而我眼浅，才只看出了些男尊女卑，便单说唐诗宋词的男尊女卑吧!

于是想到了《全唐诗》。

《全唐诗》由于冠以一个“全”字，所以薛涛、鱼玄机、李冶、关盼盼、步非烟、张窈窕、姚月华等一批在唐代诗名播扬、诗才超绝的小女子们，竟得以幸运地录中有名，编中有诗。《全唐诗》乃“御制”的大全之集，薛涛们的诗又是那么的影响广远，资质有目共睹；倘以单篇而论，其精粹，其雅致，其优美，往往不在一切唐代的能骈善赋的才子们之下，且每有奇藻异韵令才子们也不由得不心悦诚服五体投地。故，《全唐诗》若少了薛涛们的诗在编，似乎也就不配冠以一个“全”字了。由此我们倒真的要感激三百多年前的康熙老爷子了。他若不兼容，曾沦为官妓的薛涛，被官府处以死刑的鱼玄机，以及那些或为姬，或为妾，或什么明白身份也没有，只不过像“二奶”似的被才子们，或被才子式的官僚们所包养的才华横溢的唐朝女诗人们的名字，也许将在康熙之后三百多年的历史沧桑中渐渐消失。有一个不争的事实，那就是——无论在《全唐诗》之前还是在《全唐诗》之后的形形色色的唐诗选本中，薛涛和鱼玄机的名字都是较少见的。尤其在唐代，在那些由亲诗爱诗因诗而名的男性诗人雅士们精编的选本中，薛涛、鱼玄机的名字更是往往被摒除在外。连他们自己编的自家诗的选集，也都讳莫如深地将自己与她们酬和过的诗篇剔除得一干二净，不留痕迹——仿佛那是他们一时的荒唐，是一提都耻辱的事情；仿佛在唐代，根本不曾有过诗才绝不低于他们，甚而高于他们的名字叫薛涛、鱼玄机的两位女诗人；仿佛他们与她们相互赠予过的诗篇，纯系子虚乌有。连薛涛和鱼玄机的诗人命运都如此这般，更不要说另外那些是姬、是妾、是妓的女诗人之才名的遭遇了。在《全唐诗》问世之前，除了极少数如李清照那般出身名门又幸而嫁给了为官的名士为妻的女诗人的名字入选某种正统诗集，其余的她们的诗篇，则大抵是由民间的有公正心的人士一往情深地辑存了的。散失了的比辑存下来的不知要多几倍。我们今人竟有幸也能读到薛涛、鱼玄机们的诗，实在是沾了康熙老爷子的光。而我们所能读到的她们的诗，不过就是收在《全唐诗》中的那些。不然的话，我们今人便连那些恐怕也是读不到的。

看来，身为男子的诗人们、词人们，以及编诗编词的文人雅士们，在从前的历史年代里，轻视她们的态度是更甚于以男尊女卑为纲常之一的皇家文化原则的。缘何？无他，盖因她们只不过是姬、是妾、是妓而已。而从先秦两汉到明清朝代，才华横溢的女诗人女词人，其命运又十之八九几乎只能是姬、是妾、是妓。若不善诗善词，则往往连是姬是妾的资格也轮不到她们。沦为妓，也只有沦为最低等的。故她们的诗、她们的词的总体风貌，不可能不是忧怨感伤的。她们的才华和天分再高，也不可能不经常呈现出倍受压抑的特征。

让我们先来谈谈薛涛——薛涛本长安良家女子，因随父流落蜀中，沦为妓。唐之妓，分两类。一曰“民妓”，一曰“官妓”。“民妓”即花街柳巷卖身于青楼的那一类。这一类的接客，起码还有巧言推却的自由。薛涛沦为的却是“官妓”。其低等的，服务于军营，实际上如同当年日军中的“慰安妇”。

所幸薛涛属于高等，只应酬于官僚士大夫和因诗而名的才子雅士们之间。对于她的诗才，他们中有人无疑是倾倒的。“扫眉才子知多少，管教春风总不如”，便是他们中的人赞她的由衷之词。而杨慎曾夸她：“元、白（元稹、白居易）流纷纷停笔，不亦宜乎！”但她的卑下身份却决定了，她首先必须为当地之主管官僚所占有。他们宴娱享乐，她定当随传随到，不仅陪酒，还要小心翼翼以巧言令色取悦于他们，博他们开心。一次因故得罪了一位“节帅”，便被“下放”到军营去充当军妓，于是不得不献诗以求宽恕，诗曰：

闻道边城苦，今来到始知。
羞将门下曲，唱与陇头儿。

黠虏犹违命，烽烟直北愁。
却教严谴妾，不敢向松州。

松州那儿的军营，地近吐鲁番；“陇头儿”，下级军官也；“门下曲”，自然是下级军官们指明要她唱的黄色小调。第二首诗的后两句，简直已含有泣求的意味儿。

因诗名而服官政的高骈，镇川时理所当然地占有过薛涛。元稹使蜀，也理所当然地占有过薛涛。不但理所当然地占有，还每每在薛涛面前颐指气使地摆起才子和监察使的架子，而薛涛只有忍气吞声自认卑下的份儿。若元稹一个不高兴，薛涛便又将面临“下放”军营之虞。于是只得再献其诗以重博好感。某次竟献诗十首，才哄元稹稍悦。元稹高兴起来，便虚与委蛇，许情感之“空头支票”，承诺将纳薛涛为妾云云。

且看薛涛献元稹的《十离诗》之一《鹦鹉离笼》：

陇西独自一孤身，飞来飞去上锦茵。
都缘出语无方便，不得笼中再唤人！

“锦茵”者，妓们舞蹈之毯；“出语无方便”，说话不讨人喜欢耳；那么结果会怎样呢？就连在笼中取悦地叫一声主人名字的资格都丧失了。

在这样一种难维自尊的人生境况中，薛涛也只有“不结同心人，空结同心草”；也只有“但娱春日长，不管秋风早”；也只有“唱到白蘋洲畔曲，芙蓉空老蜀江花”……

如果说薛涛才貌绝佳之年也曾有过什么最大的心愿，那么便是元稹娶她为妾的承诺了。论诗才，二人其实难分上下；论容颜，薛涛也是极配得上元稹的。但元稹又哪里会对她真心呢？娶一名官妓为妾，不是太委屈自己才子加官僚的社会身份了么？尽管那等于拯救薛涛出无边苦海。元稹后来是一到杭州另就高位，便有新欢，从此不再关心薛涛之命运，连封书信也无。且看薛涛极度失落的心情：

揽草结同心，将以遗知音。
春愁正断绝，春鸟复哀吟。

薛涛才高色艳年纪轻轻时，确也曾过了几年“门前车马半诸侯”的生活。然那一种生活，是才子们和士大夫官僚们出于满足自己的虚荣和娱乐而恩赐给她的，一时有点儿像《日出》里陈白露的生活，也有点儿像《茶花女》中玛格丽特的生活。不像她们的，是薛涛这一位才华横溢的女诗人自己，诗使薛涛的女人品位远远高于她们。

与薛涛有过芳笺互赠，诗文唱和关系的唐代官僚士大夫、名流雅士，不少于二十余人，如元稹、白居易、牛僧孺、令狐楚、裴度、张籍、杜牧、刘禹锡等。

但今人从他们的诗篇诗集中，是较难发现其与薛涛之关系的佐证，因为他们无论谁都要力求在诗史中护自己的清名。尽管在当时的现实生活中他们并不在乎什么清名不清名的，官也要当，诗也要作，妓也要狎……

与薛涛相比，鱼玄机的下场似乎更是一种“孽数”。玄机亦本良家女子，唐都长安人氏。自幼天资聪慧，喜爱读诗，及十五六岁，嫁作李亿妾。“大妇妒不能容，送咸宜观出家为女道士。在京中时与温庭筠等诸名士往还颇密。”其诗《赠邻女》，作于被员外李亿抛弃之后：

羞日遮罗袖，愁春懒起妆。
易求无价宝，难得有心郎。
枕上潜垂泪，花间暗断肠。
自能窥宋玉，何必恨王昌。

从此，觅“有心郎”，乃成玄机人生第一大愿。既然心系此愿，自是难以久居道观。这正是“欲求三清长生之道，而未能忘解佩荐枕之欢”。于是离观，由女道士而“女冠”。所谓“女冠”，亦近艺妓，只不过名分上略高一等。她大部分诗中，皆流露对真爱之渴望，对“有心郎”之慕求的主动性格。修辞有时含蓄，有时热烈，浪漫且坦率。是啊，对于一位是“女冠”的才女，还有比“自能窥宋玉，何必恨王昌”这等大胆自白更坦率的吗？

然虽广交名人、雅士、才子，于他们中真爱终不可得，也终未遇见过什么“有心郎”，倒是一次次地、白白地将满心怀的缠绵激情和热烈之恋空抛空撒，换得的只不过是他们的逢场作戏而带来的对她的打击。

有次，一位与之要好的男客来访，她不在家。回来时婢女绿翘告诉了她，她反疑心婢女与客人有染，严加笞审，致使婢女气绝身亡。此时的才女鱼玄机，因一番番深爱无果，其实心理已经有几分失常。事发，问斩，年不足三十。

悲也夫绿翘之惨死！
骇也夫玄机之猜祸！

《全唐诗》纳其诗四十八首，仅次于薛涛，几乎首首皆佳，诗才不让薛涛。

更可悲的是，生前虽与温庭筠情诗唱和频繁，《全唐诗》所载温庭筠全部诗中，却不见一首温回赠她的诗。而其诗中“如松匪石盟长在，比翼连襟会肯迟”句，成了才子与“女冠”之亲密接触的大讽刺。

在诗才方面，与薛涛、鱼玄机三璧互映者，当然便是李冶了。她“美姿容，善雅谑，喜丝弦，工格律。生性浪漫，后出家为女道士，与当时名士刘长卿、陆羽、僧皎然、朱放、阎伯钧等人情意相投”。

玄宗时，闻一度被召入宫。后因上书朱泚，被德宗处死。也有人说，其实没迹于安史之乱。

冶之被召入宫，毫无疑问不但因了她的多才多艺，也还得幸于她的“美姿容”。宫门拒丑女，这是常识，不管多么的才艺双全。入宫虽是一种“荣耀”，却也害了她。倘她的第一种命运属实，那么所犯乃“政治罪”也。即使其命运非第一种，是第二种，想来也肯定地凶多吉少；一名“美姿容”的小女子，且无羽庇护，在万民流离的战乱中还会有好的下场么？

《全唐诗》中，纳其诗十八首。仅遗于世之数，冶诗殊少绮罗香肌之态，情感真切，修辞自然。今我读其诗，每觉下阕总是比上阕更好。大约因其先写景境，后陈心曲，而心曲稍露，便能拨动读者心弦吧。所爱之句，抄于下：

湓城潮不到，夏口信应稀。
唯有衡阳雁，年年来去飞。

其盼情诗之殷殷，令人怜怜不已。以“潮不到”之对“信应稀”，可谓神来之笔。又如：

远水浮仙棹，寒星伴使车。
因过大雷岸，莫忘几行书。

郁郁山木荣，绵绵野花发。
别后无限情，相逢一时说。

再如：

驰心北阙随芳草，极目南山望旧峰。
桂树不能留野客，沙鸥出浦谩相逢。

……薛涛也罢，鱼玄机也罢，李冶也罢，她们的人生主要内容之一，总是在迎送男人。他们皆是文人雅士，名流才子。每有迎，那一份欢欣喜悦，遍布诗中；而每送，却又往往是泥牛入海，连她们殷殷期盼的“几行书”都再难见到。然她们总是在执著而又迷惑地盼盼盼，思念复思念，“才下眉头，却上心头”。

唐代女诗人中“三璧”之名后，要数关盼盼尤须一提了。她的名，似乎可视为唐宋两代女诗人女词人们的共名——“盼盼”，其名苦也。

关盼盼，徐州妓也，张建封纳为妾。张殁，独居鼓城故燕子楼，历十余年。白居易赠诗讽其未死。盼盼得诗，注曰：“妾非不能死，恐我公有从死之妾，玷清范耳。”乃和白诗，旬日不食而卒。那么可以说，盼盼绝食而亡，是白居易以其大诗人之名压迫的结果。作为一名妾，为张守节历十余年，原本不关任何世人什么事，更不关大诗人白居易什么事。家中宠着三姬四妾的大诗人，却竟然作诗讽其未死，真不知是一种什么样的心理使然。其《和白公诗》如下：

自守空楼敛恨眉，形同春后牡丹枝。
舍人不会人深意，讶道泉台不去随。

遭对方诗讽，而仍尊对方为“白公”“舍人”，也只不过还诗略作“舍人不会人深意”的解释罢了。此等宏量，此等涵养，虽卑为妓、为妾，实在白居易们之上也！而《全唐诗》的清代“编辑者”们，却又偏偏在介绍关盼盼时，将白居易以诗相嘲致其绝食而死一节，白纸黑字加以注明，真有几分

“盖棺定论”，不，应是“盖棺定罪”的意味。足见世间自有公道在，是非曲直，并不以名流之名而改而变！

且将以上四位唐代杰出女诗人们的命运按下不复赘言，再说那些同样极具诗才的女子们，命善者实在无多。

如步非烟——“河南府功曹参军之妾，容质纤丽，善秦声，好文墨。邻生赵象，一见倾心。始则诗笺往还，继则逾垣相从。周岁后，事泄，惨遭笞毙。”

想那参军，必半老男人也。而为妾之非烟，时年也不过二八有余。倾心于邻生，正所谓青春恋也。就算是其行该惩，也不该当夺命。活活鞭抽一纤丽小女子至死，忒狠毒也。

其生前《赠赵象》诗云：

相思只恨难相见，相见还愁却别君。
愿得化为松上鹤，一双飞去入行云。

正是，爱诗反为诗祸，反为诗死。

唐代的女诗人们命况悲楚，宋代的女词人们，除了一位李清照因是名士之女，又是太学士之妻，摆脱了为姬、为妾、为婢、为妓的“粉尘”人生而外，她们十之七八亦皆不幸。

如严蕊——营妓，“色艺冠一时，间作诗词，有新语，颇通古今”。

宋时因袭唐风，官僚士大夫狎妓之行甚糜。故朝廷限定——地方官只能命妓陪酒，不得有私情，亦即不得发生肉体上的关系。官场倾轧，一官诬另一官与蕊“有私”，株连于蕊，被拘入狱，备加垂楚。蕊思己虽身为贱妓，“岂可妄言以污士大夫”，拒作伪证。历两月折磨，委顿几死。而那企图使她屈打成招的，非别个，乃因文名而服官政的朱熹是也。后因其事闹到朝庭，朱熹改调别处，严蕊才算结束了牢狱之灾，刑死之祸。时人因其舍身求正，誉为“妓中侠”。宋朝当代及后代词家们，皆公认其才仅亚于薛涛。

“不是爱风尘，似被前缘误”之名句，即出严蕊《卜算子》中。

如吴淑姬——本“秀才女，慧而能诗，貌美家贫，为富室子所占有，或诉其奸淫，系狱，且受徒刑”。

其未入狱前，因才色而陷狂蜂浪蝶们的追猎重围。入狱后，一批文人雅士前往理院（掌管刑狱的衙门）探之。时冬末雪消，命作《长相思》词。稍一思忖，捉笔立成：

烟霏霏，雨霏霏，雪向梅花枝上堆，春从何处回？醉眼开，睡眼开，疏影横斜安在哉，从教塞管催。

如朱淑真、朱希真都是婚姻不幸终被抛弃的才女。二朱中又以淑真成就大焉，被视为是李清照之后最杰出的女词人。坊间相传，她是投水自杀的。

如身为营妓而绝顶智慧的琴操，在与苏东坡试作参禅问答后，年华如花遂削发为尼。在妓与尼之间，对于一位才女，又何谓稍强一点儿的人生出路呢？

如春娘——苏东坡之婢。传闻东坡竟以其换马。春娘责曰：“学士以人换马，贵畜贱人也！”口占一绝以辞：

为人莫作妇人身，百年苦乐由他人。
今日始知人贱畜，此生苟活怨谁嗔！

文人雅士名流间以骏马易婢，足见春娘美婢也。这从对方交易成功后沾沾自喜所作的诗中便知分晓：

不惜霜毛雨雪蹄，等闲分付赎蛾眉。
虽无金勒嘶明月，却有佳人捧玉卮。

以美婢而易马，大约在苏东坡一方，享其美已足厌矣。而在对方，也不过是又得了一名捧酒壶随侍左右的漂亮女奴罢了。春娘下阶后自杀而死。

如温琬——当时京师士人传言：“从游蓬岛宴桃溪，不如一见温仲圭。”

而太守张公评之曰："桂枝若许佳人折，应作甘棠女状元。"虽才可作女状元，然身为妓。

其《咏莲》云：

深红出水莲，一把藕丝牵。
结作青莲子，心中苦更坚。

其《书怀》云：

鹤未远鸡群，松梢待拂云。
凭君观野草，内自有兰薰。

字里行间，鄙视俗士，虽自知不过一茎"野草"，而力图保持精神灵魂"苦更坚""有兰薰"的圣洁志向，何其令人肃然！

命运大异其上诸才女者，当属张玉娘与申希光。玉娘少许表兄沈俭为妻，后父母欲攀高门，单毁前约。悒病而卒。玉娘乃以死自誓，亦以忧卒。遗书请与同葬于枫林。其《浣溪沙》词，字句呈幽冷萧瑟之美，独具风格。词云：

玉影无尘塞雁来，绕庭荒砌乱蛩哀，凉窥珠箔梦初回。压枕离愁飞不去，西风疑负菊花开，起看清秋月满台。

玉娘不仅重情宁死，且是南宋末世人皆公认之才女。卒时年仅十八岁。

申希光则是北宋人，传闻她十岁便善词，二十岁嫁秀才董昌。后一方姓权豪，垂涎其美，使计诬昌重罪，杀昌全族。灭门诛族之罪，大约是被诬为反罪的吧？于是其后求好于希光，伊知其谋，乃佯许之，并乞葬郎君及遭诛族人，密托其孤于友，怀利刃往，是夜刺方于帐中，诈为方病，呼其家人，先后尽杀之。斩方首，祭于昌坟，亦自刎颈而亡。

其《留别诗》云：

女伴门前望，风帆不可留。
岸鸣蕉叶雨，江醉寥花秋。
百岁身为累，孤云世共浮。
泪随流水去，一夜到闽州。

申希光肯定是算不上一位才女的了，但“岸鸣蕉叶雨，江醉蓼花秋”，亦堪称诗词中佳句也。

唐诗巍巍，宋词荡荡。观其表正，则仅见才子之文采飞扬，雅士之舞文弄墨，大家之气吞山河，名流之流芳千古。若亦观其背反，则多见才女之命乖运舛，无可奈何地随波逐流。如苏东坡词句所云：“似花还似非花，也无人惜从教坠。”更会由衷地叹服她们那一种几乎天生的与诗与词的通灵至慧，以及她们诗品的优美，词作的灿烂。

我想，没有这背反的一面，唐诗宋词断不会那般的绚丽万端，瑰如珠宝吧?

我的意思指的不是一种衬托的关系。不，不是的。我的意思其实是——未尝不也是她们本身和她们的才华，激发着、滋润着、养育着那些以唐诗、以宋词而在当时名噪南北，并且流芳百代的男人们。

背反的一面以其凄美，使表正的一面的光华得以长久地辉耀不衰；而表正的一面，又往往直接促使背反的一面，令其凄美更凄更美。

当然，有些男性诗人词人，其作是超于以上关系的。如杜甫，如辛弃疾等。

但以上表正与背反的关系，肯定是唐诗宋词的内质量状态无疑。

所以，我们今人欣赏唐诗宋词时，当想到那些才女们，当对她们心怀感激和肃然。仅仅有对那些男性诗人词人们的礼赞，是不够的。尽管她们的名字和她们的才华，她们的诗篇和词作，委实是被埋没和漠视得太久太久了。

这一唐诗宋词之现象，是很中国特色的一种文化现象。清朝因是少数民族统治开始的朝代，与古代汉文化的男尊女卑没有直接的瓜葛，所以《全唐诗》才会收入了那么多姬、妾、婢、妓之诗。若由唐朝的文人士大夫们自选自编，结果怎样，殊难料测也……

晚秋读诗

潇潇秋雨后，渐渐天愈凉。

我知道，那也许是一年中最后的一场秋雨。傍晚时分，急骤的雨点儿如一群群黄蜂，齐心协力扑我刚擦过的家窗。似乎那么的仓惶，似乎有万千鸟儿蔽天追啄，于是错将我家当成安全的所在，欲破窗而入躲躲藏藏。又似乎集体地怀着某种愠怒，仿佛我曾做过什么对不起它们的事，要进行报复。起码，它们弄湿我的写字桌以及桌上的书和纸……

春雨斯文又缠绵，疏而纡且渺漫迷濛。故唐诗宋词中，每用“细”字形容，每借花草的嫩状衬托。如“随风潜入夜，润物细无声”句；如“东风吹雨细如尘”句；如“天街小雨润如酥”句……而我格外喜欢的，是唐朝诗人李山甫“有时三点两点雨，到处十枝五枝花”句，将春雨的斯文缠绵写到了近乎羞涩的地步，将初蕾悄绽为新花的情景，也描摹得那么的春趣盎然，于不经意间用朴素得不能再朴素的文字酿出了一派春醉。

夏雨最多情。如同曾与我们海誓山盟过的一个初恋女子，“情绪”浪漫充沛又任性。“旅行”于东西南北地，过往于六七八月间，每踏雷而来，每乘虹而去。我们思想它时，它却不知云游何处，使我们仰面于天望眼欲穿，企盼有一大朵积雨云从天际飘至；而我们正喜悦于晴日的朗丽之际，倏忽间雷声大作，乌云遮空。于是“天外黑风吹海立，浙东飞雨过江来”。阵雨是夏雨猝探我们的惯常方式。它似乎总是一厢情愿地以此方式表达对我们的牵挂。它从不认为它这种方式带有滋扰性，结果我们由于毫无心理准备，每陷于不知所措，乍惊在心头，呆愣于脸上的窘境。几乎只夏季才有阵雨。倘它一味儿恣肆地冲动起来，于是“雷声远近连彻夜，大雨倾盆不终朝”。于是“黑云翻墨未遮山，白雨跳珠乱入船”；于是“惊风乱飐芙蓉水，密雨斜侵薜荔墙”，烦得我们一味儿祈祷“残虹即刻收度雨，杲杲日出曜长空”。当然夏雨也有彬彬而至之时，斯时它的光临平添了夏季的美好。但见“千里稻花应秀色，五更桐叶最佳音”。它彬彬而至之时，又几乎总是在黄昏或夜晚，仿佛宁愿悄悄地来，无声地去。倘来于黄昏，则“墙头细雨垂纤草，水面风回聚落花”；则江边“雨洗平沙静，天衔阔岸纡”，可观“一截云藏峰顶塔”，望“两来船断雨中桥”；则庭中“落花人独立，微雨燕双飞”，可闻“过雨荷花满院香”，“青草池塘处处蛙”，可觉“墙头语鹊衣犹湿”，“夏木阴阴正可人”；而山村则“罗汉松遮花里路，美人蕉错雨中棂”。倘来于夜晚，则“楼外残雷气未平”，则“雨中草色绿堪染”。于是翌日的清晨，虹消雨霁，彩彻云衢，朝霞半缕，网尽一夜风和雨，使人不禁地想说——真好天气！

秋雨凄冷澹寒，易将某种不可言说的伤感，一把把地直往人心里揣。仿佛它竟是耗尽了缠绵的春雨，虚抛了几番番浪漫和激情的夏雨，心曲盘桓，自叹幽情苦绪何人知？包罗着万千没结果的苦恋所生的委屈和哀怨，欲说还休，于是只有一味儿哭泣，哭泣……使老父老母格外地惦念儿女，使游子格外地思乡想家，使女人悟到应变得更温柔以安慰男人的疲惫，使男人油然自省，忏悔和谴责自己曾伤害过女人心地的行为……

一场秋雨一场寒，十场秋雨换上棉。在秋风萧刹、秋雨凄凄的日子里，人心除了伤感，其实往往也会变得对生活、对他人，包括对自己多一份怜惜和爱护之情。可能因为正是在第二天的早晨，霜白一片雨变冰。于是不日“才见岭头云似盖，已惊岩下雪如尘”。

秋风先行，但见“落叶西风时候，人共青山都瘦”。秋风仿佛秋雨的长姐，其行也匆匆，其色也厉厉。扯拽着秋雨，仿佛要赶在“溪深难受雪，山冻不流云”的冬季之前，向人间替秋雨讨一个说法。尽管秋雨的哀怨，完全是它雨魂中的特征，并非是人委屈于它或负心于它的结果。

秋风所至，“萧瑟兮草木摇落而变衰”，直吹得“只有一枝梧叶，不知多少秋声”，直吹得“秋色无远近，出门尽寒山”，直吹得“多少绿荷相倚恨，一时回首背西风”。

在寒秋日子里，读如此这般诗句，使人不禁地惜花怜树，怪秋风忒张狂，恨不能展一床接天大被，替挡秋风的直接袭击。但是若多读唐诗宋词，也不难发现相反意境的佳篇。比如宋代诗人杨万里的《秋凉晚步》：

秋气堪悲未必然，
轻寒正是可人天。
绿池落尽红蕖却，
荷叶犹开最小钱。

我家附近自然无荷塘，难得于入秋的日子，近睹荷花迟开的胭红本色，以及又有多么小的荷叶自水下浮出，翠翠的仍绿惹人眼。一日散步，想起杨万里的诗，于是蹲在草地，抚开一片亡草的枯黄，蓦地，真切切但见有嫩嫩芊芊的小草，隐蔽地悄生悄长！想必是当年早熟的草籽落地，便本能地生根土中，与节气比赛着，抓紧时日体现出植物的生命形式。寒冬是马上就要来临了。那一茎茎嫩嫩芊芊的小草，其生其长还有什么意义呢？我不禁替它们惆怅。晚秋的阳光，呼着节气最后的些微的暖意普照园林。刚一起身，顿觉眼前有什么美丽的东西漫舞而过。定睛看时，呀，却是一双小小彩蝶。它们小得比蛾子大不了多少。然而的确是一双彩蝶，而非蛾子。颜色如刚孵出的小鸡，灿黄中泛着青绿，翅上皆有漆黑的纹理和釉蓝的斑点儿。斯时满园林“是处红衰翠减”，风定秋空澄净。一双小小彩蝶，就在那暖意微微的晚秋阳光中，翩翩漫漫，忽上忽下，作最后的伴飞伴舞……

我一时竟看得呆了。

冬季之前，怎么还会有蝶呢？

难道它们和那些小草一样，错将秋温误作春暖，不合时宜地出生了么？

它们也要与节气比赛似的，也仿佛要抓紧最后的时日，以舞的方式，演绎完它们千古流传的爱情故事。而且，分明地，要尽量在对舞中享受是蝶的生命的浪漫！……

我呆望它们，倏忽间，内心里倍觉感动。

“最是秋风管闲事，红他枫叶白人头”——人在节气变化之际所容易流露的感伤，说到底，证明人是多么容易悲观的啊！这悲观虽然不一定全是做作，但与那小草、小蝶相比，不是每每诉说了太多的自哀自怜么？

这么一想，心中秋愁顿时化解，一种乐观之情油然而生。我感激杨万里的诗。感激那些嫩嫩芊芊的小草和那一双美丽的小蝶，它们使我明白——人的心灵，永远应以人自己的达观和乐观来关爱着才对的啊！……

阅读一颗心

在为到大学去讲课做些必要的案头工作的日子里，我又一次思索关于文学的基本概念，如现实主义、理想主义以及现实主义与浪漫主义的相结合等。毫无疑问，对于我将要面对的大学生们，这些基本的概念似乎早已陈旧，甚至被认为早已过时。但，万一有某个学生认真地提问呢？

于是我想到了雨果，于是重新阅读雨果，于是一行行真挚的、热烈得近乎滚烫的、充满了诗化和圣化意味的句子，又一次使我像少年时一样被深深地感动。坦率地说，生活在仿佛每一口空气中都分布着物欲元素和本能意识的今天，我已经根本不能像少年时的自己那样信任雨果了。但我却还是被深深地感动。依我想来，雨果当年所处的巴黎，其人欲横流的现状比之世界的今天肯定有过之而无不及，人性真善美所必然承受的扭曲力，也肯定比今天强大得多，这是我不信任他笔下那些接近道德完美的人物之真实性的原因。但他内心里怎么就能够激发起塑造那样一些人物的炽烈热情呢？倘不相信自己笔下的人物在自己所处的时代是有依据存在着的，起码是可能存在着的，作家笔下又怎会流淌出那么纯净的赞美诗般的文字呢？这显然是理想主义高度上升作用于作家大脑之中的现象。我深深地感动于一颗作家的心灵，在他所处的那样一个四处潜伏着阶级对立情绪、虚伪比诚实在人世间获得更容易的自由，狡诈、贪婪、出卖、鹰犬类人也许就在身旁的时代，居然仍对美好人性抱着那么确信无疑的虔诚理念。

是的，我今天又深深地感动于此，又一次明白了我为什么一向喜欢雨果远超过左拉或大仲马们的理由，我个人的一种理由；并且，又一次因为我在同一点上的越来越经常的动摇，而自我审视，而不无羞惭。

那么，让我们来重温一部雨果的书吧，让我们来再次阅读一颗雨果那样的作家的心吧。让我们来翻开他的《悲惨世界》——前不久电视里还介绍过由这部名著改编的电影，请看：

一名苦役犯逃离犯人营以后，可以“变成”任何人，当然也包括“变成”一位市长。但是“变成”一位好市长，必定有特殊的原因。

米里哀先生便是那原因。

米里哀先生又是一个怎样的人呢？

他曾是一位地方议员，一位“着袍的文人贵族”的儿子。青年时期，还曾是一名优雅、洒脱、头脑机灵、绯闻不断的纨绔子弟。今天，我们的社会里，米里哀式的纨绔子弟也多着呢。法国“大革命”初期这名纨绔子弟逃亡国外，妻子病死异乡。当这名纨绔子弟从国外回到法国，却已经是一位教士了，接着做了一个小镇的神父。斯时他已上了岁数，“过着深居简出的生活”。

他曾在极偶然的情况下见到了拿破仑。

拿破仑问：“你这个老头儿老看着我，是什么人？”

米里哀神父说：“你看一个好人，我看一位伟人，彼此都得益吧。”

由于拿破仑的暗助，不久他由神父升为主教大人。

他的主教府与一所医院相邻，是一座宽敞美丽的石砌公馆。医院的房子既小又矮。于是“第二天，二十六个穷人（也是病人）住进了主教府，主教大人则搬进了原来的医院”。国家发给他的年薪是一万五千法郎。而他和他的妹妹及女仆，每月的生活开支仅一千法郎，其余全部用于慈善事业。

那一份由雨果为之详列的开支，他至死没变更过。省里每年都补给主教大人一笔车马费，三千法郎。在深感每月一千法郎的生活开支太少的妹妹和女仆的提醒之下，米里哀主教去将那一笔车马费讨来了，因而遭到了一位小议院议员的诋毁，向宗教事务部长针对米里哀主教的车马费问题打了一份措辞激烈的秘密报告，大行文字攻击之能事。但米里哀主教将那每月三千法郎的车马费，又一分不少地用于慈善之事了。他这个教区，有三十二个本堂区，四十一个副本堂区，二百八十五个小区。他去巡视，近处步行，远处骑驴。

他待人亲切，和教民促膝谈心，很少说教。这后一点，在我看来，尤其可敬。他是那么关心庄稼的收获和孩子们的教育情况。“他笑起来，像一个小学生。”他嫌恶虚荣。“他对上层社会的人和平民百姓一视同仁。”“他从不下车伊始，不顾实际情形胡乱指挥。他总是说：‘我们来看看问题出在哪里。’”他为了便于与教民交心而学会了各种南方语言。

一名杀人犯被判死刑，前夜请求祈祷。而本教区的一位神父不屑于为一名杀人犯的灵魂服务。我们的主教大人得知后，没有只是批评，没有下达什么指示，而是亲自去往监狱，陪了犯人一整夜，安抚他战栗的心。第二天，陪着上囚车，陪着上断头台……

他反对利用“离间计”诱使犯人招供。当他听到了一桩这样的案件，当即发表庄严的质问：“那么，在哪里审判国王的检察官先生呢？”

他尤其坚决地反对市侩哲学。逢人打着唯物主义的幌子贩卖市侩哲学，立刻冷嘲热讽，而不顾对方的身份是一名尊贵的议员……

雨果干脆在书的目录中称米里哀主教为“义人”，正如泰戈尔称甘地为“圣雄甘地”；还干脆将书的一章的标题定为“言行一致”，而另一章的标题定为“主教大人的袍子穿得太久了”，正如我们共产党人的好干部，从前总是有一件穿得太久了补了又补的衣服……

雨果详而又详地细写主教大人的卧室，它简单得几乎除了一张床另无家具。冬天他还会睡到牛栏里去，为的是节省木柴（价格昂贵），也为了享受牛的体温。而他养的两头奶牛产的奶，一半要送给医院的穷病人。他夜不闭户，为的是使找他寻求帮助的人免了敲门等待的时间……他远离某些时髦话题，嫌恶空谈，更不介入无谓的争辩。在他那个时代诸如王权和教权谁应该更大的问题一直纠缠着辩论家们。而米里哀主教最使我们中国人钦服的，也许是这么一点——虽是一位德高望重的主教，却谦卑地认为“我是地上的一条虫”。米里哀主教大人作为一个人，其德行已经接近完美了。雨果塑造他的创作原则，也与我们中国人塑造“样板戏”人物的原则如出一辙而又先于我们，简直该被我们尊称为老师了。

我将告诉我的学生们，这就是经典的理想主义文本了，这就是经典的理想主义文学人物了。

于是，冉·阿让被米里哀主教收留一夜，陪吃了饱饱的一顿晚餐，半夜醒来却偷走了银器，天一亮即被捉住，押解了来让米里哀主教指认，主教却当其面说是自己送给他的，则就一点儿也不奇怪了。主教非但那么说，而且头脑里也这么认为——银器不是我们的，是穷人的，“他”显然是个穷人，所以他只不过拿走了属于自己的东西而已。

于是，冉·阿让“变成”马德兰先生、马德兰市长以后，德行上那么像另一位米里哀，在雨果笔下也就顺理成章了。其生活俭朴像之，其乐善好施像之，其悲悯心肠像之，其对待沙威警长的人性胸怀像之，总之几乎在一切方面都有另一位米里哀的影子伴随着他。一个米里哀死了，另一个米里哀在《悲惨世界》中继续前者未竟的人道事业。

连沙威也是极端理想主义的——因为绝大多数现实生活中的沙威们，其被异化了的“良心”是很不容易省悟的。即使偶一转变，也只不过是一时一事的。过后在别时别事，仍是沙威们。人性的感召力对于沙威们，从来不可能强大到使他们投河的程度。他们的理念一般是由对人性的反射屏装点着的……

米里哀主教大人死时已八十余岁，且已双目失明。他的妹妹一直与他相依为命。雨果在写到他们这种老兄妹关系时，极尽浪漫的、诗化的、圣化的赞美笔触：“有爱就不会失去光明。而且这是何等的爱啊！这是完全用美德铸成的爱！心明就会眼亮。心灵摸索着寻找心灵，并且找到了。这个被找到被证实的灵魂是个女人。有一只手在支持你，这是她的手；有一张嘴在轻吻你的额头，这是她的嘴；你听见身边呼吸的声音，这是她，一切都得自于她，从她的崇拜到她的怜悯，从不离开你，一种柔弱的甜蜜的力量始终在援助你，一根不屈不挠的芦苇在支持你，伸手可以触及天意，双手可以将它拥抱，有血有肉的上帝，这是多么美妙啊！……她走开时像个梦，回来却是那么的真实。你感到温暖扑面而来，那是她来了……女性的最难以形容的声音安慰你，为你填补一个消失的世界……”

有这样一个女人在身旁，雨果写道：“主教大人从这一个天堂去了另一个天堂。”

如果忘记一下这是《悲惨世界》写的，那么读者肯定会作如是之想：这是《少年维特之烦恼》的炽烈的初恋渴望吧？这是《罗密欧与朱丽叶》中心上人对心上人的痴爱的倾诉吧？但雨果写的却是八十余岁的主教与他七十余岁的妹妹之间的感情关系。这是迄今为止，世界文学史上仅有的一对老年兄妹之间的感情关系的绝唱，使我们在被雨果的文字感染的同时，难免会觉得怪怪的，因为在现实生活中，一对老年兄妹或一对老年夫妇，无论他们的感情何等的深长，到了七八十岁的时候，也每趋于俗态，甚至会变得只不过像两个在一起玩惯了的儿童……

那么，我将告诉我的学生们，这就是浪漫主义的经典文本了。

雨果完成《悲惨世界》时，已然六十岁。他与某伯爵夫人的柏拉图式的婚外恋情，也已持续了二十余年。他旅居国外时，她亦追随而至，住在仅与雨果的住地隔一条街的一幢楼里，为了他可以很方便地见到她。故我简直不能不怀疑，雨果所写，也许更是他自己和她之间的那一种感情关系。雨果死时，和他笔下的米里哀主教同寿，都活到了八十三岁。这一偶然性似乎具有神秘性。

《悲惨世界》的创作使命，倘仅仅为塑造两个德行完美的理想人物而已，那么雨果就不是雨果了。这是一部几乎包罗社会万象的书。随后铺展开的，是全景式的法国时代图卷。尤其将巴黎公社起义这一大事件纳入书中，无可争议地证明了雨果毕竟是雨果。

那么，我将告诉我的学生们，这便是现实主义的经典文本了。

我还将告诉我的学生们，在现实主义与理想主义、现实主义与浪漫主义的相结合方面，与雨果同时代的全世界的作家中，几乎无人比雨果做得更杰出。而雨果的理想主义，始终是对美好人性和人道原则的文学立场的理想主义。这是绝不同于一切文学的政治理想主义的一种文本，故是文学的特别值得尊敬的一种品质。

在雨果的理念之中，人道原则是高于一切的。

我极其尊敬这一种理念。无论它体现于文学，还是体现于现实。

我深深地感动于一颗作家的心，感动于它对人道原则终生不变地恪守。我的感动，使我不因雨果在这一点上有时过分不遗余力的理想主义激情而臧否于他。如果我未来的学生们中竟有将自己的人生无怨无悔地奉献给文学者，我祈祝他们做得比我这一代作家好……

享受阅读

你们都是喜欢上网的孩子吗？我知道，你们十之八九是那样的。

我绝不反对你们上网，连你们喜欢网上游戏这一点也不反对。为什么要反对呢？青少年时期，本就是爱游戏的呀。

但你们每天上网多久呢？一小时？两小时？抑或更长的时间？如果仅仅上网一小时，那么我相信，你们每个星期总归还会有几小时可以读读课外书。如果每天上网两小时以上，那么我斗胆建议你，节省出一小时来，读读书吧。

依我想来，无论对于青少年还是成年人，翻开一册书与启动电脑；注目于书页与盯视着电脑屏幕；手把书脊与手抚鼠标，是很不同的状态。据我所知，家里的电脑也罢，别处的电脑也罢，大抵是放在避开阳光的地方的。若阳光投在电脑屏幕上，字图就不清楚了是吗？

而读书之人，却是可以同时置身于阳光中的——既沐浴着阳光，又沉浸在美好文字的世界中，难道不是一种享受吗？

故我认为，读书还是以凭窗为佳。就算是背阳的窗口吧，就算是在窗扇关严的冬季吧，就算是外边正落着雪或下着雨吧——安安静静地看一会儿书，再抬眼望望窗外，望雪花无声地落在外窗台上，望雨丝如帘，使窗外景物迷蒙如梦，心灵体会着那些书中人物的思想、情怀……这样的时刻，怎不是享受的时刻呢！何况此时的你，也许舒适地坐着，竟也许半坐半卧，难道不是惬意之意吗？

青少年朋友们，你们当然知道的——人的大脑分为几个区域，每个区域之间有千丝万缕的联系。那么，你们当然也应该知道——读书和上网，虽然都主要是由视觉神经作用于脑区，发生脑活动，但二者之间，还是有些区别的。也就是说，上网时发生的脑活动，不完全等同于读书时发生的脑活动。进言之，读书时所发生的一系列脑活动，是只有通过读书这一件事才能进行的。如果一个人长期不读书，他的某一部分脑区，便不进行相应的活动。久而久之，该部分脑区的反射本能就迟钝了。从前说一个人有“书卷气质”，那气质便是一种脑状态所呈现于颜面的，是内在精神质量的体现。只上网不读书，人断不能有所谓“书卷气质”。

你们不是都很爱美吗？书卷气质便是一种气质美。这一种美已经被全人类认可了几千年了。并且，至今也没被否定，没被颠覆。如果你们不信，不妨调查了解一番，问问周边朋友。我估计，十之八九的人，还是很乐于听到别人说自己有书卷气质的。

那么，读书吧。但愿你们渐渐成为不仅喜欢上网，也喜欢读书的人。但愿在你们中年的时候，别人谈论起你们，将会说：

“噢，那是一个喜欢读书的人。”

“啊，那个人的书卷气质给我留下特别的印象。”

我并非是在以虚荣游说于你们，和虚荣没有关系。我想表达的意思其实是——当人们那么评说你们的时候，也是在赞美书籍啊！也是在向读书这一人类古老而又优雅的爱好致敬啊！

喀戎与世界读书日

“我已经在这荒漠之地奔跑了几个昼夜，为了寻找一条光明大道。我身后扬起滚滚宏尘，遮蔽着许多和我一样迷惘的身影。我知道那飞扬的沙土不可能是正常的人类奔跑时所能造成的，于是我不但迷惘而且越发羞耻……我是人马喀戎的后代，我对此原本有种隐秘的傲慢。可是我妻子告诉我这是一个人类的时代，我这样的不同寻常是可耻的，所以我隐去了马的身体。但这又使我感到自己像是潜伏在人类中的奸细，后来我渐渐分不清我的马身体可耻还是我隐去马身体可耻……”

在世界读书日的前几天，我班上的一名女生怯怯地交给我一篇她写的小说，题目是《恐怖》。她一向坐在第三排或第四排，直到那一天我才知道她的名字叫刘筱。她的小说写出了她这一代人成长期的烦恼和苦闷。当他们的烦恼和苦闷与太多的对错是非纠缠在一起，并且对自己得出的结论那么缺乏自信，对别人给出的结论又那么怀疑时，其烦恼和苦闷便确乎有几分恐怖了。在他们还非是大学中文学子以前，他们还不像现在这么敏感。故以前的烦恼和苦闷是较单纯的，普遍的那一种。现在，变得复杂了，因为他们面对面遭遇了文化。而开始文化了的人，判断是非对错的能力都将面临新的检验……

刘筱是具有文学才情的女生，这一发现使我欣喜。她在修辞方面的良好感觉是不容置疑的，她缺少的是人生经历、睽注别人的人生的视野。但是我确信时间和年龄会替她补上这一课，这是我力不从心的。进言之，我确信她具有成为作家的潜质，只要她日后对写作这件苦行僧似的事甘愿坚持下去。我想，我当郑重地告诉她这一点。并且告诉她，我的话非是一般教师对学生的鼓励之词。

隔日我出席某大学的校园文化节，我将回答一个我一直未能说明的问题，即我们人类为什么在父亲节、母亲节、教师节、妇女节、儿童节、劳动节、世界环保日、各种宗教活动日后，还要确定一年中的某一天为世界读书日？书籍和人类的关系真的如此不容忽视吗？

我的学生的小说给了我启发。

依我想来，我们全人类都曾是喀戎的后代。某类古猿是我们的祖先，达尔文的这一观点已经基本上被接受。而我们也曾是喀戎的后代，则要由人类的文化史来证明。

喀戎，这希腊和罗马神话中人面马身的怪物，在许多方面多么像我们啊！它有我们的脸，有和我们相同而比动物高级的种种欲望，所以它不是彻底的兽。然而它那马的身体，它那几乎没有理性可言，终日只知一味顺着欲望的支配行事，一旦受到阻碍便易怒，于是狂暴危险的性情，又使它与人有着太大的区别。

这怪物也曾希望进化为人吗？

希腊神话和罗马神话都没有这方面的记载。

但有一个人肯定地说有。并且，在古猿和喀戎之间，他似乎也更愿意承认自己是喀戎的后代；他却不是一个中国人，而是一个法国人。他的名字曾享誉全球。他是伟大的雕塑家罗丹。

罗丹雕塑了喀戎，它是他唯一的一件非人物作品，这是耐人寻味的。

罗丹雕塑的喀戎是特别的，也可以说是令人震撼的——从那怪物躯体中，正在向外，同时也显然是向上，挣扎出一个人的躯体来。呈现出一种力，一种痛苦，一种夙愿和一种希望。如果成功，是人类在精神方面的进化；如果失败，是人类在精神方面的退化。那力是必须向上的，只能向上的。倘非向上，挣扎注定是徒劳的……

结果我们都知道的——当初的我们那个远古祖先，他成功了。如果说人类真正的是从公元前三千五百多年楔形文字产生以后算起，那么迄今为止，他用了五千五百余年完成了他终于不再是半人半兽的怪物，而是一个完全的人的过程。

这是比罗丹的雕塑更伟大的。

一个问题是——人靠什么具有那一种持久的、伴随着痛苦而又无比虔诚的力量?

后来人类的历史告诉我们——靠的是书籍。

书籍不是上帝赐给祖先的，是祖先在那一精神向上挣扎的过程中记载下的日记。

那么，现在我们差不多可以这样说——全部的书籍，大致分为两类。一类记载着我们的精神向上的欢欣，以及为最终实现目的所必备的智慧；另一类记载着我们挣扎过程的痛苦和经常面临的迷惘，并将人类喀戎时期的行径呈现给自己看，以鼓励我们继续向上，诫示我们不要在精神方面再退化为人马。因为人马实在不配是人，甚至连良马也不配是，而只不过是——地球上半人半兽的怪物。

这就是为什么，我们要由联合国教科文组织在一年中确定某一个日子为世界读书日的理由吧。

喀戎是不知感恩的。

现在我们已经是人了，我们已意识到感恩对于人类是多么的必要。

四月二十三日，这是我们人类对于书籍的感恩节。

那么，我们也差不多便同时回答了另一个相关的问题——什么是好书?什么又是不好的书，抑或坏书?

如上所述，举凡一切引领我们继续在精神方面向上，继续保持美好人性美好情操的书（想想吧，人类修成人性是多么的不容易，五千五百余年的过程啊，难道不值得保持吗），皆好书。亵渎此点的书，恐怕就不那么好了。亵渎是快事，有时我们竟享受这种快感。那是喀戎的能事。我们身上毕竟还有着喀戎的基因。但我们又毕竟已是人，通常现象是，亵渎之后，我们每人反省。淋漓尽致地呈现假、丑、恶的书也不一定便是坏书，因为作者完全可能是出于告诫的意图——呈现我们身上的人马基因的活动状况给我们看，使我们因羞耻而不愿再生出蹄子和尾巴。

那对人马行径极尽炫夸赏乐之能事，意在引诱我们退化回去的书，全世界到处可见，自然是不好的。

因为做人马绝不会比做人好。

分不清告诫的意图和引诱的居心怎么办呢？

那就先看已有定论的好书吧。

对于好能识了，对于坏也就善辨了……

我热爱读书

读书——不，更准确地说，“读”这一种习惯，对我已不啻是一种幸福。这幸福就在日子里，在每一天的宁静的时光里。不消说，人拥有宁静的时光，这本身便是幸福，而宁静的时光因阅读会显得尤其美好。

我的宁静之享受，常在临睡前，或在旅途中。每天上床之后，枕旁无书，我便睡不着，肯定失眠。外出远足，什么都可能忘带，但书是不会忘带的。书是一个囊括一切的大概念。我最经常看的是人物传记、散文、随笔、杂文、文言小说之类。《读书》《随笔》《读者》《人物》《世界博览》《奥秘》都是我喜欢的刊物，是我的人生之友。前不久，友人开始寄我《世界警察》，看了几期，也喜爱起来。还有就是目前各大报的“星期刊”“周末版”或副刊。

要了解我所生活的城市，大而至于我们这个国家，我们这个地球，每天正发生着什么事，将要发生什么事，仅凭晚上看电视里的“新闻”，自然是远远不够的。“秀才不出门，便知天下事”，是所谓“秀才”聊以自慰自夸的话，或者是别人们对“秀才”们的揶揄。不过在现代社会里，传播媒介如此之丰富，如此之发达，对于当代人来说，不出门而大致地知道一些“天下事”，也是做得到的。

知道了又怎样？

知道了会丰富了我对世界的认识。而这种认识，于我——一个以写作为职业的人来说，则是相当重要的。妄谈对世界的认识，似乎口气太大了，那么就说对周遭生活的认识吧。正是通过阅读，我感觉到周遭生活之波有时汹涌澎湃，有时潜流涡旋，有时微波涌荡……

当然，这只是阅读带给我的一方面的兴致。另一方面，通过阅读，我认识了许许多多的人。仿佛每天都有新朋友。我敬爱他们，甘愿以他们为人生的榜样。同时也仿佛看清了许多“敌人”，人类的一切公敌——人类自身派生出来的到自然环境中对人类起恶影响的事物，我都视为敌人。这一点使我经常感到，爱憎分明于一人是多么重要的品质。

创作之余，笔滞之时，我会认真地读一会儿文学期刊。若读的正是一篇佳作，便会一口气读完。不管作者认识与否，都会产生读了一篇佳作的满足感。倘是作家朋友们写的，是生活在同一座城市的人，又常忍不住拨电话，将自己读后的满足感，传达给对方。这与其说是分享对方的喜悦，莫如说是希望对方分享我的喜悦。倘作者是外地的，还常会忍不住给人家写一封信去。

读，实在是一种幸福。

最后我想说，与我的中学时代相比，现在的中学生，似乎太被学业所压迫了。我的中学时代，是苦于无书可读。买书是买不起的，尽管那时书价比现在便宜得多。几个同学凑了七八分钱，到小人书铺去看小人书。这是永远值得回忆的往事了。现在的中学生们，可看的太多了，却又陷入选择的迷惘，并且失去了本该拥有的时间。生活也真是太苛刻了！

我挺怜悯现在的中学生的。

我真同情我的中学生朋友们。